# Agatha Christie

# Fata Morgana



**Scherz**
Bern – München – Wien

Einzig berechtigte Übertragung aus dem Englischen
Titel des Originals: »They do it with Mirrors«
Schutzumschlag von Heinz Looser
Foto: Thomas Cugini

15. Auflage 1987, ISBN 3-502-50665-5

Gesamtherstellung: Ebner Ulm

# 1

Mrs. Van Rydock trat etwas von dem Spiegel zurück und seufzte.

«So dürfte es gut sein», murmelte sie. «Gefällt es dir, Jane?»

Miss Marple betrachtete das Lanvanelli-Modell beifällig.

«Ich finde, es ist ein sehr schönes Kleid», sagte sie.

«Ja, das *Kleid* ist schon recht», sagte Mrs. Van Rydock und seufzte wieder.

«Ziehen Sie es mir aus, Stephanie», sagte sie.

Das ältliche Mädchen mit dem grauen Haar und dem kleinen verkniffenen Mund zog das Kleid vorsichtig über Mrs. Van Rydocks hochgereckte Arme.

Mrs. Van Rydock stand in ihrem pfirsichfarbenen Atlasunterkleid vor dem Spiegel. Ihre immer noch wohlgeformten Beine steckten in eleganten Nylonstrümpfen. Ihr Gesicht wirkte unter der Kosmetikschicht und infolge der ständigen Massage in geringer Entfernung fast mädchenhaft. Ihr Haar war weniger grau als hortensienblau getönt und kunstvoll frisiert.

Wenn man Mrs. Van Rydock betrachtete, konnte man sich unmöglich vorstellen, wie sie ohne die kosmetischen Hilfsmittel ausgesehen haben würde. Alles, was für Geld zu haben war, hatte man für sie getan. Dazu kam eine strenge Diät, Massage und ständige Gymnastik.

Ruth Van Rydock sah ihre Freundin mit einem schelmischen Lächeln an.

«Glaubst du, Jane, viele Menschen würden auf den Gedanken kommen, daß wir beide, du und ich, tatsächlich gleichaltrig sind?»

Miss Marple war ehrlich.

«Keine Sekunde würde man das glauben», versicherte sie. «Wirklich, meine Liebe, ich fürchte, *mir* sieht man jede Minute meines Alters an!»

Miss Marple hatte weißes Haar, ein rosiges rundes Gesicht und unschuldige porzellanblaue Augen. Sie sah wie eine reizende alte Dame aus. Niemand würde Mrs. Van Rydock eine reizende alte Dame genannt haben.

«Das fürchte ich auch, Jane», sagte Mrs. Van Rydock. Und plötzlich lächelte sie. «Mir sieht man sie übrigens auch an. Nur

nicht auf dieselbe Weise. ‹Erstaunlich, wie die alte Hexe sich ihre Figur bewahrt!› So sprechen sie von mir. Und sie wissen tatsächlich, daß ich wirklich eine alte Hexe bin. Leider fühle ich mich auch so.»
Sie ließ sich schwer auf einen mit Atlas bezogenen Sessel fallen. «Danke, Stephanie», sagte sie. «Sie können gehen.»
Stephanie nahm das Kleid auf und ging.
«Die gute alte Stephanie!» sagte Ruth Van Rydock. «Sie ist jetzt schon über dreißig Jahre bei mir. Und sie ist die einzige Frau, die weiß, wie ich in Wirklichkeit aussehe. Jane, ich möchte mit dir sprechen.»
Miss Marple beugte sich etwas vor. Ihr Gesicht sah aufnahmebereit aus. In dem prunkvollen Schlafzimmer der teuren Hotelzimmerflucht nahm sie sich irgendwie widerspruchsvoll aus. Sie trug ein etwas schlampiges schwarzes Kleid und ein großes Einholnetz und wirkte doch Zoll für Zoll wie eine Dame.
«Ich mache mir Sorgen, Jane. Über Carrie Louise.»
«Carrie Louise?» Miss Marple wiederholte den Namen nachdenklich. Sein Klang führte sie weit in die Vergangenheit zurück.
Das Pensionat in Florenz. Sie selber das weiße und rosige englische Mädchen aus einem Domschulinternat. Die beiden Amerikanerinnen, die Martins, die für das englische Mädchen wegen ihrer seltsamen Sprechweise, ihres hemmungslosen Benehmens und ihrer Vitalität ein Erlebnis waren. Ruth, groß, lebhaft, weltklug. Carrie Louise, klein, zart, versonnen.
«Wann hast du sie das letzte Mal gesehen, Jane?»
«Oh, wir haben uns viele Jahre lang nicht mehr gesehen. Es müssen mindestens fünfundzwanzig sein. Natürlich schicken wir uns jedes Jahr Weihnachtsgrüße.»
Eine merkwürdige Sache, die Freundschaft! Sie und die beiden Amerikanerinnen. Ihre Wege trennten sich schon sehr bald, und doch blieb die alte Zuneigung. Gelegentliche Briefe, Glückwünsche zu den Festtagen. Seltsam, daß gerade Ruth, die ihr Heim — oder vielmehr ihre Heime — in Amerika gehabt hatte, diejenige der beiden Schwestern gewesen war, die sie häufiger gesehen hatte. Nein. Vielleicht war es gar nicht sonderbar. Wie die meisten Amerikanerinnen ihrer Gesellschaftsklasse, war Ruth Kosmopolitin gewesen; jedes Jahr oder jedes zweite war

sie nach Europa gekommen, hatte erst London besucht, dann Paris, dann die Riviera und war dann wieder zurückgefahren. Und immer hatte sie die Gelegenheit benutzt, wo immer sie auch war, ihre alten Freundinnen aufzusuchen. Auf diese Weise waren sie oft zusammengekommen. Im Claridges oder im Savoy oder im Berkeley oder im Dorchester. Ein auserlesenes Essen, Austausch lieber Erinnerungen und ein eiliges und doch gefühlvolles Abschiednehmen.
Ruth hatte nie Zeit gefunden, St. Mary Mead zu besuchen. Miss Marple hatte es auch nie erwartet. Das Leben jedes einzelnen Menschen hat sein eigenes Tempo. Ruths Tempo war *presto,* während Miss Marple sich mit *adagio* begnügte.
So kam es, daß sie die Amerikanerin Ruth am häufigsten gesehen hatte, während sie mit Carrie Louise, die in England lebte, seit über zwanzig Jahren nicht mehr zusammengekommen war. Das klingt seltsam, ist aber ganz natürlich. Denn wenn man in demselben Lande lebt, besteht ja keine Notwendigkeit, ein Zusammentreffen mit alten Freunden herbeizuführen. Man nimmt an, früher oder später würde man sich ohne vorherige Planung schon sehen. Nur – wenn man sich in verschiedenen Sphären bewegt, geschieht das eben nicht! Jane Marples und Carrie Louises Wege kreuzten sich nicht. So einfach lagen die Dinge.
«Warum machst du dir um Carrie Louise Sorgen, Ruth?» fragte Miss Marple.
«Auf eine Art beunruhigt es mich am meisten, daß ich mir überhaupt um sie Sorgen mache. Ich weiß nicht, weshalb ich es tue.»
«Sie ist doch wohl nicht krank?»
«Sie ist sehr zart. Das ist sie immer gewesen. Ich möchte nicht sagen, daß sich dies auf ungewöhnliche Weise verschlimmert hat – in Anbetracht dessen, daß sie, wie wir alle, nicht jünger wird.»
«Ist sie unglücklich?»
«O nein.»
Nein, das konnte es nicht sein, dachte Miss Marple. Es war schwierig, sich Carrie Louise als unglücklich vorzustellen – und doch mußte es in ihrem Leben Zeiten gegeben haben, wo sie es sicherlich gewesen war.

Mrs. Van Rydocks Worte trafen ins Schwarze.
«Carrie Louise», sagte sie, «hat sozusagen immer in den Wolken geschwebt. Sie weiß nicht, wie die Welt in Wahrheit ist. Vielleicht ist es das, was mich beunruhigt.»
«Ihre Verhältnisse», begann Miss Marple, brach aber sofort ab und schüttelte den Kopf.
«Nein, es liegt an ihr selber», sagte Ruth Van Rydock. «Carrie Louise war immer die von uns, die Ideale hatte. Natürlich war es in unserer Jugend Mode, Ideale zu haben. Wir hatten alle welche. Das schickte sich für ein junges Mädchen. Du wolltest auswandern und Aussätzige pflegen, Jane, und ich wollte eine Nonne werden. Aus diesem Unsinn wächst man heraus. Die Heirat, könnte man wohl sagen, treibt einem die Ideale aus. Aber ich muß schon zugeben, im großen und ganzen bin ich mit ihr nicht schlecht gefahren.»
Miss Marple dachte, das wäre ein milder Ausdruck. Ruth hatte sich dreimal verheiratet, jedesmal mit einem außerordentlich reichen Mann, und die sich daraus ergebenden Ehescheidungen hatten ihr Bankguthaben ansehnlich vergrößert, ohne daß sie verbittert worden wäre.
«Ich bin freilich immer sehr zäh gewesen», sagte Mrs. Van Rydock. «Ich lasse mich nicht so leicht unterkriegen. Ich habe nie viel vom Leben erwartet und sicherlich nicht zuviel von den Männern. Und ich bin gar nicht schlecht dabei weggekommen. Ohne Groll hinterher. Tommy und ich sind immer noch ausgezeichnete Freunde, und Julius fragt mich noch oft, was ich von diesem oder jenem Börsenpapier halte.» Ihre Miene verfinsterte sich. «Ich glaube, ich weiß, weshalb ich mir um Carrie Louise Sorgen mache: sie hat von jeher die Neigung gehabt, schrullige Menschen zu heiraten.»
«Schrullige Menschen?»
«Leute mit Idealen. Carrie Louise hatte immer eine Schwäche für Ideale. Kaum siebzehn Jahre alt und so hübsch, wie man es nur verlangen konnte, lauschte sie mit Augen so groß wie Untertassen dem alten Gulbrandsen, wenn er seine Pläne für die Verbesserung der sozialen Zustände entwickelte. Er war über fünfzig, und sie heiratete ihn, einen Witwer mit einer Familie von erwachsenen Kindern — und das alles nur wegen seiner philanthropischen Ideale. Sie pflegte vor ihm zu sitzen und ihm

wie gebannt zu lauschen. So etwa wie Desdemona und Othello. Nur daß glücklicherweise kein Jago da war, der Verwirrung hätte stiften können. Und schließlich war ja ein Gulbrandsen auch nicht farbig. Er war Schwede oder Norweger oder so etwas.»

Miss Marple nickte nachdenklich. Der Name Gulbrandsen hatte internationale Bedeutung. Ein Mann, der mit einem stark ausgeprägten Geschäftssinn und unbedingter Ehrenhaftigkeit ein so riesiges Vermögen zusammengetragen hatte, daß wahre Philanthropie die einzige Möglichkeit bot, etwas damit anzufangen. Eine ganze Reihe wohltätiger Einrichtungen trugen noch immer seinen Namen.

«Sie heiratete ihn nicht um des Geldes willen», sagte Ruth. «Wenn *ich* ihn überhaupt geheiratet hätte, dann nur deshalb, weil er so reich war. Aber Carrie Louise ist anders. Ich weiß nicht, was geschehen wäre, falls er sie nicht mit zweiunddreißig Jahren zur Witwe gemacht hätte. Zweiunddreißig Jahre ist für eine Witwe ein sehr angenehmes Alter. Sie hat Erfahrungen gemacht, ist aber immer noch anpassungsfähig.»

Die alte Jungfer, die ihren Worten lauschte, nickte gedankenvoll, während sie Witwen, die sie in dem kleinen Ort St. Mary Mead kannte, vor ihrem Geist vorüberziehen ließ.

«Es war wirklich das beste für Carrie Louise, daß sie Johnnie Restarick heiratete. Natürlich heiratete *er* sie wegen des Geldes — oder wenn auch nicht gerade das, so würde er sie doch sicher niemals geheiratet haben, wenn sie keins gehabt hätte. Johnnie war ein egoistischer, vergnügungssüchtiger, fauler Windhund, aber das ist immer noch besser, als mit einem Menschen voller Schrullen verheiratet zu sein. Alles, was Johnnie begehrte, war ein ruhiges Leben. Er wollte, daß Carrie Louise zu den besten Schneidern ginge, Segeljachten und Autos besäße und mit ihm zusammen das Leben genösse. Eines solchen Mannes ist man sehr sicher. Man verschaffe ihm seine Bequemlichkeiten, seinen Luxus, und er wird wie eine Katze schnurren und zu einem ganz reizend sein. Ich habe seine Kulissenmalerei und den ganzen Theaterkram nie ernst genommen. Aber Carrie Louise war davon ganz hingerissen. Sie sah das alles als Kunst mit einem großen K an und zwang ihn geradezu, in sein früheres Milieu zurückzukehren. So kam es, daß diese schreckliche Jugoslawin sich seiner bemächtigte und ihn einfach davonschleppte. Er hatte eigentlich gar nicht das Verlangen, Carrie Louise zu verlassen. Hätte sie gewartet und wäre sie vernünftig gewesen, dann wäre er zweifellos zu ihr zurückgekehrt.»

«Nahm sie sich die Sache sehr zu Herzen?» fragte Miss Marple.

«Das ist das Komische daran. Ich glaube nicht einmal, daß sie es sich wirklich zu Herzen nahm. Sie benahm sich bei der ganzen Geschichte reizend. Aber das war ja zu erwarten. Sie *ist* eben reizend. Sie betrieb mit Eifer die Ehescheidung, damit er dieses Weib heiraten könne. Und sie erbot sich, seinen zwei Söhnen aus seiner ersten Ehe ein Heim zu bieten, weil es für ihn das einfachste war. Da hatte der arme Johnnie es nun: er *mußte* das Weib heiraten, und sie machte ihm sechs Monate lang das Leben zur Hölle, um ihn dann schließlich in einem Wutanfall mit seinem Auto in einen Abgrund zu stürzen. Es hieß, es wäre ein Unglücksfall gewesen, aber *ich* bin überzeugt, es war nichts anderes als ein Temperamentsausbruch!»

Mrs. Van Rydock machte eine Pause. Sie nahm einen Spiegel in die Hand und betrachtete forschend ihr Gesicht. Dann ergriff sie die Augenbrauenpinzette und zog ein Haar heraus.

«Und worauf verfällt Carrie Louise dann? Sie heiratet diesen Lewis Serrocold ... Wieder ein Sonderling! Wieder ein Mann mit Idealen! Ich will nicht behaupten, daß er ihr nicht aufrichtig zugetan wäre – ich glaube, er ist es – aber er ist von demselben Bazillus infiziert: auch er will den Menschen helfen, ihre Verhältnisse verbessern.»

Sie machte eine kurze Atempause und fuhr dann fort:

«Aber natürlich gibt es bei solchen die Menschheit beglückenden Bestrebungen ebensogut Moden wie bei den Kleidern. (Hast du gesehen, meine Liebe, was für Röcke Christian Dior uns zu tragen zwingen will?) Wo war ich stehengeblieben? Ach ja. Mode! Ich wollte sagen, auch die Philanthropie ist der Mode unterworfen. Zu Gulbrandsens Zeit warf sie sich auf die Erziehung. Das ist jetzt unmodern. Der Staat hat sich da eingemischt. Jeder erwartet heutzutage, daß er ein Recht hat, erzogen zu werden, und wenn ihm dieses Recht zuteil wird, dann hält er nicht viel davon. Jugendliche Kriminalität – das ist heute der letzte Schrei! Es gibt ja so viele junge Verbrecher und solche, die die Anlagen dazu haben. Jedermann ist verrückt nach ihnen. Du solltest einmal Lewis Serrocolds Augen sehen, wie sie hinter seinen dicken Brillengläsern funkeln! Verrückt vor Begeisterung! Einer dieser Männer mit ungeheurer Willenskraft, die es lieben, von einer Banane und einer Scheibe Toast zu leben und ihre ganze Energie an einen ‹Fall› zu wenden. Und Carrie Louise schluckt alles. Wie sie es immer getan hat. Aber mir gefällt es nicht, Jane. Das Kuratorium der von Gulbrandsen gestifteten Bildungsanstalt für Arbeitersöhne ist wiederholt zusammengetreten, und sie haben alles nach dieser neuen Idee umgestaltet. Es ist jetzt eine Erziehungsanstalt für diese kriminellen Jugendlichen, und es wimmelt dort von Psychiatern und Psychologen und dergleichen. Da leben Lewis und Carrie Louise nun, umgeben von all diesen Jungen, die vielleicht nicht ganz normal sind, und in ständiger Gemeinschaft mit Berufstherapeuten und Lehrern und Enthusiasten, von denen mindestens die Hälfte komplett verrückt ist. Schrullen haben alle miteinander. Und meine kleine Carrie Louise mitten unter ihnen!»

Mrs. Van Rydock blickte Miss Marple hilflos an.

Miss Marple sagte etwas verwirrt:

«Aber du hast mir noch nicht gesagt, Ruth, was dich denn nun eigentlich so beunruhigt.»

«Ich sage dir doch, ich *weiß* es nicht! Und eben *das* beunruhigt mich. Ich bin vor kurzem dort gewesen. Es war nur ein Blitzbesuch. Und die ganze Zeit hatte ich das Gefühl, daß da etwas nicht stimmte. Es lag an der Atmosphäre. Ich weiß, daß ich mich nicht irre. Ich reagiere sehr empfindlich auf die Atmosphäre. Das war immer so. Habe ich dir schon einmal erzählt, wie ich Julius drängte, er solle gewisse Aktien abstoßen, bevor der Krach käme? Und hatte ich nicht recht gehabt? Ja, etwas stimmt da unten nicht. Aber ich weiß nicht, warum. Oder was es ist. Ob es diese schrecklichen jungen Galgenvögel sind, oder ob die Gefahr in Carrie Louises engerem Kreise lauert. Ich kann nicht sagen, was es ist. Da haben wir Lewis, der nur für seine Ideen lebt und für nichts anderes ein Auge hat, und da haben wir unsere Carrie Louise – Gott segne sie! – die nur sieht und hört und denkt, soweit es sich um ein schönes Bild oder einen schönen Klang oder einen schönen Gedanken handelt. Das ist reizend, aber es ist nicht praktisch. Es gibt auch

Häßliches, Böses. Und ich möchte, daß du, Jane, sogleich hinfährst und herauszubringen suchst, was denn da nun eigentlich los ist.»
«Ich?» rief Miss Marple. «Warum denn ich?»
«Weil du für derartige Dinge eine Nase hast. Die hast du immer gehabt. Du bist immer ein liebes, harmlos aussehendes Ding gewesen, Jane, und dabei hat dich eigentlich nie etwas überrascht, weil du immer das Schlimmste erwartest.»
«Das Schlimmste ist leider nur zu oft wahr», murmelte Miss Marple.
«Warum du eine so schlechte Meinung von der menschlichen Natur hast, ahne ich nicht. Du lebst doch in einem so reizenden, friedlichen, altmodischen Dorf mit einer so reinen Atmosphäre.»
«Du hast nie in einem Dorf gelebt, Ruth. Was in so einer reinen, friedlichen Atmosphäre alles vorgeht, würde dich höchstwahrscheinlich sehr überraschen, wenn du es wüßtest.»
«Das ist schon möglich. Was ich aber sagen möchte, ist, daß es *dich* nicht überrascht. Du wirst also nach Stonygates fahren und herausfinden, was da nicht ist, wie es sein sollte. Nicht wahr?»
«Aber, liebe Ruth, das dürfte äußerst schwierig sein.»
«Durchaus nicht. Ich habe schon alles überdacht. Hoffentlich bist du mir nicht gar zu böse. Ich habe nämlich dein Erscheinen schon vorbereitet.»
Mrs. Van Rydock schwieg, betrachtete Miss Marple etwas ängstlich, zündete sich eine Zigarette an und begann dann etwas nervös zu erklären, was sie darunter verstand.
«Du wirst sicherlich zugeben, daß die Verhältnisse hierzulande seit dem Kriege etwas schwierig geworden sind — jedenfalls für Leute mit einem zu kleinen festen Einkommen, für Leute also wie dich, Jane.»
«O ja. Das ist richtig. Wenn mein Neffe Raymond nicht so gütig, so überaus gütig zu mir wäre, wüßte ich wirklich nicht, wie es mir ergehen würde.»
«Lassen wir deinen Neffen ganz aus dem Spiel!» sagte Mrs. Van Rydock. «Carrie Louise weiß nichts von deinem Neffen — oder wenn sie etwas von ihm weiß, dann kennt sie ihn nur als Schriftsteller und hat keine Ahnung, daß er dein Neffe ist. Wie ich die Sache Carrie Louise vorgetragen habe, sieht sie

etwa so aus: Es ist ein Jammer, wie es der lieben Jane geht! Manchmal hat sie kaum genug zum Sattessen. Aber natürlich ist sie viel zu stolz, um sich jemals an ihre alten Freunde zu wenden. Man könne ihr, sage ich, unmöglich *Geld* anbieten, wohl aber eine recht lange Erholung in einer schönen Umgebung mit einer alten Freundin und mit reichlicher, kräftiger Nahrung, eine Zeit ohne Sorgen und trübe Gedanken!» Ruth Van Rydock machte eine kurze Pause und schloß dann mit herausfordernder Miene: «Und nun sprich! Schilt mich kräftig aus, wenn dir danach der Sinn steht!»

Miss Marple öffnete ihre porzellanblauen Augen etwas verwundert.

«Warum sollte ich dich ausschelten, Ruth? Es ist eine sehr kluge und durchaus glaubhafte Einführung. Ich bin sicher, Carrie Louise hat darauf reagiert.»

«Sie schreibt dir. Du wirst den Brief vorfinden, wenn du nach Hause kommst. Ehrlich, Jane! Findest du nicht, ich habe mir eine unverzeihliche Freiheit genommen? Widerstrebt es dir nicht —?»

Sie zögerte. Miss Marple aber kleidete ihre Gedanken in Worte:

«... nach Stonygates unter Vorspiegelung nicht völlig zutreffender Tatsachen zu gehen und auf Carrie Louises und ihres Mannes Mildtätigkeit Anspruch zu erheben? Nein, es widerstrebt mir durchaus nicht — wenn es sein *muß*. Du meinst, es müsse sein, und ich bin geneigt, dir beizustimmen.»

Mrs. Van Rydock starrte sie verblüfft an.

«Warum? Was hast du gehört?»

«Ich habe nichts gehört. Aber du bist davon überzeugt, und ich kenne dich als eine ziemlich nüchtern denkende Frau, Ruth.»

«Das mag richtig sein; aber meine Befürchtungen gründen sich auf keinerlei Tatsachen.»

«Ich erinnere mich», sagte Miss Marple nachdenklich, «an einen gewissen Sonntagmorgen — es war der zweite Advent —, da saß ich beim Gottesdienst hinter Grace Lamble, und es überkam mich ein immer stärker werdendes Gefühl des Unbehagens. Ich machte mir um sie Sorgen. Ich war ganz sicher, daß ihr eine Gefahr drohe, eine sehr ernste Gefahr, aber ich war völlig außerstande zu sagen, weshalb ich um sie besorgt war.

Es war ein recht unbehagliches Gefühl. Und es war ganz unmißverständlich.»

«Und stellte es sich als berechtigt heraus?»

«O ja. Ihr Vater, der alte Admiral, war in der letzten Zeit sehr sonderbar gewesen. Schon am nächsten Tage fiel er mit dem Kohlenhammer über sie her und schrie, sie sei der Antichrist, der die Gestalt seiner Tochter angenommen habe. Er hätte sie fast erschlagen. Er wurde in die Irrenanstalt gebracht. Und sie erholte sich erst nach Monaten im Krankenhaus. Es hatte nur sehr wenig gefehlt, und sie hätte ihr Leben eingebüßt.»

«Und du hattest wirklich an jenem Tage beim Gottesdienst eine Vorahnung?»

«Ich würde es nicht eine Vorahnung nennen. Mein Gefühl gründete sich auf etwas Tatsächliches, wie es in solchen Fällen für gewöhnlich der Fall ist, wenn man es auch nicht immer gleich erkennt. Sie trug nämlich ihren Sonntagshut verkehrt herum. Und das war sehr bedeutungsvoll; denn Grace Lamble war eine überaus ordentliche Frau und nicht die Spur zerstreut. Die Wahrscheinlichkeit, daß sie ihren Hut verkehrt herum aufsetzen würde, wenn sie zur Kirche gehen wollte, war daher außerordentlich gering. Was war geschehen? Ihr Vater hatte einen Briefbeschwerer aus Marmor nach ihr geworfen und den Spiegel zerschmettert. Da hatte sie ihren Hut ergriffen, sich ihn aufgestülpt und war aus dem Hause geeilt. Sie tat das, weil sie den Schein wahren wollte und nicht wünschte, daß die Bediensteten etwas hörten. Sie führte die Handlungen ihres Vaters auf das Temperament des alten Seemanns zurück und erkannte nicht, daß sein Geist endgültig zerrüttet war. Natürlich hätte sie es eigentlich klar erkennen müssen, denn er klagte immer, er sei von Feinden umgeben und von Spionen, die ihn nicht aus den Augen ließen. Das sind ja, wie man weiß, die charakteristischen Symptome.»

Mrs. Van Rydock war sehr beeindruckt.

«Vielleicht ist dein St. Mary Mead doch nicht ein so idyllischer Ruheort, wie ich ihn mir stets vorgestellt habe, Jane», sagte sie.

«Die menschliche Natur, meine Liebe, ist überall so ziemlich die gleiche. Der ganze Unterschied ist nur der, daß es in einer großen Stadt schwieriger ist, sie eingehend zu studieren.»

«Und du gehst nach Stonygates?»
«Ich werde nach Stonygates gehen. Es ist meinem Neffen Raymond gegenüber vielleicht unfair. Ich meine, weil es den Anschein erweckt, als hülfe er mir nicht. Aber der gute Junge ist ja in Mexiko und bleibt dort noch sechs Monate. Bis er zurückkommt, wird alles wohl vorüber sein.»
«Was wird vorüber sein?»
«Carrie Louise wird mich doch kaum auf unbestimmte Zeit einladen. Ich vermute auf drei Wochen, vielleicht auf einen Monat. Das dürfte reichlich genügen.»
«Du meinst, du wirst in dieser Zeit herausbekommen, was in Stonygates nicht ist, wie es sein sollte?»
«Ich hoffe es.»
«Liebe Jane», sagte Mrs. Van Rydock, «mir scheint, du besitzt ein großes Selbstvertrauen. Habe ich nicht recht?»
Miss Marple blickte ihre Freundin etwas vorwurfsvoll an.
«*Du* hast Vertrauen zu mir, Liebste. Oder jedenfalls sagst du es. Ich kann dir nur versichern, daß ich mich bemühen werde, dein Vertrauen zu rechtfertigen.»

## 2

Bevor Miss Marple nach St. Mary Mead zurückfuhr, sammelte sie einige Daten.
«Ich hätte gern etwas Tatsachenmaterial, liebe Ruth, und ich möchte auch wissen, wen ich in Stonygates vorfinden werde.»
«Gut. Du weißt von Carrie Louises Heirat mit Gulbrandsen. Sie bekamen keine Kinder, und Carrie Louise nahm sich das sehr zu Herzen. Gulbrandsen war ein Witwer, der drei bereits erwachsene Söhne hatte. Schließlich adoptierten sie ein Kind. Es war ein reizendes kleines Geschöpf. Sie nannten das Kind Pippa. Es war genau zwei Jahre alt, als sie es an Kindes Statt annahmen.»
«Woher stammte Pippa? Aus welchem Milieu?»
«Wirklich, Jane, ich kann mich nicht erinnern. Vielleicht habe ich auch nie davon gehört. Möglicherweise bekamen sie es durch die Adoptionsbehörde. Vielleicht wußte Gulbrandsen,

daß das Kind unerwünscht war. Aber warum fragst du? Hältst du das für wichtig?»
«Man möchte immer gern den Hintergrund kennen, wenn du verstehst, was ich meine. Aber, bitte, fahre fort!»
«Dann geschah es, daß Carrie Louise eine Entdeckung machte: sie sollte schließlich doch noch ein Kind gebären! Wenn ich recht unterrichtet bin, kommt das ziemlich häufig vor.»
Miss Marple nickte.
«Das glaube ich auch.»
«Jedenfalls geschah es, und komischerweise war Carrie Louise dadurch etwas aus der Fassung gebracht. Ich weiß nicht, ob du das verstehst. Früher wäre sie natürlich vor Freude ganz außer sich gewesen. Wie die Dinge nun aber einmal lagen, hatte sie ihre ganze Liebe Pippa zugewandt und fühlte sich ihr gegenüber gewissermaßen schuldbewußt, weil sie durch den Neuankömmling gleichsam verdrängt wurde. Und nun war Mildred, als sie zur Welt kam, ein wirklich recht wenig anziehendes Kind. Sie war nach den Gulbrandsens geartet, die zwar ehrenwerte und angesehene Menschen, aber ausgesprochen hausbakken gewesen waren. Carrie Louise war immer so ängstlich besorgt, nur ja keinen Unterschied zwischen dem adoptierten Kind und ihrem eigenen zu machen, daß ich glaube, sie neigte dazu, Pippa gegenüber zu nachsichtig zu sein und Mildred etwas zu übersehen. Manchmal glaube ich, Mildred hat das empfunden und übel aufgenommen. Ich habe sie aber nicht oft gesehen. Pippa wurde ein sehr schönes Mädchen und Mildred ein recht unansehnliches. Eric Gulbrandsen starb, als Mildred fünfzehn Jahre alt und Pippa achtzehn war. Mit zwanzig Jahren heiratete Pippa einen Italiener, den Marchese di San Severiano. Es war ein wirklich echter Marchese, kein Abenteurer oder dergleichen. Sie war eine begehrenswerte Erbin (natürlich, denn sonst hätte San Severiano sie nicht geheiratet – du weißt ja, wie die Italiener sind!). Gulbrandsen hinterließ seiner eigenen Tochter und dem Adoptivkind die gleiche Summe. Mildred heiratete einen Kanonikus Strete, einen netten Mann, der sich leicht erkältete. Er war zehn bis fünfzehn Jahre älter als sie. Eine glückliche Ehe, glaube ich.
Er starb vor einem Jahr, und Mildred kam nach Stonygates zurück, um bei ihrer Mutter zu leben. Aber ich greife vor. Pippa

heiratete also ihren Italiener. Carrie Louise freute sich über diese Heirat. Guido hatte wundervolle Manieren und war sehr hübsch. Und er war ein feiner Sportsmann. Nach einem Jahr bekam Pippa eine Tochter, und sie selber starb im Kindbett. Es war eine furchtbare Tragödie. Guido San Severiano war ganz niedergeschmettert. Carrie Louise reiste oft nach Italien. In Rom lernte sie Johnnie Restarick kennen und heiratete ihn. Der Marchese verheiratete sich wieder, und es war ihm ganz recht, daß seine kleine Tochter bei der überaus reichen Großmutter aufwachse. Sie ließen sich also alle in Stonygates nieder: Johnnie Restarick und Carrie Louise, Johnnies zwei Söhne, Alexis und Stephen (Johnnies erste Frau war eine Russin), und das Baby Gina. Mildred heiratete wenig später ihren Kanonikus. Dann kam die Geschichte mit Johnnie und dem jugoslawischen Frauenzimmer und die Scheidung. Die Jungen kamen noch immer in den Ferien nach Stonygates, denn sie hingen sehr an Carrie Louise, und dann — ich glaube es war im Jahre 1938 — heiratete Carrie Louise Lewis.»

Mrs. Van Rydock machte eine Pause, um Atem zu schöpfen.

«Du hast Lewis nicht kennengelernt?» fragte sie schließlich.

Miss Marple schüttelte den Kopf.

«Nein, ich glaube, ich habe Carrie Louise im Jahre 1928 zum letzten Mal gesehen. Sie war so lieb, mich in die Oper mitzunehmen.»

«Also schön. Lewis war der richtige Mann für sie. Er war der Leiter einer sehr bekannten Firma, die sich mit Bücherrevisionen befaßte. Ich glaube, sie begegneten sich zum ersten Mal anläßlich der Regelung gewisser finanzieller Fragen, die den Gulbrandsen-Trust und das Institut betrafen. Er war gut situiert, mit ihr etwa gleichaltrig und ein Mann von tadelfreiem Lebenswandel. Aber er war verrückt. Er war ganz darauf versessen, kriminelle Jugendliche zu retten.»

Ruth Van Rydock seufzte.

«Wie ich schon sagte, Jane, auch die Philanthropie ist der Mode unterworfen. Zu Gulbrandsens Zeit war es die Erziehung, vorher waren es Volksküchen gewesen —»

Miss Marple nickte.

«Ja, ich erinnere mich. Rotweingelee und Kalbskopfbrühe, die man den Kranken brachte. Meine Mutter war groß darin.»

«Ganz recht. Die Stärkung des Leibes wurde von der Stärkung des Geistes abgelöst. Jedermann war ganz versessen darauf, die niederen Klassen zu erziehen. Nun, diese Mode ist vorüber. Bald, vermute ich, wird es Mode sein, seine Kinder nicht zu erziehen, ihnen ihr Analphabetentum zu bewahren bis sie achtzehn sind. Nun, jedenfalls geriet der ‹Gulbrandsen Trust and Education Fund› in Schwierigkeiten, weil der Staat seine Funktionen übernahm. Da kam Lewis mit seiner Begeisterung für ein ‹konstruktives Training› krimineller Jugendlicher. Seine Aufmerksamkeit war bei der Ausübung seines Berufs auf diesen Gegenstand gelenkt worden. Er hatte unter anderem Konten zu prüfen, bei denen erfinderische Jünglinge betrügerische Manipulationen vorgenommen hatten. Er gelangte immer mehr zu der Überzeugung, kriminelle Jugendliche seien geistig nicht unternormal, vielmehr hätten sie ein ganz ausgezeichnet funktionierendes Gehirn und große Fähigkeiten, die nur auf die richtige Bahn gelenkt werden müßten.»

«Es ist etwas daran», sagte Miss Marple. «Aber es ist nicht völlig wahr. Ich erinnere mich –» Sie brach ab und blickte auf ihre Uhr.

O je! Ich darf den Zug 6.30 nicht verpassen.»

Ruth Van Rydock drängte:

«Und du wirst nach Stonygates gehen?»

Miss Marple griff nach ihrem Einkaufsnetz und ihrem Schirm und sagte:

«Wenn Carrie Louise mich einlädt –»

«Sie wird dich einladen. Also du gehst? Versprichst du es, Jane?»

Jane Marple versprach es.

## 3

Miss Marple stieg in Market Kindle aus. Ein freundlicher Mitreisender reichte ihr das Gepäck aus dem Zuge. Miss Marple ergriff ihren Pompadour, ihren abgenutzten ledernen Handkoffer und verschiedene Kleinigkeiten, während sie ihren Dank zwitscherte.

«Es ist riesig freundlich von Ihnen ... Das Reisen ist heutzutage nicht einfach. Es gibt so wenig Gepäckträger ...»
Ihr Gezwitscher ging in dem dröhnenden Wortschwall des Lautsprechers unter, der mit großem Stimmaufwand, aber recht undeutlich, verkündete, der Zug auf Bahnsteig I fahre weiter nach verschiedenen Stationen, deren Namen unverständlich blieben.
Market Kindle war ein großer, allen Winden ausgesetzter Bahnhof, auf dem sehr wenige Passagiere und so gut wie kein Eisenbahner zu sehen waren. Dafür aber hatte er nicht weniger als sechs Bahnsteige.
Miss Marple, die etwas schäbiger gekleidet war als für gewöhnlich (wie gut, daß sie ihr altes getüpfeltes Kleid nicht weggegeben hatte!), blickte sich unentschlossen in der ihr fremden Umgebung um, als ein junger Mann auf sie zuschritt.
«Miss Marple?» sagte er. Seine Stimme klang überraschend pathetisch, als wären «Miss Marple» die ersten Worte seiner Rolle in einer Theateraufführung von Amateuren. «Ich komme von Stonygates, Sie abzuholen.»
Miss Marple blickte ihn dankbar an — eine reizende hilflos aussehende alte Dame mit (was er freilich kaum bemerkte) sehr klugen blauen Augen. Das Äußere des jungen Mannes paßte nicht recht zu seiner dramatischen Stimme. Er sah ziemlich unbedeutend aus, und seine Augenlider hatten die Neigung, nervös zu flattern.
«Oh, ich danke Ihnen», sagte Miss Marple. «Ich habe nur diesen Handkoffer.»
Sie nahm zur Kenntnis, daß der junge Mann sich nicht selber nach dem Koffer bückte. Er schnippte mit den Fingern und winkte einen Gepäckträger heran, der einen Karren mit einigen Koffern vorüberrollte.
«Bringen Sie den Koffer bitte nach dem Wagen!» sagte er und fügte mit wichtiger Miene hinzu: «Sie wissen: Stonygates.»
Der Gepäckträger erwiderte obenhin:
«Wird gemacht. Dauert nicht lange.»
Miss Marple hatte den Eindruck, daß ihr neuer Bekannter mit der Haltung des Gepäckträgers nicht recht einverstanden war. Er sagte: «Die Eisenbahner werden von Tag zu Tag unmöglicher.»

Während er Miss Marple nach dem Ausgang führte, gab er bekannt:
«Ich bin Edgar Lawson. Mrs. Serrocold bat mich, ich möchte Sie abholen. Ich helfe Mr. Serrocold bei seiner Arbeit.»
Er sagte das so, als wolle er andeuten, ein stark beschäftigter und kaum entbehrlicher Mann habe liebenswürdigerweise aus Ritterlichkeit gegenüber der Gattin seines Arbeitgebers sehr wichtige Arbeiten im Stich gelassen.
Und wieder klang, was er sagte, nicht ganz überzeugend. Wieder spürte Miss Marple ein gewisses theatralisches Pathos.
Miss Marple fing an, sich über Edgar Lawson Gedanken zu machen.
Edgar Lawson führte die alte Dame zu einem ziemlich alten Fordwagen, der vor dem Bahnhofsgebäude parkte.
Er sagte gerade: «Wollen Sie vorn neben mir sitzen oder lieber hinten?» — als etwas dazwischenkam.
Ein neuer, funkelnder zweisitziger Rolls Bentley kam angebraust und hielt unmittelbar vor dem Ford. Eine sehr schöne junge Frau sprang heraus und kam zu ihnen. Sie trug nicht übermäßig saubere weite Cordhosen und eine schlichte, am Halse offene Hemdbluse.
«Da sind Sie ja noch, Edgar. Ich hatte gedacht, ich würde es nicht schaffen. Wie ich sehe, haben Sie Miss Marple schon abgeholt. Dasselbe war meine Absicht.» Sie begrüßte Miss Marple mit einem strahlenden Lächeln und zeigte eine Reihe wundervoller Zähne in einem sonnengebräunten Gesicht. «Ich bin Gina», sagte sie. «Carrie Louises Enkeltochter. Wie war Ihre Reise? Sehr unangenehm? Wie hübsch ist der Pompadour! Ich liebe Pompadours. Ich werde ihn nehmen und auch die anderen Sachen. Dann können Sie besser einsteigen.»
Edgars Gesicht wurde rot. Er protestierte.
«Hören Sie, Gina! Ich bin hergekommen, um Miss Marple abzuholen. Es war so vereinbart . . .»
Wieder entblößte sie ihre Zähne.
«O ja, ich weiß, Edgar», sagte sie lächelnd. «Aber plötzlich dachte ich mir, es wäre vielleicht ganz nett, wenn ich herkäme. Ich werde Miss Marple mitnehmen. Sie können auf das Gepäck warten und nachkommen.»
Als Miss Marple in den Wagen geklettert war, warf sie die

Tür hinter ihr zu, lief auf die andere Seite, sprang auf den Führersitz und sauste davon.
Miss Marple blickte sich um und sah das Gesicht, das Edgar Lawson machte.
«Ich glaube nicht, daß der junge Mann sehr erfreut ist», meinte sie.
Gina lachte.
«Edgar ist ein fürchterlicher Idiot», sagte sie. «Immer so theatralisch. Man könnte wirklich glauben, daß es auf ihn irgendwie ankäme!»
Miss Marple fragte:
«Kommt es auf ihn nicht an?»
«Auf Edgar?» Gina wußte wohl selber nicht, wie grausam ihr verächtliches Lachen klang. «Er ist durchgedreht.»
«Durchgedreht?»
«Das sind sie alle in Stonygates», sagte Gina. «Ich meine natürlich nicht Lewis und Großchen und mich und die Jungens — und natürlich auch nicht Miss Bellever. Aber die andern. Manchmal habe ich das Gefühl, daß ich in dieser Umgebung selber auch noch verrückt werde. Sogar Tante Mildred läuft herum und redet die ganze Zeit mit sich selber. Das sollte man von der Witwe eines Kanonikus doch eigentlich nicht erwarten. Finden Sie nicht auch?»
Sie hatten jetzt die Auffahrt zum Bahnhof hinter sich und glitten schnell über die glatte leere Straße. Gina blickte ihre Begleiterin verstohlen an.
«Sie waren doch mit Großchen zusammen auf der Schule, nicht wahr? Ich finde das merkwürdig.»
Miss Marple wußte sehr genau, was sie meinte. Die jungen Menschen scheinen es immer sehr merkwürdig zu finden, daß alte Leute einmal jung gewesen sein, Zöpfe getragen und sich mit der Dezimalrechnung und der englischen Literatur herumgeschlagen haben sollten.
«Es muß *sehr* lange her sein», sagte Gina ganz entsetzt, offenbar ohne sich bewußt zu sein, wie taktlos diese Bemerkung eigentlich war.
«Ja, es ist sehr lange her», sagte Miss Marple. «Bei mir empfinden Sie das wohl stärker als bei Ihrer Großmutter?»
Gina nickte. «Es ist hübsch, daß Sie das sagen. Bei Großchen

hat man wirklich ein merkwürdiges Gefühl, so als gäbe es gar kein Alter.»
«Es ist lange her, seit ich sie das letzte Mal gesehen habe. Ich frage mich, ob ich sie wohl sehr verändert finden werde?»
«Ihr Haar ist natürlich grau geworden», sagte Gina sinnend. «Und beim Gehen benutzt sie einen Stock wegen ihrer Gelenkentzündung. Die ist in der letzten Zeit viel schlimmer geworden. Ich vermute —» Sie brach ab und fragte dann: «Sind Sie schon einmal in Stonygates gewesen?»
«Nein, nie. Ich habe aber natürlich viel von Stonygates gehört.»
«Es ist eigentlich grausig», sagte Gina vergnügt. «Eine Art gotischer Monstrosität. Aber in seiner Art ist es auch ganz drollig. Nur daß jedermann es fürchterlich ernst nimmt. Wo man geht und steht, stolpert man über Psychiater. Ihnen scheint die Sache riesigen Spaß zu machen. Die jungen Verbrecher werden sehr verhätschelt. Wenigstens einige von ihnen. Einer zeigte mir, wie man mit einem Stück Draht an Schlössern herumfummelt, und ein Junge mit einem Gesicht wie ein Engel hat mir eine Menge Tips verraten, wie man die Leute begaunert.»
Miss Marple gab diese Information Stoff zum Nachdenken.
«Die Strolche kann ich am besten leiden», sagte Gina. «Die krankhaft Veranlagten gefallen mir weniger. Natürlich finden Lewis und Dr. Maverick sie alle sonderbar — ich meine, sie denken, es handelt sich bei ihnen um unterdrückte Wünsche und zerrüttetes Familienleben — die Mutter mit einem Soldaten durchgebrannt und dergleichen. Ich kann das nicht ganz richtig finden, denn manche Leute haben ein schrecklich zerrüttetes Familienleben gehabt und sind doch ganz ordentliche Menschen geworden.»
«Es ist sicherlich ein sehr schwieriges Problem», sagte Miss Marple.
Gina lachte und zeigte wieder ihre prachtvollen Zähne.
«Mich berührt dies alles nicht sehr. Ich sage mir, einige Leute haben nun eben einmal den inneren Drang, die Welt verbessern zu wollen. Lewis ist ganz versessen darauf. Nächste Woche fährt er übrigens nach Aberdeen, weil ein ‹Fall› dort zur Verhandlung kommt. Es handelt sich um einen Jungen mit fünf Vorstrafen.»

«Wie ist das mit dem jungen Mann, der mich vom Zuge abholte? Mr. Lawson erzählte mir, er helfe Mr. Serrocold bei seiner Arbeit. Ist er sein Sekretär?»

«Sein Sekretär? Dazu hat Edgar nicht Verstand genug. Er ist ein ‹Fall›. Er pflegte in Hotels abzusteigen und sich als Victoriakreuzträger oder Kampfflieger auszugeben, sich Geld zu borgen und dann die Wohnung zu wechseln. Meiner Meinung nach ist er ein richtiger Taugenichts. Aber Lewis behandelt sie alle nach einem gewissen Schema. Sie sollen das Gefühl haben, als gehörten sie zur Familie, und *er* gibt ihnen Beschäftigungen und Aufträge, um in ihnen das Verantwortungsgefühl zu stärken. Ich fürchte, einer von ihnen wird uns eines Tages umbringen.» Gina lachte fröhlich.

Miss Marple lachte nicht.

Sie fuhren durch ein stattliches Tor, bei dem ein Aufseher von militärischem Aussehen Posten stand, und fuhren die Auffahrt hinauf, die von Rhododendronsträuchern eingefaßt war. Die Fahrbahn war in schlechtem Zustand und auch sonst sah alles sehr vernachlässigt aus.

Gina, Miss Marples Blick richtig deutend, sagte:

«Während des Krieges war kein Gärtner zu haben. Seither haben wir uns nicht mehr darum bemüht. Es sieht wirklich nicht gerade schön aus.»

Die Auffahrt beschrieb eine Kurve, und plötzlich lag Stonygates in seiner ganzen Pracht vor ihnen. Es war, wie Gina gesagt hatte, ein mächtiges Gebäude im gotischen Stil des Viktorianischen Zeitalters – eine Art Tempel der Plutokratie. Philanthropie hatte zahlreiche Außengebäude und Anbauten hinzugefügt, die, wenn sie auch nicht ausgesprochen stilwidrig waren, doch den Zusammenhang oder die Absicht, die dem Gebäude ursprünglich zu Grunde gelegen hatte, zerstörten.

«Scheußlich, nicht wahr?» sagte Gina voller Inbrunst. «Dort auf der Terrasse steht Großchen. Ich werde hier halten. Sie können dann zu ihr gehen.»

Miss Marple ging über die weite Terrasse auf ihre alte Freundin zu.

Aus der Ferne sah die schmächtige kleine Gestalt trotz des Stockes, auf den sie sich stützte und trotz ihrer langsamen und offensichtlich mit Schmerzen verbundenen Fortbewegung selt-

sam mädchenhaft aus. Man hatte fast den Eindruck, als ahme ein junges Mädchen in übertriebener Weise das Alter nach.
«Jane!» sagte Mrs. Serrocold.
«Liebe Carrie Louise!»
Ja, es war unverkennbar Carrie Louise. Seltsam unverändert, noch immer merkwürdig jugendlich, obgleich sie, im Gegensatz zu ihrer Schwester, keine kosmetischen Mittel oder Kunstgriffe zur Vortäuschung von Jugend benutzte. Ihr Haar war grau, aber es war immer silberblond gewesen, und die Farbe hatte sich sehr wenig geändert. Ihre weiße Haut schimmerte noch immer rosig, wenn sie auch etwas zerknittert war, und ihre Augen hatten ihren reinen Sternenglanz bewahrt. Sie hatte die schlanke Figur eines jungen Mädchens und hielt den Kopf etwas schief geneigt — wie ein zutrauliches Vöglein.
«Ich muß mich selber schelten», sagte Carrie Louise mit ihrer sanften Stimme, «daß ich soviel Zeit habe verstreichen lassen. Es ist Jahre her, seit ich dich das letzte Mal sah, liebe Jane. Wie schön von dir, daß du gekommen bist, uns endlich einmal zu besuchen.»
Am andern Ende der Terrasse rief Gina:
«Du solltest hereinkommen, Großchen. Es wird kalt. Jolly wird sehr zornig sein.»
Carrie Louise lächelte.
«Sie alle haben sich so mit mir», sagte sie. «Sie lassen es mich immer merken, daß ich eine alte Frau bin.»
«Und dabei fühlst du dich gar nicht wie eine alte Frau.»
«Nein, Jane, ich fühle mich nicht wie eine alte Frau – trotz aller meiner kleinen Leiden und Schmerzen. Und ich habe nicht wenige. Innerlich fühle ich mich als ein so junges Ding wie Gina. Vielleicht hat jeder diesen Eindruck von sich. Der Spiegel zeigt einem, wie alt man ist, und man will es einfach nicht glauben. Es ist mir, als sei es erst wenige Monate her, seit wir in Florenz waren. Erinnerst du dich noch an Fräulein Schweich und ihre Schuhe?»
Die beiden ältlichen Damen lachten gemeinsam über Ereignisse, die fast ein halbes Jahrhundert zurücklagen.
Sie schritten zusammen durch eine Seitentür. Auf der Schwelle trat ihnen eine ältere Dame mit einer anmaßenden Nase und kurz geschnittenem Haar entgegen. Sie sagte zornig:

«Es ist unverantwortlich von Ihnen, Cara, so lange draußen zu bleiben. Sie sind einfach außerstande, selber auf Ihre Gesundheit zu achten. Was wird Mr. Serrocold dazu sagen?»
«Schelten Sie mich nicht, Jolly!» sagte Carrie Louise bittend. Sie stellte Miss Bellever Miss Marple vor.
«Dies ist Miss Bellever. Sie ist einfach alles für mich: Pflegerin, Drache, Wachhund, Sekretärin, Haushälterin und eine sehr treue Freundin.»
Miss Bellever verzog das Gesicht, und das Ende ihrer großen Nase rötete sich stark, was bei ihr ein Zeichen der Erregung war.
«Ich tue, was ich kann», sagte sie barsch. «Dies ist ein verrückter Haushalt hier. Man kann eine geordnete Tageseinteilung einfach nicht durchführen.»
«Liebe Jolly, natürlich können wir es nicht. Ich wundere mich, warum Sie es überhaupt versuchen. Wo wollen Sie Miss Marple unterbringen?»
«Im blauen Zimmer. Soll ich sie hinführen?» fragte Miss Bellever.
«Ja, Jolly, bitte, tun Sie das. Und dann bringen Sie sie zum Tee herunter. Er wird heute in der Bibliothek eingenommen, denke ich.»
Das blaue Zimmer hatte schwere Vorhänge von verblaßtem blauen Brokat, der nach Miss Marples Meinung etwa fünfzig Jahre alt sein mußte. Die Möbel waren aus Mahagoni. Sie waren groß und sehr solide, das Bett ein breites Himmelbett. Miss Bellever öffnete eine Tür, die in ein anschließendes Badezimmer führte. Dieses Badezimmer war überraschend modern. Alles Metall war glänzend verchromt.
Miss Bellever bemerkte grimmig:
«Johnnie Restarick ließ zehn Badezimmer einbauen, als er Cara heiratete. Die Installation ist so ziemlich das einzige, was modernisiert wurde. Er wollte nichts davon hören, daß auch sonstige Veränderungen vorgenommen würden. Er sagte, der Stil des Hauses müsse unbedingt erhalten bleiben. Kannten Sie ihn eigentlich?»
«Nein, ich bin ihm nie begegnet. Mrs. Serrocold und ich haben uns selten gesehen – wenn wir auch unseren Briefwechsel niemals abbrachen.»

«Er war ein angenehmer Mensch», sagte Miss Bellever. «Aber natürlich taugte er nichts. Ein richtiger Strolch, aber gut zu leiden. Er besaß einen großen Charme. Die Frauen liebten ihn nur zu sehr. Das war schließlich sein Verderben. Zu Cara paßte er absolut nicht.»
Sie verfiel plötzlich wieder ins Praktische und fuhr ohne Übergang fort:
«Das Hausmädchen wird Ihre Sachen auspacken. Möchten Sie sich vor dem Tee waschen?»
Als Miss Marple die Frage bejahte, sagte sie, sie würde am Treppenabsatz auf sie warten.
Miss Marple ging in das Badezimmer, wusch sich die Hände und trocknete sie etwas nervös an einem sehr schönen orchideenfarbenen Handtuch ab. Dann ordnete sie ihr weiches weißes Haar.
Miss Bellever wartete auf sie vor der Tür. Sie führte sie die große düstere Treppe hinunter, durch eine weite dunkle Halle und in einen Raum, in dem sich Bücherregale bis zur Decke auftürmten. Durch ein großes Fenster hatte man einen Blick auf einen künstlichen kleinen See.
Carrie Louise stand am Fenster. Miss Marple ging zu ihr.
«Was für ein gewaltig großes Haus», sagte Miss Marple. «Ich fühle mich in ihm ganz verloren.»
«Ja, ich weiß. Es ist wirklich lächerlich. Es wurde von einem reichen Eisenhüttenbesitzer erbaut. Er machte bald darauf bankrott. Darüber wundere ich mich nicht. Das Haus enthielt etwa vierzehn Wohnzimmer, alle riesengroß. Ich habe nie begriffen, was die Leute mit mehr als einem Wohnzimmer anfangen. Und dann alle die gewaltigen Schlafzimmer! Diese Raumverschwendung! Mein Schlafzimmer ist einfach erschlagend. Es ist ein tüchtiger Marsch vom Bett bis zum Toilettentisch. An den Fenstern hängen lange und schwere dunkle karmesinrote Vorhänge.»
«Hast du denn dein Zimmer nicht modernisieren lassen?»
Carrie Louise machte ein verwundertes Gesicht.
«Nein. Es ist genauso geblieben, wie es war, als ich mit Eric hier wohnte. Natürlich wurde es frisch gestrichen, aber sie nehmen immer dieselbe Farbe. Doch schließlich kommt es auf dergleichen ja nicht an, nicht wahr? Ich hätte es nicht richtig

gefunden, wenn ich für dergleichen Dinge eine Menge Geld ausgegeben hätte, wo es doch so viele Dinge gibt, die unendlich viel wichtiger sind.»

«Sind denn im Hause gar keine Veränderungen vorgenommen worden?»

«O doch. Eine ganze Menge. Wir haben nur eine Art Block in der Mitte des Hauses, die große Halle und die Räume, die von ihr ausgehen und über ihr liegen, unverändert gelassen. Es sind die besten Räume, und Johnnie, mein zweiter Gatte, geriet in Begeisterung, wenn auf sie die Rede kam. Er sagte, sie sollten nie verändert werden. Er war ein Künstler und verstand etwas von diesen Dingen. Aber die Flügel wurden völlig umgebaut. Die großen Zimmer wurden aufgeteilt, und so haben wir Büroräume, Schlafzimmer für die Lehrpersonen und dergleichen gewonnen. Die Jungen sind alle in den Schulgebäuden untergebracht. Du kannst sie von hier aus sehen.»

Miss Marple blickte aus dem Fenster und betrachtete mehrere große rote Gebäude, die von einem Gürtel von Bäumen umgeben waren. Dann fiel ihr Blick auf etwas anderes, in größerer Nähe, und sie lächelte.

«Wie schön Gina ist!» sagte sie.

Carrie Louises Gesicht erhellte sich. «Ja, nicht wahr?» sagte sie weich. «Es ist wundervoll, sie wieder hier zu haben. Zu Beginn des Krieges schickte ich sie nach Amerika. Zu Ruth. Hat Ruth von ihr gesprochen?»

«Sie hat sie nur kurz erwähnt.»

Carrie Louise seufzte.

«Die arme Ruth! Sie war über Ginas Heirat entsetzt. Ich habe ihr immer und immer wieder gesagt, ich selber mache Gina nicht den geringsten Vorwurf. Ruth hat noch nicht erkannt, daß die alten Klassenunterschiede und Schranken verschwunden sind – oder wenigstens anfangen zu verschwinden. Gina betätigte sich im Kriegshilfsdienst und lernte auf diese Weise den jungen Mann kennen. Er war bei der Marine, und seine Vorgesetzten hielten viel von ihm. Eine Woche später heirateten sie. Es ging alles natürlich viel zu schnell. Sie hatten keine Zeit gehabt, sich darüber klarzuwerden, ob sie wirklich zueinander paßten. Aber so ist es nun einmal heutzutage. Die jungen Menschen sind Angehörige ihrer Generation. Wir mögen das, was sie tun, oft töricht finden, aber wir müssen ihre Entscheidungen hinnehmen. Ruth aber war sehr aufgeregt.»

«Sie fand den jungen Mann wohl nicht geeignet?»

«Sie wiederholte immer wieder, niemand wisse etwas von ihm. Er kam aus dem Mittleren Westen und besaß kein Geld. Natürlich hatte er auch keinen Beruf. Es gibt überall Hunderte von jungen Menschen, denen es ebenso ergeht. Doch nach Ruths Meinung war er nicht der richtige Mann für Gina. Was half es? Es war nun einmal geschehen. Ich freute mich, als Gina meine Einladung annahm und mit ihrem Mann herüberkam. Es geschieht hier soviel, an Beschäftigung ist kein Mangel, und wenn Walter sich der Medizin zuwenden will oder es vorzieht, sich auf einem andern Gebiet auszubilden, so hat er hierzulande dazu Gelegenheit genug. Schließlich ist es ja Ginas Heimat. Es ist herrlich, sie wieder hier zu haben. Sie erfüllt das ganze Haus mit ihrer Herzenswärme, ihrer Fröhlichkeit und ihrer Lebhaftigkeit.»

Miss Marple nickte. Sie blickte wieder auf die beiden jungen Leute, die am Ufer des Sees standen.

«Er ist übrigens nicht minder hübsch als sie», bemerkte sie. «Ich wundre mich nicht, daß Gina sich in ihn verliebt hat.»

«Aber das dort – ist ja gar nicht Walter.» Mrs. Serrocolds Stimme klang plötzlich etwas verwirrt oder verlegen. «Das ist Stephen, der jüngere von Johnnie Restaricks beiden Söhnen. Als Johnnie fortging, hatte er keinen Platz für die Buben in den Ferien. Daher kamen sie immer zu mir. Sie betrachten dieses Haus als ihr Heim. Und Stephen ist jetzt ständig hier. Er leitet unsere dramatische Abteilung. Wir haben nämlich ein Theater und Aufführungen. Wir fördern alle künstlerischen Neigungen. Lewis sagt, das Verbrecherische an Jugendlichen gründe sich auf Geltungsbedürfnis. Die meisten von ihnen stammen aus einem unglücklichen Milieu, wo ihre Triebe und Neigungen gehemmt wurden. In diesen Überfällen und Einbrüchen machten sich ihre gehemmten Triebe Luft, und sie fühlten sich als Helden. Wir regen sie an, ihre Stücke selber zu schreiben, in ihnen zu spielen und ihre Kulissen selber zu entwerfen und zu malen. Stephen hat die Leitung des Theaters. Er ist sehr eifrig und voller Begeisterung. Es ist wirklich wundervoll, wie er alles mit Leben erfüllt.»

«Ich verstehe», sagte Miss Marple langsam.
Sie sah ausgezeichnet in die Ferne (wie viele ihrer Nachbarn in St. Mary Mead zu ihrem Schaden erfahren mußten), und konnte sehr deutlich Stephen Restaricks gebräuntes, hübsches Gesicht erkennen. Gina stand ihm gegenüber. Er redete eifrig auf sie ein. Ginas Gesicht konnte sie nicht sehen, weil das Mädchen ihnen den Rücken zuwandte. Aber der Ausdruck in Stephen Restaricks Gesicht ließ keine falsche Deutung zu.
«Es geht mich ja nichts an», sagte Miss Marple, «aber es ist dir wohl klar, Carrie Louise, daß er in sie verliebt ist.»
«O nein —» Carrie Louise schien zu erschrecken. «O nein — hoffentlich nicht.»
«Du schwebtest stets in den Wolken, Carrie Louise», sagte Miss Marple. «Aber es besteht nicht der geringste Zweifel.»

## 4

Bevor Mrs. Serrocold etwas dazu sagen konnte, kam ihr Gatte aus der Halle ins Zimmer. Er hielt einige offene Briefe in der Hand.
Lewis Serrocold war ein kleiner Mann, eine wenig eindrucksvolle Erscheinung, aber mit einem Persönlichkeitsgepräge, das ihn kennzeichnete. Ruth hatte einmal von ihm gesagt, er gliche mehr einer Dynamomaschine als einem menschlichen Wesen. Für gewöhnlich konzentrierte er sich völlig auf den Gegenstand, der gerade seine Aufmerksamkeit in Anspruch nahm, und ließ Dinge oder Personen, die damit nichts zu tun hatten, einfach unbeachtet.
«Ein schwerer Schlag, meine Liebe», sagte er. «Jackie Flint ist rückfällig. Und ich hatte wirklich geglaubt, er würde diesmal ehrlich bleiben, wenn er eine gute Chance bekäme. Er meinte es auch zweifellos ernst. Du weißt ja, daß er sich immer sehr für die Eisenbahn interessiert hatte. Daher dachten Maverick und ich, wenn er eine Beschäftigung bei der Eisenbahn bekäme, würde er alles daran setzen, sie zu behalten, und sich ordentlich aufführen. Aber es ist die alte Geschichte. Kleine Diebstähle in der Gepäckabfertigung. Nicht einmal Dinge, die

für ihn selber von Wert waren oder die er verkaufen konnte. Das beweist, daß es sich bei ihm um einen psychologischen Fall handelt. Wir sind noch nicht bis zu der Wurzel seiner seelischen Störung vorgedrungen. Aber ich bin nicht gewillt, ihn aufzugeben.»

«Lewis – dies ist meine alte Freundin, Jane Marple.»

«Sehr erfreut», sagte Mr. Serrocold zerstreut. «Natürlich werden sie Anklage erheben. Er ist ein netter Bursche, hat nicht zuviel Grips, ist aber wirklich nett. Das Milieu, aus dem er kommt, läßt sich kaum beschreiben. Ich –»

Er brach plötzlich ab, und die Dynamomaschine schaltete sich auf den Gast um.

«Ich freue mich sehr, Miss Marple, daß Sie eine Weile bei uns zu Besuch sein werden. Es ist für Caroline eine große Hilfe, daß sie eine Freundin aus alter Zeit hier hat, mit der sie Erinnerungen auffrischen kann. In vieler Hinsicht hat sie es hier recht schwer. Die Atmosphäre des Hauses ist recht oft gedrückt. Die Geschichten dieser armen Kinder sind auch gar zu traurig. Wir wollen hoffen, daß Sie recht lange bei uns bleiben werden.»

Miss Marple fühlte die Anziehungskraft, die von diesem Mann ausging, und sie konnte es wohl verstehen, daß ihre Freundin stark unter seinem Einfluß stand. Daß Lewis Serrocold ein Mann war, der es liebte, von «Fällen» zu reden, daran zweifelte sie keinen Augenblick. Andere Frauen hätte das vielleicht gereizt, aber nicht Carrie Louise.

Lewis Serrocold zog einen zweiten Brief aus dem Umschlag.

«Glücklicherweise aber haben wir auch gute Nachrichten. Diese hier kommt von der ‹Wiltshire und Somerset Bank›. Der junge Morris macht sich ausgezeichnet. Sie sind sehr zufrieden mit ihm und haben die Absicht, ihn im nächsten Monat zu befördern. Ich wußte immer, was ihm nottat, waren Verantwortlichkeit und ein gründliches Verständnis für den Begriff des Geldes und den Umgang mit ihm.»

Er wandte sich an Miss Marple.

«Die Hälfte dieser Jungens wissen nicht, was Geld ist. Es bedeutet für sie Kino oder Hunderennen oder Zigaretten, und sie sind gute Rechner und finden es aufregend, mit Zahlen zu jonglieren. Ich glaube, die richtige Methode, sie zu behandeln, ist, daß man sie sozusagen mit der Nase auf diese Dinge stößt, daß man sie im Rechnungswesen ausbildet, mit Zahlen hantieren läßt, ihnen gleichsam die innere Romantik des Geldes aufzeigt. Man gebe ihnen die nötige Übung und das Verantwortungsgefühl, und man verschaffe ihnen eine Möglichkeit, beruflich mit Geld umzugehen. Unsere größten Erfolge haben wir auf diese Weise erzielt. Nur zwei Fälle von achtunddreißig haben uns enttäuscht. Einer dieser Jungen ist Hauptkassierer bei einer Drogistenfirma — eine mit großer Verantwortung verknüpfte Stellung —»

Er brach unvermittelt ab und sagte:

«Der Tee ist aufgetragen, meine Liebe.»

«Ich dachte, wir würden ihn hier nehmen», sagte Mrs. Serrocold.

«Nein, es ist in der Halle gedeckt. Die andern sind schon versammelt.»

Carrie Louise hakte sich bei Miss Marple ein, und sie begaben sich alle drei nach der großen Halle. Der gedeckte Tisch schien schlecht in dieses Milieu zu passen. Alles Zubehör stand in einem bunten Durcheinander auf einem Tablett. Weiße Gebrauchstassen waren mit den Überresten eines kostbaren Services vermischt. Neben einem Brotlaib standen zwei Marmeladentöpfe. Auf einer Schüssel lagen billige, wenig den Appetit anregende Kuchen.

Eine rundliche, grauhaarige Frau in mittleren Jahren saß neben dem Teewagen. Mrs. Serrocold sagte:

«Jane, dies ist Mildred, meine Tochter Mildred. Du hast sie nicht mehr gesehen, seit sie ein kleines Mädchen war.»

Von allen Bewohnern des Hauses, die Miss Marple bisher gesehen hatte, paßte Mildred am besten zu ihrer Umgebung. Sie sah wohlhabend und würdevoll aus. Sie hatte hoch in den Dreißigern einen Domherrn geheiratet und war jetzt Witwe. Sie sah genauso aus, wie man sich die Witwe eines Domherrn vorstellt: respektabel und etwas langweilig. Sie hatte ein großes, ausdrucksloses Gesicht und glanzlose Augen. Miss Marple erinnerte sich, daß sie schon als kleines Mädchen recht unansehnlich gewesen war.

«Und dies ist Walter Hudd, Ginas Gatte.»

Ginas Gatte war ein großer junger Mann mit einem mürri-

schen Gesicht. Er nickte linkisch und fuhr fort, sich Kuchen in den Mund zu stopfen.
Plötzlich traten Gina und Stephen Restarick ein. Sie waren beide sehr angeregt.
«Gina hat eine großartige Idee für den Hintergrund», sagte Stephen. «Sie besitzt eine ausgesprochen feine Nase für Entwürfe von Theaterdekorationen.»
Gina lachte. Sie schien sich über das Kompliment zu freuen.
Edgar Lawson erschien und nahm neben Lewis Serrocold Platz. Als Gina etwas zu ihm sagte, tat er, als habe er nichts gehört und gab keine Antwort.
Miss Marple fand das alles etwas verwirrend, und sie war froh, als sie endlich in ihr Zimmer gehen und sich etwas hinlegen konnte.
Beim Abendessen waren noch mehr Leute anwesend. Da war zunächst der noch junge Dr. Maverick, der entweder ein Psychiater oder ein Psychologe war – Miss Marple war der Unterschied nicht ganz klar –, und seine Unterhaltung, die er fast ausschließlich in dem Jargon seines Berufs führte, war ihr völlig unverständlich. Weiter waren da zwei bebrillte junge Männer, die zum Lehrpersonal gehörten, ein Mr. Baumgarten, ein Therapeut, und drei äußerst schüchterne Jünglinge, die in dieser Woche an der Reihe waren, an den Mahlzeiten im Hause teilnehmen zu dürfen. Einer von ihnen, ein blonder Junge mit sehr blauen Augen, war, wie Gina Miss Marple zuflüsterte, der «Experte in Gaunertricks».
Das Essen war nicht besonders reizvoll. Es war gleichgültig gekocht und wurde gleichgültig serviert.
Miss Bellever trug ein hochgeschlossenes schwarzes Kleid, Mildred Strete ein Abendkleid mit einer Wolljacke darüber, Carrie Louise ein graues Kostüm. Gina trug ein kleidsames Dirndlkleid. Walter hatte sich nicht umgekleidet, Stephen Restarick ebenfalls nicht. Edgar Lawson trug einen sauberen dunkelblauen Anzug, Lewis Serrocold den traditionellen Smoking. Er aß sehr wenig und schien kaum zu merken, was auf seinem Teller war.
Nach dem Essen zogen sich Lewis Serrocold und Dr. Maverick zu einer Besprechung zurück. Der Therapeut und die Lehrer begaben sich in ihre eigenen Zimmer. Die drei «Fälle» kehrten

ins Institut zurück. Gina und Stephen gingen nach dem Theater, um Ginas Idee für einen neuen Hintergrund durchzusprechen. Mildred strickte an einem Kleidungsstück, und Miss Bellever stopfte Socken. Walter saß, bequem zurückgelehnt, in einem Sessel und starrte ins Leere. Carrie Louise und Miss Marple plauderten von alten Zeiten.

Nur Edgar Lawson schien nicht zur Ruhe kommen zu können. Bald setzte er sich hin, bald stand er auf — aber nur, um sich gleich wieder hinzusetzen.

«Ob ich wohl zu Mr. Serrocold gehe?» sagte er ziemlich laut. «Vielleicht braucht er mich.»

Carrie Louise sagte sanft: «Oh, das glaube ich nicht. Er wollte heute abend einiges mit Dr. Maverick besprechen.»

«Da will ich natürlich nicht stören. Ich denke nicht daran, mich irgend jemand aufzudrängen. Im übrigen habe ich schon Zeit genug verschwendet, als ich heute nach dem Bahnhof fuhr, wo Mrs. Hudd doch die Absicht hatte, selber hinzufahren.»

«Sie hätte es Ihnen sagen sollen», meinte Carrie Louise. «Aber ich denke mir, sie hat sich erst im letzten Augenblick entschlossen.»

«Sind Sie sich auch darüber klar, Mrs. Serrocold, daß sie mich zum Narren gehalten hat? Regelrecht zum Narren?»

«O nein», sagte Carrie Louise lächelnd. «So etwas dürfen Sie nicht denken.»

«Ich weiß, ich werde weder gebraucht noch bin ich erwünscht. Darüber bin ich mir vollkommen klar. Wenn die Sache anders läge, wenn ich eine richtige Stellung im Leben hätte, würde das vieles ändern. Sehr vieles. Es ist nicht meine Schuld, daß ich nicht den Platz im Leben einnehme, der mir gebührt.»

«Aber Edgar», sagte Carrie Louise. «Regen Sie sich doch nicht über nichts auf. Jane findet es sehr nett von Ihnen, daß Sie sie abgeholt haben. Und Gina hat ja immer solche plötzlichen Einfälle. Sie hatte Sie wirklich nicht ärgern wollen.»

«O doch, das wollte sie. Sie tat es absichtlich, um mich zu demütigen —»

«Aber Edgar —»

«Sie wissen nicht die Hälfte von dem, was hier vorgeht, Mrs. Serrocold. Aber gut, ich werde nichts mehr sagen. Ich sage nur noch: gute Nacht!»

Er ging hinaus und schloß krachend die Tür hinter sich.
Miss Bellever schnaubte:
«Scheußliche Manieren!»
«Er ist so empfindsam», sagte Carrie Louise beschwichtigend.
Mildred Strete klapperte mit ihren Stricknadeln und sagte scharf:
«Er ist ein wahrhaft widerlicher junger Mensch. Du solltest sein Benehmen nicht beschönigen, Mutter.»
«Lewis sagt, er könne nichts dafür.»
Mildred erwiderte zornig:
«Jedermann kann etwas dafür, wenn er sich ungezogen benimmt. Natürlich tadle ich Gina in gleichem Maße. Sie ist bei allem, was sie tut, so faselig. Sie stiftet lauter Verwirrung. Den einen Tag ermunterte sie den jungen Mann, und am nächsten fährt sie ihn an. Was kann man da erwarten?»
Walter Hudd öffnete zum erstenmal an diesem Abend den Mund.
Er sagte:
«Der Mensch ist verrückt. Damit ist alles gesagt. Verrückt!»

Als Miss Marple an diesem Abend in ihrem Bett lag, suchte sie sich ein Bild von Stonygates zu machen. Aber es war noch zu verwirrt. Es gab hier Strömungen und Gegenströmungen. Ob das aber Ruth Van Rydocks Unruhe zu erklären vermochte, ließ sich unmöglich sagen. Miss Marple hatte nicht den Eindruck, als würde Carrie Louise irgendwie durch das, was in ihrer Umgebung vorging, betroffen. Stephen war in Gina verliebt. Ob Gina Stephen liebte, war zweifelhaft. Walter Hudd fühlte sich hier sichtlich nicht wohl. Das waren Dinge, die überall und sehr häufig vorkommen konnten. Es war nichts Besonderes an ihnen. Leider. Sie pflegten vor dem Scheidungsgericht zu enden, und jeder begann hoffnungsfreudig von vorn – bis es zu neuen Verwicklungen kam. Mildred Strete war offensichtlich auf Gina eifersüchtig und konnte sie nicht ausstehen. Das war, meinte Miss Marple, durchaus natürlich.
Sie dachte an das, was Ruth Van Rydock ihr erzählt hatte. An Carrie Louises Enttäuschung, weil sie kein Kind bekam, an die Adoption der kleinen Pippa und dann an die Entdeckung, daß schließlich doch ein Kind unterwegs war.

«So etwas kommt oft vor», hatte Miss Marples Doktor zu ihr gesagt: «Vielleicht wird die Spannung durch die Adoption gelöst, und die Natur kann dann ihr Werk tun.»
Er hatte hinzugefügt, in solchen Fällen hätte das adoptierte Kind es für gewöhnlich sehr schwer.
Aber in diesem Fall war das nicht so gewesen. Sowohl Gulbrandsen wie seine Gattin hatten die kleine Pippa angebetet. Sie war in ihren Herzen zu fest verankert, als daß man sie hätte leicht beiseiteschieben können. Gulbrandsen war bereits Vater. Die Vaterschaft war daher für ihn nichts Neues. Carrie Louises Sehnsucht nach der Mutterschaft war durch Pippa gestillt worden. Ihre Schwangerschaft war sehr unangenehm gewesen, die Geburt schwer und von langer Dauer. Carrie Louise, die eigentlich nie einen Sinn für die Wirklichkeit gehabt hatte, hatte vermutlich wenig Freude an ihrer ersten stürmischen Begegnung mit ihr.
Nun waren da zwei kleine Mädchen, die Seite an Seite aufwuchsen. Das eine Kind war hübsch und amüsant, das andere unansehnlich und langweilig. Auch das, dachte Miss Marple, war ganz natürlich. Denn wenn jemand ein Baby adoptiert, sucht er sich ein hübsches aus. Mildred hätte Glück haben und nach den Martins, die die hübsche Ruth und die zierliche Carrie Louise zur Welt gebracht hatten, geraten können. Die Natur aber wollte es anders: sie artete nach den Gulbrandsens, die schwergliedrig, wenig begabt und recht unansehnlich gewesen waren.
Dazu kam, daß Carrie Louise entschlossen war, das adoptierte Kind niemals fühlen zu lassen, daß es nur adoptiert war. Und um nur ja nicht dieses Gefühl aufkommen zu lassen, war sie sicherlich Pippa gegenüber zu nachsichtig und manchmal Mildred gegenüber nicht unbedingt gerecht gewesen.
Pippa hatte geheiratet und war nach Italien gegangen. Mildred war daher eine Zeitlang die einzige Tochter im Hause gewesen. Aber dann war Pippa gestorben, und Carrie Louise hatte Pippas kleines Kind nach Stonygates zurückgebracht. So kam es, daß Mildred abermals beiseitestehen mußte. Dann hatte es eine neue Heirat gegeben, und die beiden Brüder Restarick waren ins Haus gekommen. Im Jahre 1934 hatte Mildred den Domherrn Strete geheiratet – einen gelehrten Herrn, der etwa

fünfzehn Jahre älter gewesen war als sie — und fortan in Südengland gelebt. Vermutlich war sie glücklich gewesen, wenn man dergleichen auch nie genau wußte. Kinder waren dieser Ehe nicht entsprossen. Und nun war sie wieder in dem alten Hause, in dem sie aufgewachsen war. Und wieder, dachte Miss Marple, war sie dort nicht besonders glücklich.

Gina, Stephen, Walter Hudd, Mildred, Miss Bellever, die einen geregelten Tagesablauf liebte und nicht imstande war, ihn durchzusetzen. Lewis Serrocold, der von ganzem Herzen glücklich schien. Ein Idealist, der die Möglichkeit hatte, seine Ideale in die Praxis umzusetzen. Bei keiner all dieser Persönlichkeiten fand Miss Marple, was sie nach Ruths Worten eigentlich hätte finden müssen. Carrie Louise schien in keiner Weise bedroht. Unberührt von allem, was um sie vorging — wie sie es ihr ganzes Leben gewesen war. Was hatte Ruth in dieser Atmosphäre wohl bedrohlich gefunden?

Und wie stand es mit den Menschen am Rande des Strudels — den Therapeuten, den Schulmeistern, diesen ernsten, harmlosen jungen Leuten, dem jungen Doktor Maverick, den drei jugendlichen Kriminellen mit den knabenhaften Gesichtern und unschuldigen Augen — mit Edgar Lawson ...

Hier brach Miss Marples Gedankengang unmittelbar vor dem Einschlafen plötzlich ab, nachdem er sich grüblerisch um die Persönlichkeit Edgar Lawsons gedreht hatte. Edgar Lawson erinnerte sie an irgend jemand oder an irgend etwas. Bei Edgar Lawson stimmte etwas nicht — vielleicht war es nur eine Kleinigkeit, vielleicht war es mehr. Edgar Lawson war unausgeglichen. War das nicht der richtige Ausdruck? Aber das hatte doch nichts mit Carrie Louise zu tun, konnte nichts mit ihr zu tun haben ...

In Gedanken schüttelte Miss Marple den Kopf.

Was sie beunruhigte, war mehr als dies.

5

Am nächsten Morgen vermied Miss Marple ein Zusammentreffen mit ihrer alten Freundin und ging in den Garten. Sein Zustand betrübte sie. Zweifellos war er in alter Zeit großzügig angelegt worden. Gruppen von Rhododendronbüschen, sanft geneigte Rasenflächen, Beete mit verkrauteten Pflanzen, beschnittene Buchsbaumhecken, die einen Rosengarten umgaben. Jetzt war alles jammervoll vernachlässigt, die Rasenflächen unregelmäßig gemäht, die Beete voller Unkraut, durch das sich vereinzelte Blumen mühsam einen Weg zur Sonne bahnten, die Wege mit Moos bedeckt und ungepflegt. Im Gegensatz dazu war der von roten Backsteinmauern umgebene Küchengarten reich versehen und in einem guten Zustande. Das verdankte er vermutlich dem Umstande, daß er Nutzen brachte. Ein großer Teil des ehemaligen Blumengartens war eingezäunt und in Tennisplätze verwandelt. Einige der ehemaligen Rasenflächen wurden als Sportplätze verwendet.
Miss Marple betrachtete ein verkrautetes Beet, schüttelte unmutig den Kopf und zog ein blühendes Kreuzkraut heraus.
Als sie, in Gedanken versunken, mit dem Unkraut in der Hand, am Rande des Beetes stand, tauchte plötzlich Edgar Lawson auf. Er erblickte Miss Marple, blieb stehen und schien nicht recht zu wissen, ob er seinen Weg fortsetzen solle oder nicht. Miss Marple hatte keine Neigung, ihn entschlüpfen zu lassen. Sie rief ihn munter an. Als er kam, fragte sie ihn, ob er wisse, wo die Gartengeräte aufbewahrt würden.
Edgar sagte, mit den Schultern zuckend, irgendwo müsse ein Gärtner sein. Der würde das wohl wissen.
«Es ist ein Jammer, daß der Garten so vernachlässigt ist», zwitscherte Miss Marple. «Ich habe Blumen so gern.» Und da sie keineswegs wünschte, daß Edgar sich etwa auf die Suche nach dem Gärtner mache, fuhr sie schnell fort:
«Ja, ich habe Gärten gern. Was soll eine alte und nutzlose Frau auch mit ihrer Zeit anfangen? *Sie* zerbrechen sich sicherlich nie den Kopf über Gartenfragen, Mr. Lawson. Sie haben ja auch viel wichtigere Dinge zu tun, denn Sie bekleiden ja als rechte Hand von Mr. Serrocold ein wichtiges Amt. Zweifellos finden Sie Ihre Arbeit sehr interessant.»

Er antwortete schnell, fast übereifrig:
«Ja — ja — sie ist interessant.»
«Und Sie müssen für Mr. Serrocold eine sehr wertvolle Hilfe sein.»
Sein Gesicht verfinsterte sich.
«Ich weiß es nicht. Ich kann es nicht wissen. Das, was *hinter* alledem steckt —»
Er brach ab. Miss Marple beobachtete ihn nachdenklich. Ein rührender junger Mann von unternormaler Größe in einem sauberen dunklen Anzug. Eine Erscheinung, nach der wenige Leute sich umblicken würden. Ein junger Mensch, an den sich wohl kaum jemand erinnerte, der ihn einmal gesehen hatte ...
In der Nähe war eine Gartenbank. Miss Marple ging auf sie zu und setzte sich. Edgar blieb mit gerunzelter Stirn vor ihr stehen.
«Ich bin sicher», sagte Miss Marple munter, «daß Mr. Serrocold sich sehr auf Sie stützt.»
«Ich weiß es nicht», sagte Edgar. «Ich weiß es wirklich nicht.» Er machte einen recht zerstreuten Eindruck. «Ich befinde mich in einer sehr schwierigen Lage», sagte er, während er neben ihr Platz nahm.
«Natürlich», sagte Miss Marple.
Der junge Mann starrte vor sich hin.
«Dies ist alles streng vertraulich», sagte er plötzlich.
«Natürlich», sagte Miss Marple.
«Wenn mir mein Recht würde —»
«Ja?»
«Ich kann es Ihnen ja ruhig erzählen ... Ich kann mich doch darauf verlassen, daß Sie es nicht weitersagen?»
«Natürlich.»
«Mein Vater — also, es ist Tatsache: mein Vater ist ein sehr bedeutender Mann.»
Diesmal brauchte Miss Marple nichts zu sagen. Es genügte, daß sie zuhörte.
«Niemand weiß es außer Mr. Serrocold. Es könnte nämlich der Stellung meines Vaters Abbruch tun, wenn es bekannt würde.» Er wandte ihr das Gesicht zu und lächelte. Es war ein sehr würdevolles Lächeln. «Sie müssen nämlich wissen, ich bin Winston Churchills Sohn.»

«Oh!» sagte Miss Marple. «Ich verstehe.»
Und sie verstand wirklich. Sie mußte an eine sehr traurige Geschichte in St. Mary Mead denken – und wie sie geendet hatte.
Edgar Lawson fuhr fort, und was er sagte, klang wie ein vertrauliches Bekenntnis auf der Bühne.
«Das hatte seine Gründe. Meine Mutter war nicht frei. Ihr Mann befand sich in einer Irrenanstalt. Eine Scheidung war nicht möglich, und daher konnte auch von einer Heirat keine Rede sein. Ich mache ihnen keine Vorwürfe. Ich glaube es jedenfalls ... Er hat alles getan, was er konnte. Diskret natürlich. Und daher kam alles Unheil. Er hat Feinde – und sie sind auch meine Feinde. Es ist ihnen gelungen, uns voneinander zu trennen. Sie beobachten mich. Wo ich auch gehe, spionieren sie mir nach. Und sie sind schuld daran, daß mir alles mißglückt.»
Miss Marple schüttelte den Kopf.
«Oje, oje!» sagte sie.
«In London studierte ich. Ich wollte Arzt werden. Sie haben mit meinen Examenspapieren manipuliert. Sie haben die Antworten verändert. Sie *wollten*, daß ich durchfiele. Sie verfolgten mich auf der Straße. Sie schwärzten mich bei meiner Wirtin an. Sie hetzen mich, wohin ich auch gehe.»
«Aber das können Sie doch nicht mit Sicherheit wissen», sagte Miss Marple besänftigend.
«Ich sage Ihnen, ich weiß es! Oh, sie sind sehr listig. Ich bekomme sie nie zu sehen und kann daher auch nicht herausbekommen, wer sie sind. Aber ich werde es herausbekommen ... Mr. Serrocold holte mich von London weg und brachte mich hierher. Er war freundlich. Sehr freundlich. Aber selbst hier bin ich nicht sicher. Sie sind auch hier. Sie arbeiten gegen mich. Sie wirken auf die andern ein, damit sie mich nicht leiden können. Mr. Serrocold sagt, es sei nicht wahr, aber Mr. Serrocold weiß es nicht. Das heißt – vielleicht – manchmal habe ich schon gedacht –» Er brach unvermittelt ab und stand auf.
«Dies alles ist vertraulich», sagte er. «Sie verstehen das, nicht wahr? Aber wenn Sie merken, daß jemand mir folgt – daß man mich bespitzelt, meine ich, dann lassen Sie mich bitte wissen, wer es ist!»

Er schritt davon – sauber gekleidet, etwas rührend, unbedeutend. Miss Marple blickte ihm sinnend nach ...

Plötzlich hörte sie eine Stimme.

«Verrückt», sagte sie. «Komplett verrückt.» Walter Hudd stand neben ihr. Er hatte die Hände in die Taschen versenkt und blickte Edgar Lawson mit gerunzelter Stirn nach.

«Was ist das hier überhaupt für eine Bude?» sagte er. «Sie sind alle plemplem, alle miteinander.»

Miss Marple sagte nichts. Da fuhr er fort:

«Was halten Sie von diesem Edgar? Er sagt, sein Vater wäre Lord Montgomery. Halte ich für wenig wahrscheinlich. Monty? Niemals! Nach allem, was ich von Monty gehört habe.»

«Nein», sagte Miss Marple. «Es ist nicht sehr wahrscheinlich.»

«Gina erzählte er was ganz anderes. Er schwätzte etwas davon, er habe legitimen Anspruch auf den russischen Thron. Er wäre der Sohn irgendeines Großherzogs. Weiß der Mensch denn wirklich nicht, wer sein Vater ist?»

«Ich fürchte nein», sagte Miss Marple. «Und daher kommt wahrscheinlich alles.»

Walter ließ sich neben ihr nieder. Dabei wiederholte er seine frühere Feststellung:

«Alle sind sie hier plemplem. Das reine Tollhaus.»

«Sie sind wohl nicht gern in Stonygates?»

Der junge Mensch runzelte die Stirn.

«Ich werde nicht schlau daraus. Das ist es. Ich kapiere es nicht. Sehen Sie sich das Haus an, die ganze Aufmachung, alles was dazu gehört. Die Leute hier sind reich. Sie haben Moneten. Und brauchen sich nicht darum zu bemühen. Und dann sehen Sie, wie sie leben. Altes echtes Porzellan mit Sprüngen und dazwischen lauter billiges Zeug. Keine Dienstboten, wie sie sich solche Leute leisten könnten. Nur Aushilfskräfte. Die Tapeten, die Vorhänge, die Sesselbezüge, alles Atlas und Brokat und solches Zeug – und alles zerschlissen! Große silberne Teemaschinen und dergleichen – und alles gelb und fleckig, weil es nicht gesäubert wird. Mrs. Serrocold kümmert sich einfach nicht darum. Sie sieht so etwas nicht. Haben Sie gemerkt, was für ein Kleid sie gestern abend trug? Unter den Armen gestopft, kaum noch auszubessern, völlig abgetragen – und dabei brauchte sie bloß in ein Geschäft zu gehen und zu

kaufen, was ihr gefällt. Sie könnte zu einer erstklassigen Firma gehen ... Zaster? ... Sie schwimmen in Geld!»
Er machte eine Pause und saß eine Weile sinnend da.
«Ich verstehe, wie es ist, wenn jemand kein Geld hat. Armut ist ganz in Ordnung. Wenn man jung ist und kräftig und arbeitswillig. Ich habe nie viel Geld besessen, aber ich konnte gehen, wohin ich wollte. Ich dachte daran, eine Garage aufzumachen. Ich hatte etwas Geld beiseitegelegt. Ich sprach mit Gina darüber. Sie hörte mir zu. Sie schien mich zu verstehen. Ich wußte nicht viel von ihr. Diese Mädchen in Uniform sehen eigentlich alle gleich aus. Ich meine: nach ihrem Aussehen kann man nicht wissen, wer von ihnen Moneten hat und wer keine. Ich dachte, sie wäre mir an Erziehung und dergleichen etwas überlegen. Aber das schien mir nicht wichtig zu sein. Wir verknallten uns ineinander. Wir heirateten. Ich hob mein Erspartes ab. Und Gina hatte auch etwas, wie sie mir sagte. Wir wollten drüben eine Tankstelle aufmachen. Gina war damit einverstanden. Wir waren wie die richtigen Kinder und verrückt nacheinander. Da fing Ginas hochnäsige Tante an, Krach zu machen ... und Gina wollte gern nach England kommen, um ihre Großmutter zu besuchen. Ich konnte das gut verstehen. Es war ja ihre Heimat, und auch ich war etwas neugierig, wollte gern einmal England sehen. Hatte viel davon gehört. So kamen wir denn herüber. Nur auf einen Besuch — das jedenfalls dachten wir.»
Sein Gesicht verfinsterte sich.
«Aber es kam nicht, wie wir gedacht hatten. Wir waren plötzlich mitten drin in all der Verrücktheit. ‹Warum bleibt ihr nicht hier? Warum wollt ihr hier nicht euer Heim gründen?› sagen sie. Arbeit genug für mich. Arbeit! Ich habe keine Lust, kleine Gangster mit Kandiszucker zu füttern und mit ihnen kindliche Spiele zu spielen. Was hat das alles für einen Sinn? Diese Besitzung könnte erstklassig sein. Einfach tipptopp. Verstehen Leute, die Geld haben, ihr Glück denn nicht? Begreifen sie nicht, daß die meisten Menschen kein so wundervolles Besitztum haben können und daß es ihnen gehört? Ist es nicht reiner Wahnsinn, sein Glück mit Füßen zu treten? Ich habe nichts dagegen, zu arbeiten, wenn es sein muß. Aber ich möchte auf die Art arbeiten, wie es mir paßt. Ich will arbeiten, was

mir gefällt, und ich will arbeiten, um es zu etwas zu bringen. Hier habe ich das Gefühl, als habe ich mich in einem Spinngewebe verfangen und Gina — ich werde aus Gina nicht klug. Sie ist nicht mehr das Mädchen, das ich drüben in den Staaten geheiratet habe. Ich kann — der Teufel hol es! — ich kann mit ihr nicht einmal mehr richtig sprechen, verdammt noch mal!»
Miss Marple sagte sanft:
«Ich kann es gut verstehen, wie Sie die Dinge sehen.»
Walter Hudd warf ihr einen schnellen Blick zu.
«Sie sind der einzige Mensch, zu dem ich mich je richtig ausgesprochen habe. Meistens bin ich verschlossen wie eine Auster. Ich weiß nicht, was mit Ihnen los ist. Sie sind Engländerin, vollblütige Engländerin, aber, weiß der Teufel, Sie erinnern mich irgendwie an meine Tante Betsy daheim.»
«Das freut mich.»
«Sie war eine sehr gescheite Frau», fuhr Walter Hudd nachdenklich fort. «Sie sah so gebrechlich aus, daß man glauben konnte, sie müsse entzweigehen, wenn man sie nicht vorsichtig genug anfaßte. In Wahrheit aber war sie zäh — äußerst zäh.»
Er stand auf.
«Entschuldigen Sie, daß ich mich so habe gehen lassen», sagte er, und zum erstenmal sah Miss Marple ihn lächeln. Es war ein sehr anziehendes Lächeln. Walter Hudd verwandelte sich urplötzlich aus einem linkischen, sauertöpfigen Burschen in einen hübschen und sympathischen jungen Mann. «Ich mußte es mir wohl einmal von der Seele reden, denke ich. Aber es tut mir leid, daß ich mir Sie dazu ausgesucht habe.»
«Deshalb brauchen Sie sich doch nicht zu entschuldigen», sagte Miss Marple freundlich. «Ich habe selber einen Neffen — nur daß er natürlich sehr viel älter ist als Sie.»
«Sie bekommen schon wieder Gesellschaft», sagte Walter Hudd. «Aber diese Dame kann mich nicht leiden. Ich verdufte. Auf Wiedersehen und vielen Dank, daß Sie mich haben sprechen lassen.»
Er ging davon, und Miss Marple wandte den Blick Mildred Strete zu, die über den Rasen gegangen kam.

«Wie ich sehe, haben Sie diesen schrecklichen jungen Menschen ertragen müssen», sagte Mrs. Strete, während sie sich, ziemlich

außer Atem, auf der Bank niederließ. «Was ist das doch für eine Tragödie!»
«Eine Tragödie?»
«Ginas Heirat. Das kommt alles daher, weil sie nach Amerika geschickt wurde. Ich sagte Mutter seinerzeit, es sei höchst unklug. Schließlich leben wir hier doch in einer sehr ruhigen Gegend. Wir hatten so gut wie nie feindliche Flieger hier gehabt. Ich billigte durchaus nicht die Art und Weise, in der viele Leute sich von einer Panikstimmung beherrschen ließen.»
«Es muß schwierig gewesen sein, sich für das Richtige zu entscheiden», sagte Miss Marple sinnend. «Ich meine, wenn Kinder da waren.»
«Mutter ist immer ganz unvernünftig gewesen, wenn es sich um Gina handelte», sagte Mrs. Strete. «Das Kind wurde immer verzogen und verzärtelt. Es wäre schon ganz und gar nicht notwendig gewesen, es aus Italien fortzuholen.»
«Ginas Vater erhob wohl keinen Einspruch, nicht wahr?»
«Pah! San Severiano! Sie wissen doch, wie die Italiener sind. Sie interessiert nur das Geld. Natürlich hat er Pippa um des Geldes wegen geheiratet.»
«Du lieber Gott! Ich hatte den Eindruck – nach allem, was mir davon erzählt wurde – daß er sie sehr liebte und sich über ihren Tod gar nicht trösten konnte.»
«Zweifellos tat er so. Meine Mutter war immer damit einverstanden gewesen, daß sie einen Ausländer heiratete. Ich kann das nicht verstehen. Vermutlich war es die Freude an dem schön klingenden Titel.»
Miss Marple sagte sanft:
«Ich habe immer gedacht, die liebe Carrie Louise habe für die praktischen Dinge des Lebens wenig Verständnis. Sie schwebe gleichsam über ihnen.»
«O ja, ich weiß. Ich kenne Mutters Schrullen und Launen und ihre vom Idealismus getragenen Pläne. Ich habe kein Verständnis dafür. Tante Jane, Sie können sich gar nicht vorstellen, was sie damit alles angerichtet hat. Ich spreche aus Erfahrung. In was alles wir dadurch hineingeschlittert sind!»
Miss Marple war leicht erschrocken, als sie sich als «Tante Jane» angesprochen hörte. Und doch war es in den alten Zeiten üblich gewesen. Ihre Weihnachtsgeschenke für Carrie Louises

Kinder trugen immer den Vermerk: «Von Tante Jane.» Und wenn die Kinder überhaupt an sie gedacht hatten, was allerdings sicherlich höchst selten der Fall gewesen war, dann hatten sie eben an «Tante Jane» gedacht.
Sie betrachtete nachdenklich die Frau in den mittleren Jahren an ihrer Seite, den gespitzten straffen Mund, die tiefen Furchen, die von der Nase zu den Mundwinkeln führten, die krampfhaft geschlossenen Hände.
Sie sagte freundlich:
«Sie müssen eine schwierige Kindheit gehabt haben.»
Mildred Strete blickte sie dankbar an.
«Ich freue mich, daß es doch jemand gibt, der begreift, was das bedeutet. Die Leute wissen ja gar nicht, was Kinder oft alles durchmachen müssen. Pippa war die Hübsche, sie war älter als ich. Und um sie drehte sich immer alles. Vater und Mutter ermunterten sie, sich in den Vordergrund zu drängen. Als ob es einer Ermunterung bedurft hätte! Sie liebte es, anzugeben. Ich war immer die Stille. Ich war scheu. Pippa wußte nicht, was Schüchternheit ist. O ja! Ein Kind kann sehr leiden, Tante Jane.»
«Das weiß ich», sagte Miss Marple.
«‹Mildred ist ja so dumm›, pflegte Pippa zu sagen. Aber ich war jünger als sie, und deshalb konnte man natürlich nicht erwarten, daß ich beim Lernen mit ihr Schritt halten würde. Es geschieht einem Kinde sehr großes Unrecht, wenn es sehen muß, daß die Schwester stets vorgezogen wird. ‹Was für ein reizendes kleines Mädchen!› pflegten die Leute zu Mama zu sagen. Von *mir* nahmen sie niemals Notiz. Und Papa pflegte immer nur mit Pippa zu scherzen und zu spielen. Ja, es war sehr hart für mich, wenn ich sah, wie sich die Sympathie aller Menschen immer ihr zuwendete. Ich war damals noch nicht alt genug, um zu erkennen, daß es in erster Linie auf den Charakter ankommt.»
Ihre Lippen zitterten. Aber sie beherrschte sich und preßte sie wieder fest zusammen.
«Und es war ungerecht, sehr ungerecht», fuhr sie nach einer kurzen Pause fort. «Denn ich war doch ihr eigenes Kind. Pippa hatten sie nur adoptiert. *Ich* war die Tochter des Hauses. Sie war – niemand.»

«Vielleicht waren Sie gerade deshalb so nachsichtig gegenüber Ihrer Schwester», sagte Miss Marple.
«Vielleicht», sagte Mildred. «Sie war ein Kind, von dem die eigenen Eltern nichts wissen wollten. Höchstwahrscheinlich ein uneheliches Kind.»
Mildred schwieg einen Augenblick und fuhr dann fort:
«Man merkt es Gina an. Sie hat schlechtes Blut. Und das Blut ist entscheidend. Man mag von dem Einfluß des Milieus halten, was man will. Entscheidend ist immer das Blut. Gina ist ein Beispiel.»
«Sie ist doch ein reizendes Mädchen», sagte Miss Marple.
«Ihr Benehmen scheint mir weniger reizend», bemerkte Mrs. Strete. «Jeder außer Mutter merkt, wie sie Stephen Restarick behandelt. Einfach ekelhaft. Zugegeben, daß ihre Ehe unglücklich ist, aber Ehe ist nun einmal Ehe, und man sollte sich damit abfinden. Schließlich hat sie doch den schrecklichen jungen Menschen aus freien Stücken geheiratet.»
«Ist er denn so schrecklich?»
«Ich finde, er sieht wie ein richtiger Gangster aus. Und so unfreundlich ist er. Und so ungehobelt. Er öffnet ja kaum den Mund. Und er sieht immer so roh und ungepflegt aus.»
«Ich glaube, er ist unglücklich», sagte Miss Marple sanft.
«Ich wüßte wirklich nicht, weshalb er unglücklich sein sollte, wenn ich von Ginas Verhalten einmal absehe. Man hat hier alles für ihn getan. Alles mögliche hat man ihm vorgeschlagen, wie er sich beschäftigen, wie er sich nützlich machen könnte. Aber er zieht es vor, herumzuschleichen und nichts zu tun.»
Sie wurde immer heftiger:
«Alles hier ist rein unmöglich. Lewis denkt an nichts anderes als an diese schrecklichen jungen Verbrecher. Und Mutter denkt nur an ihn. Alles, was er macht, ist richtig. Sehen Sie doch bloß einmal den Garten! Wie er ausschaut! Dieses Unkraut! Diese Verwilderung! Und dann das Haus! Nichts wird ordentlich gemacht. Ich weiß wohl, es ist heutzutage schwierig, gute Dienstboten zu bekommen, aber man *kann* sie bekommen. Und dabei fehlt es nicht etwa an Geld. Aber niemand interessiert sich dafür. Das ist es. Wäre es *mein* Haus –» Sie brach ab.
«Ich fürchte», sagte Miss Marple, «wir müssen uns alle damit abfinden, daß sich vieles geändert hat. Diese großen Gebäude

sind ein Problem ... Sie müssen sehr betrübt gewesen sein, als sie bei Ihrer Rückkehr nach Stonygates alles so verändert fanden. Leben Sie wirklich lieber hier als — irgendwo in einem eigenen Heim?»

Mildred Strete errötete.

«Schließlich ist es doch mein Heim», sagte sie. «Es ist das Haus meines Vaters. Daran kann nichts etwas ändern. Ich habe ein Recht darauf, hier zu leben, wenn ich es will. Wäre nur Mutter nicht so unmöglich! Sie ist ja nicht einmal dazu zu bewegen, sich ordentliche Kleider zu kaufen. Jolly ärgert sich sehr darüber.»

«Ich wollte Sie gerade über Miss Bellever befragen.»

«Es ist ein wahres Glück, daß wir sie hier haben. Sie betet Mutter an. Sie ist schon seit langer Zeit bei ihr. Sie kam zu Johnnie Restaricks Zeiten. Sie muß bei diesem traurigen Handel großartig gewesen sein. Ich denke, Sie haben davon gehört, daß er mit der fürchterlichen Jugoslawin, diesem verworfenen Weibsstück, fortgelaufen ist. Ich glaube, diese erbärmliche Kreatur hatte eine ganze Menge Liebhaber. Mutter benahm sich sehr vornehm und würdig. Sie ließ sich in aller Stille von ihm scheiden. Sie ging sogar so weit, daß sie die beiden jungen Restaricks in den Ferien herkommen ließ. Natürlich war das ganz überflüssig, man hätte auf andere Weise für sie sorgen können. Aber es war auch undenkbar, daß man sie zu ihrem Vater und dem Weibsbild gehen ließ. Nun, jedenfalls ließ Mutter sie herkommen ... und Miss Bellever stand Mutter in dieser schrecklichen Zeit treu zur Seite und verharrte unerschütterlich wie ein fester Turm inmitten all dieses Durcheinanders. Manchmal denke ich, daß sie übertreibt, wenn sie Mutter ihre Stärke leiht, daß Mutter vielleicht weniger weltfremd wäre, wenn Jolly ihr nicht alle praktischen Sorgen abnähme. Aber ich weiß wirklich nicht, was Mutter ohne sie anfangen würde.»

Sie brach ab und sagte verwundert:

«Dort kommt Lewis. Merkwürdig. Er geht höchst selten in den Garten.»

Mr. Serrocold steuerte zielbewußt auf die Bank zu. Er schien Mildred gar nicht zu bemerken. Denn ihn interessierte in diesem Augenblick ausschließlich Miss Marple.

«Ich hatte Sie herumführen und Ihnen alles zeigen wollen», sagte er ohne weitere Einleitung. «Caroline bat mich darum. Aber leider muß ich nach Liverpool. Statt meiner wird Maverick sich Ihrer annehmen. Ich fahre wegen des Jungen, der etwas aus der Gepäckaufbewahrungsstelle entwendet hat, und werde erst übermorgen zurück sein können. Ich hoffe sehr, ich kann erreichen, daß er nicht vor Gericht kommt.»

Mildred Strete stand, ohne ein Wort zu sagen, auf und entfernte sich. Lewis Serrocold merkte nichts davon. Seine ernsten Augen hinter den dicken Brillengläsern waren forschend auf Miss Marple gerichtet.

«Die Behörden», sagte er, «nehmen fast immer einen falschen Standpunkt ein. Manchmal sind sie zu streng, und manchmal sind sie zu milde. Wenn diese Jungen eine Strafe von ein paar Monaten bekommen, ist das kein Abschreckungsmittel. Oft macht es ihnen geradezu Spaß. Sie rühmen sich vor ihren Freundinnen, daß sie gesessen haben. Eine schwere Strafe wirkt oft ernüchternd. Sie begreifen, daß die Sache sich nicht lohnt. Noch besser aber ist es, wenn man sie überhaupt nicht ins Gefängnis schickt. Was sie brauchen, ist ein korrigierendes, ein aufbauendes Training, wie es ihnen hier bei uns zuteil wird –»

Miss Marple unterbrach ihn.

«Mr. Serrocold», sagte sie, «sind Sie mit dem jungen Lawson wirklich zufrieden? Ist er – ganz normal?»

Lewis Serrocold machte ein etwas beunruhigtes Gesicht.

«Ich hoffe, er bekommt keinen Rückfall. Was hat er gesagt?»

«Er erzählte mir, er wäre der Sohn von Winston Churchill –»

«Gewiß – gewiß. Seine gewohnten Behauptungen. Der arme Junge ist unehelich, wie Sie wahrscheinlich schon erraten haben, und er stammt aus sehr schlechten Verhältnissen. Es war ein Fall, der mir von einer Gesellschaft in London empfohlen wurde. Er überfiel einen Mann auf der Straße. Er sagte, er habe ihm nachspioniert. Ein typischer Fall. Dr. Maverick wird es Ihnen erzählen. Ich habe mich in die Geschichte dieses Falles vertieft. Die Mutter stammte aus einer sehr armen, aber achtungswerten Familie in Plymoth. Der Vater war Matrose. Sie kannte nicht einmal seinen Namen ... Das Kind, unter schwierigen Verhältnissen aufgewachsen, erfand Märchen über seinen

Vater, später über sich selbst, trug eine Uniform und Auszeichnungen, die zu tragen er nicht berechtigt war. Alles ganz typisch. Aber Maverick hat eine optimistische Prognose gestellt. Voraussetzung ist, wir können ihm Selbstvertrauen einflößen. Ich habe ihm hier eine verantwortungsvolle Tätigkeit überwiesen. Versuchte ihm klarzumachen, daß es nicht auf die Geburt eines Menschen ankommt, sondern darauf, was er ist. Versuchte, ihm Vertrauen zu seinen eigenen Fähigkeiten zu vermitteln. Die Besserung war unverkennbar. Ich hatte viel Freude an ihm. Und jetzt sagen Sie –»

Er schüttelte den Kopf.

«Ob er nicht gefährlich ist, Mr. Serrocold?»

«Gefährlich? Ich glaube nicht, daß er irgendwelche Neigung zum Selbstmord besitzt.»

«Ich dachte nicht an Selbstmord. Er sprach zu mir von Feinden und Verfolgung. Verzeihen Sie, aber ist das nicht ein gefährliches Anzeichen?»

«Ich glaube nicht, daß es so schlimm um ihn steht. Aber ich werde mit Maverick sprechen.»

Er blickte auf seine Uhr.

«Ich muß jetzt gehen. Aber dort kommt unsere liebe Jolly. Sie wird sich Ihrer annehmen.»

Miss Bellever sagte eifrig: «Der Wagen ist vorgefahren, Mr. Serrocold. Und Dr. Maverick rief von dem Institut an. Ich sagte, ich würde Miss Marple zu ihm führen. Er will uns am Eingang erwarten.»

«Ich danke Ihnen. Es wird Zeit, daß ich gehe. Meine Aktenmappe?»

«Ist im Wagen, Mr. Serrocold.»

Miss Bellever blickte dem Davoneilenden nach und sagte:

«Eines Tages wird dieser Mann tot umfallen. Es ist wider die menschliche Natur, nie auszuspannen und nie zu ruhen. Er schläft nur vier Stunden in der Nacht.»

«Er hängt sehr an seinem Beruf», sagte Miss Marple.

«Er denkt nie an etwas anderes», sagte Miss Bellever grimmig. «Nie kommt er auf den Gedanken, sich einmal um seine Frau zu kümmern. Sie ist ein sehr liebes Geschöpf, wie Sie wissen, Miss Marple. Sie darf erwarten, daß man ihr Liebe erweist und sich um sie kümmert. Aber hier denkt man an nichts anderes und kümmert sich um nichts anderes als um einen Haufen plärrender Jungen und junger Männer, die nur bequem und unehrlich leben wollen und es gar nicht schätzen, einmal ordentlich anzupacken und zu arbeiten. Und die anständigen Jungen aus anständigen Familien? Warum tut man nichts für sie? Die Anständigkeit interessiert so verbohrte Menschen wie Mr. Serrocold, Dr. Maverick und die ganze Gesellschaft unfertiger sogenannter Idealisten, die wir hier haben, nicht. Meine Brüder und ich wurden streng erzogen, Miss Marple, und niemand ermunterte uns zu plärren. Was ist das für eine Welt heutzutage!»

Sie hatten den Garten durchquert, ein Gittertor durchschritten und standen schließlich vor dem überwölbten Torweg, den Eric Gulbrandsen hatte errichten lassen und der den Eingang zu seinem «Institut», einem häßlichen, massiven roten Backsteingebäude, bildete.

Dr. Maverick nahm sie in Empfang.

«Ich danke Ihnen, Miss Bellever», sagte er. «Bitte, kommen Sie, Miss – Miss Marple – ich darf hoffen, daß Sie sich für unsere Arbeit interessieren. Es ist ein schweres Problem. Mr. Serrocold aber ist ein Mann von großer Einsicht, und er besitzt einen seltenen Weitblick. Das Institut erfreut sich der Unterstützung durch Sir John Stillwell. Er war im Ministerium des Innern, bevor er sich zurückzog, und sein Einfluß bewirkte, daß wir die Genehmigung zu dem Institut bekamen. Und nun werfen Sie, bitte, einen Blick auf die Inschrift über dem Tor.»

Miss Marple las:

SCHÖPFT HOFFNUNG ALLE DIE IHR HIER EINTRETET!

«Sagt das nicht alles? Ist das nicht die richtige Art, das Problem anzupacken? Wir wollen diese Jungen nicht schelten und nicht bestrafen. Sie selber sehnen sich fast die ganze Zeit nach einer Bestrafung. Wir aber wollen sie zu der Erkenntnis führen, daß sie eigentlich famose Jungen sind.»

«So wie Edgar Lawson?» sagte Miss Marple.

«Das ist ein interessanter Fall. Haben Sie mit ihm gesprochen?»

«Er hat mit mir gesprochen», sagte Miss Marple. Und sie fügte, gleichsam sich entschuldigend, hinzu: «Ich fragte mich, ob er nicht vielleicht etwas verrückt ist?»

Dr. Maverick lachte fröhlich.

«Wir sind alle ein wenig verrückt, meine Gnädige», sagte er, während er sie mit einer Handbewegung einlud, einzutreten. «Das ist das Geheimnis der Existenz. Wir sind alle ein wenig verrückt.»

## 6

Im ganzen war es ein recht anstrengender Tag.
Begeisterung an sich kann äußerst zermürbend sein, dachte Miss Marple. Sie war mit sich selbst unzufrieden. Es herrschte hier eine eigenartige Atmosphäre, und sie vermochte sie nicht zu ergründen. Es ging etwas vor, und sie wußte nicht, was es war. Sie fühlte eine unbestimmte Unruhe. Diese konzentrierte sich auf die tragische und gleichzeitig so unscheinbare Persönlichkeit Edgar Lawsons. Etwas stimmte bei ihm nicht. Aber inwiefern konnte das ihre alte Freundin Carrie Louise irgendwie berühren? Die Wünsche und die Sorgen der in Stonygates lebenden Menschen überschnitten einander. Aber nichts von alledem stand, soweit sie sehen konnte, in irgendeiner Beziehung zu Carrie Louise... Plötzlich kam es Miss Marple zum Bewußtsein, daß sie allein – mit Ausnahme der abwesenden Ruth – diesen Namen gebrauchte. Für ihren Gatten war sie Caroline. Für Miss Bellever war sie Cara. Stephen Restarick redete sie zumeist mit Madonna an. Für Walter war sie Mrs. Serrocold, für Gina aber Großchen.
Hatten die verschiedenen Namen, die man für Caroline Louise Serrocold gefunden hatte, vielleicht eine geheime Bedeutung? War sie für alle nur ein Symbol und keine wirkliche Persönlichkeit?
Als Carrie Louise am nächsten Morgen, den einen Fuß etwas nachschleppend, in den Garten kam, sich zu ihrer Freundin auf die Bank setzte und sie fragte, woran sie denke, erwiderte Miss Marple sofort:
«An dich, Carrie Louise.»
«Wieso an mich?»
«Sage mir ehrlich: gibt es irgend etwas, was dich beunruhigt?»
«Mich beunruhigt?» Sie schaute Miss Marple mit ihren un-

schuldigen blauen Augen verwundert an. «Aber Jane, was sollte mich denn beunruhigen?»
«Nun, die meisten von uns haben irgendwelche Dinge, die sie beunruhigen oder die ihnen Sorge machen. Ich habe welche. Mich beunruhigen zum Beispiel Wegschnecken, die Schwierigkeit, die Wäsche richtig ausgebessert zu bekommen — oh, eine Menge Kleinigkeiten. Da scheint es mir unnatürlich, daß es gar nichts geben sollte, was dich beunruhigt oder betrübt oder verdrießt.»
«Oh, es wird schon dies und das geben», erwiderte Mrs. Serrocold lächelnd. «Lewis arbeitet zuviel, Stephen vergißt zu essen, wenn er von seiner Theaterleidenschaft ganz besessen ist, Gina kann einen bisweilen etwas nervös machen ... aber ich bin nie imstande gewesen, die Leute zu ändern. Ich sehe nicht, wie du das wohl können solltest. Darum scheint es mir zwecklos, sich darüber Sorgen zu machen. Meinst du nicht auch?»
«Du hast Mildred nicht genannt. Ich glaube, sie ist nicht sehr glücklich. Oder bist du anderer Meinung?»
«O nein», sagte Carrie Louise. «Mildred ist nie glücklich. Schon als Kind war sie es nicht. Ganz im Gegensatz zu Pippa, die stets strahlender Laune war.»
«Vielleicht», meinte Miss Marple, «hatte Mildred Grund, nicht glücklich zu sein?»
Carrie Louise sagte ruhig:
«Weil sie eifersüchtig war? Ja, es wird wohl so sein. Aber die Menschen bedürfen gar keines Grundes, um so zu fühlen, wie sie fühlen. Sie sind nun einmal so geschaffen. Meinst du nicht auch, Jane?»
Miss Marple dachte an Miss Moncrieff, die eine Sklavin ihrer sie tyrannisierenden kranken Mutter gewesen war. Die arme Miss Moncrieff sehnte sich so danach, zu reisen und die Welt zu sehen. Wie hatte St. Mary Mead sich heimlich gefreut, als Mrs. Moncrieff auf den Friedhof getragen wurde, und Miss Moncrieff mit einem kleinen Vermögen in der Hand endlich frei geworden war. Aber Miss Moncrieff, die sofort ihre Sehnsucht stillte und auf Reisen ging, war nicht weiter als bis Hyères gekommen. Dort hatte sie eine von «Mutters ältesten Freundinnen» besucht. Und da hatte sie der Zustand einer hypochondrischen alten Jungfer so ergriffen, daß sie die Voraus-

bestellung von Hotelzimmern wieder rückgängig machte und sich in der Villa der alten Dame niederließ, um tyrannisiert, ausgenutzt und überanstrengt zu werden und um sich wiederum nach den Freuden eines weiteren Horizontes zu sehnen.

Miss Marple sagte:

«Ich glaube, du hast recht, Carrie Louise.»

«Daß ich mich frei von Sorgen fühle, verdanke ich natürlich zu einem großen Teil Jolly. Die gute Jolly! Sie kam zu mir, als Johnnie und ich eben verheiratet waren, und sie war von Anfang an wundervoll. Sie betreut mich, als wäre ich ein Baby und völlig hilflos. Sie würde alles für mich tun. Manchmal schäme ich mich richtig vor ihr. Ich glaube wirklich, Jolly würde meinetwegen einen Mord begehen, Jane. Ist es nicht schrecklich, daß ich so etwas sage?»

«Sie ist dir wirklich sehr ergeben», stimmte Miss Marple zu.

Mrs. Serrocold ließ ihr silbernes Lachen ertönen. «Manchmal tut sie sehr entrüstet. Sie möchte, daß ich mir immer wundervolle Kleider bestelle und mich mit Luxus umgebe, und sie denkt, jeder müßte mich auf den Thron setzen und um mich herumscharwenzeln. Sie ist der einzige Mensch, auf den Lewis' Begeisterung keinen Eindruck macht. Sie meint, alle unsere armen Jungen wären verzärtelte Verbrecher, und sie verdienten es nicht, daß man sich um sie bemühe. Sie findet das Haus feucht und sagt, es sei nicht gut für Rheuma. Ich solle nach Ägypten gehen oder irgendwohin, wo es warm und trocken ist.»

«Leidest du sehr an Rheumatismus?»

«Er ist in der letzten Zeit viel schlimmer geworden. Das Gehen fällt mir schwer. Ich habe schreckliche Krämpfe in meinen Beinen. Nun ja –» sie lächelte auf ihre bezaubernde Art, «das Alter macht sich eben bemerkbar.»

Miss Bellever erschien auf der Terrasse und eilte zu ihnen hin.

«Es ist eben ein Telegramm telefonisch durchgegeben worden, Cara. ‹Treffe heute nachmittag ein. Christian Gulbrandsen.›»

«Christian?» Carrie Louise sah sehr überrascht aus. «Ich hatte keine Ahnung, daß er in England ist.»

«Die Eichenholzzimmer, vermute ich?»

«Ja, bitte, Jolly. Dann braucht er keine Treppen zu steigen.»

Miss Bellever nickte und kehrte nach dem Hause zurück.

«Christian Gulbrandsen ist mein Stiefsohn», sagte Carrie Louise. «Erics ältester Sohn. Er ist zwei Jahre älter als ich. Er gehört zum Kuratorium des Instituts. Er ist der Vorsitzende. Wie ärgerlich, daß Lewis nicht da ist! Christian bleibt fast nie länger als eine Nacht. Er ist ungeheuer stark beschäftigt. Sicher gibt es wieder allerlei zu besprechen.»
Christian Gulbrandsen kam am Nachmittag kurz vor dem Tee an. Er war ein großer Mann mit markigen Zügen und einer langsamen, methodischen Art zu sprechen. Er begrüßte Carrie Louise mit allen Anzeichen großer Zuneigung.
«Und wie geht's unserer kleinen Carrie Louise? Du siehst auch nicht um einen einzigen Tag älter aus. Nicht um einen einzigen Tag.»
Er legte ihr die Hände auf die Schultern und schaute lächelnd zu ihr hinunter. Jemand zupfte ihn am Ärmel.
«Christian!»
«Oh!» Er wandte sich um. «Du bist es, Mildred? Wie geht's?»
«Es ist mir in letzter Zeit gar nicht gut gegangen.»
«Das ist schlimm. Das ist schlimm.»
Zwischen Christian Gulbrandsen und seiner Halbschwester Mildred bestand eine große Ähnlichkeit. Der Altersunterschied betrug fast dreißig Jahre. Man hätte sie für Vater und Tochter halten können. Mildred schien sich ganz besonders über seine Ankunft zu freuen. Ihre Wangen röteten sich, und sie war sehr lebhaft. Wiederholt hatte sie im Laufe des Tages von ihm gesprochen: «Mein Bruder – mein Bruder Christian – mein Bruder Mr. Gulbrandsen.»
«Und was macht unsere kleine Gina?» sagte Gulbrandsen, sich an die junge Frau wendend. «Ihr seid also noch immer hier, du und dein Gatte?»
«Ja. Wir haben uns hier niedergelassen. Nicht wahr, Walter?»
«Es sieht so aus», sagte Walter.
Gulbrandsens kleine, kluge Augen schienen Walter schnell abzuschätzen. Dieser sah, wie gewöhnlich, verdrossen und unfreundlich aus.
«So bin ich denn also nun wieder im Kreise meiner ganzen Familie», sagte Gulbrandsen.
Seiner Stimme nach zu urteilen, mußte er sehr gut gelaunt sein. In Wahrheit aber, dachte Miss Marple, war ihm durchaus nicht

heiter zumute. Seine Lippen waren etwas verkniffen, und sein ganzes Verhalten verriet eine gewisse Zerstreutheit.
Als er Miss Marple vorgestellt wurde, betrachtete er sie eine Sekunde prüfend, als suche er von dieser Neuerscheinung einen Eindruck zu gewinnen.
«Wir hatten keine Ahnung, daß du in England warst, Christian», sagte Mrs. Serrocold.
«Es war auch nicht vorauszusehen gewesen. Ich entschloß mich sehr plötzlich, herüberzukommen.»
«Es ist zu schade, daß Lewis nicht da ist. Wie lange kannst du bleiben?»
«Ich dachte, bis morgen. Wann wird Lewis zurück sein?»
«Morgen nachmittag oder abend.»
«Dann werde ich wohl noch eine zweite Nacht bleiben müssen.»
«Hättest du uns nur wissen lassen –»
«Meine liebe Carrie Louise, dazu war keine Zeit.»
«Du bleibst wohl, bis Lewis wieder da ist?»
«Ja, ich muß ihn unbedingt sprechen.»
Miss Bellever sagte zu Miss Marple: «Mr. Gulbrandsen und Mr. Serrocold sind beide Kuratoren des Gulbrandsen-Institutes. Die andern Kuratoren sind der Bischof von Cromer und Mr. Gilroy.»
Daraus ließ sich schließen, daß Christian Gulbrandsen nach Stonygates gekommen war, weil er mit Mr. Serrocold über etwas sprechen wollte, was mit dem Institut zusammenhing. Das schienen Miss Bellever und alle anderen denn auch anzunehmen. Miss Marple aber wunderte sich.
Ein paarmal ließ der alte Mann forschend den Blick auf Carrie Louise ruhen, wenn sie es nicht merkte. Und dieser Blick gab Carrie Louises aufmerksam beobachtender Freundin zu denken. Von Carrie Louise wandte sich sein Blick auf die anderen, und er betrachtete sie einen nach dem andern prüfend, als suche er etwas zu ergründen. Miss Marple fand das sonderbar.
Nach dem Tee zog sie sich taktvoll zurück und ging in die Bibliothek. Als sie sich mit ihrem Strickzeug niedergelassen hatte, kam zu ihrer nicht geringen Verwunderung Christian Gulbrandsen und ließ sich neben ihr nieder.
«Wie ich höre, sind Sie eine sehr alte Freundin unserer lieben Carrie Louise?» sagte er.

«Wir besuchten in Italien dieselbe Schule, Mr. Gulbrandsen. Es ist viele Jahre her.»
«Ich verstehe. Und sie haben sie sehr gern?»
«Ja, das habe ich», sagte Miss Marple warm.
«Ich glaube, jeder hat sie gern. Ja, das glaube ich. Und es kann wohl nicht anders sein. Denn sie ist eine sehr liebe und bezaubernde alte Dame. Seit dem Tage, da mein Vater sie geheiratet hat, haben meine Brüder und ich sie stets sehr geliebt. Sie war für uns gleichsam eine sehr liebe Schwester. Und sie war eine treue Gattin meines Vaters und hatte volles Verständnis für alle seine Ideen. Sie hat nie an sich selbst gedacht, sondern immer in erster Linie an das Wohlergehen anderer.»
«Sie ist stets eine Idealistin gewesen», sagte Miss Marple.
«Eine Idealistin? Jaja, das stimmt. Und daher mag es kommen, daß sie das Böse in dieser Welt nicht richtig einschätzt.»
Miss Marple sah ihn überrascht an. Sein Gesicht war sehr ernst.
«Sagen Sie mir», fuhr er fort, «wie steht es mit ihrer Gesundheit?»
Wieder wunderte Miss Marple sich.
«Mir scheint, sie ist gesund — abgesehen von Gelenkentzündungen oder Rheumatismus.»
«Rheumatismus? Ja. Und ihr Herz? Ist ihr Herz gesund?»
«Ja, soviel ich weiß.» Miss Marples Verwunderung wurde immer größer. «Aber ich habe sie gestern zum erstenmal seit vielen Jahren wiedergesehen. Wenn Sie etwas über ihren Gesundheitszustand wissen wollen, müßten Sie jemand aus dem Hause fragen. Miss Bellever zum Beispiel.»
«Miss Bellever? Ja, Miss Bellever. Oder Mildred?»
«Oder, wie Sie sagen, Mildred.»
Miss Marple war etwas verwirrt.
Christian Gulbrandsen blickte sie durchdringend an.
«Zwischen Mutter und Tochter herrscht wohl keine sehr große Sympathie. Was meinen Sie?»
«Nein, ich glaube nicht, daß die Sympathie sehr groß ist.»
«Der Ansicht bin ich auch. Es ist schade, Mildred ist ihr einziges Kind. Aber es ist nun einmal so. Und diese Miss Bellever? Glauben Sie, daß sie Carrie Louise wirklich zugetan ist?»
«Zweifellos. Sie ist ihr sehr zugetan.»
«Und Carrie Louise hat zu Miss Bellever großes Vertrauen?»

«Das glaube ich.»
Christian Gulbrandsen runzelte die Stirn. Er schien eher mit sich selber zu sprechen als zu Miss Marple.
«Dann ist da noch die kleine Gina — aber sie ist ja so jung. Es ist schwierig —» Er brach ab. «Manchmal», sagte er sinnend, «ist es schwer, zu wissen, was man tun soll. Was das beste ist. Es liegt mir sehr am Herzen, alles zum besten zu kehren. Ich möchte vor allem, daß der lieben Carrie Louise kein Leid widerfährt, daß ihr Glück nicht getrübt wird. Aber es ist nicht leicht — ganz und gar nicht leicht.»
In diesem Augenblick trat Mrs. Strete hinzu.
«Oh, da bist du, Christian. Wir wunderten uns, wo du bliebst. Dr. Maverick möchte wissen, ob du mit ihm über dies oder jenes sprechen möchtest.»
«Er ist wohl der neue junge Doktor? Nein — nein, ich möchte warten, bis Lewis wieder da ist.»
«Er wartet in Lewis' Arbeitszimmer. Soll ich ihm sagen —»
«Ich werde selber ein Wort mit ihm sprechen.»
Gulbrandsen eilte davon. Mildred Strete starrte ihm nach und starrte dann Miss Marple an.
«Ob wohl etwas passiert ist? Christian ist so ganz anders als sonst ... Hat er irgend etwas gesagt?»
«Er fragte mich nur nach der Gesundheit Ihrer Mutter.»
«Nach der Gesundheit meiner Mutter? Warum fragt er danach?»
Mildred sprach sehr scharf. Ihr großes eckiges Gesicht rötete sich und sah wenig sympathisch aus.
«Das weiß ich wirklich nicht.»
«Mutters Gesundheit ist ausgezeichnet. Erstaunlich bei einer Frau ihres Alters. Sie ist viel gesünder als ich.» Sie zögerte einen Augenblick und sagte dann: «Ich hoffe, Sie haben ihm das gesagt?»
«Ich bin in dieser Hinsicht wirklich völlig unwissend», sagte Miss Marple. «Er fragte mich nach ihrem Herzen.»
«Ihrem Herzen?»
«Ja.»
«Mutters Herzen fehlt nichts. Nicht das geringste.»
«Ich freue mich sehr, das zu hören, meine Liebe.»
«Was veranlaßt Christian, so merkwürdige Fragen zu stellen?»
«Ich habe keine Ahnung», sagte Miss Marple.

## 7

Der nächste Tag verlief allem Anschein nach ereignislos. Miss Marple aber glaubte Anzeichen für eine innere Spannung zu spüren. Christian Gulbrandsen benutzte den Vormittag, um mit Dr. Maverick durch das Institut zu gehen und über die allgemeinen Ergebnisse, die bisher erzielt wurden, zu sprechen. Am frühen Nachmittag machte Gina mit ihm eine Fahrt in die Umgebung, und hinterher veranlaßte er, wie Miss Marple bemerkte, Miss Bellever, ihm irgend etwas im Garten zu zeigen. Sie war überzeugt, er habe das nur als Vorwand benutzt, um mit der grimmigen Vertrauten Carrie Louises unter vier Augen zu sprechen. Wenn aber Christian Gulbrandsen unerwarteter Besuch nur aus Gründen erfolgte, die irgendwie mit dem Institut zusammenhingen, was veranlaßte ihn dann, ein Tête-à-tête mit Miss Bellever, die doch nur mit den häuslichen Angelegenheiten zu tun hatte, herbeizuführen?
Doch bei alledem konnte Miss Marple glauben, die Phantasie ginge mit ihr durch. Der einzige wirklich verwirrende Vorfall des Tages ereignete sich gegen vier Uhr. Sie hatte ihr Strickzeug eingepackt und war in den Garten gegangen, um sich vor dem Tee etwas im Freien zu ergehen. Als sie um ein wucherndes Rhododendrongebüsch herumbog, stieß sie mit Edgar Lawson zusammen, der, mit sich selbst redend, des Weges kam und sie beinahe umgerannt hätte.
Er sagte: «Verzeihung!» und wollte weitereilen. Miss Marple aber erschrak über seinen seltsam starren Blick.
«Fühlen Sie sich nicht wohl, Mr. Lawson?»
«Wohl? Wie sollte ich mich wohlfühlen? Ich erlitt einen Schock – einen schrecklichen Schock.»
«Was für einen Schock?»
Der junge Mann warf schnell einen Blick in die Runde. Miss Marple wurde nervös.
«Soll ich es Ihnen sagen?» Er schien mit sich selbst im Zweifel. «Ich weiß es nicht. Ich weiß es wirklich nicht. Ich bin so oft bespitzelt worden.»
Miss Marple kam zu einem Entschluß. Sie ergriff seinen Arm. «Wenn wir diesen Weg hinuntergehen ... es gibt da keine Bäume oder Büsche ... niemand kann hören, was Sie sagen.»

«Nein – Sie haben recht.»
Er holte tief Luft, beugte den Kopf und sprach die nächsten Worte fast flüsternd: «Ich habe eine Entdeckung gemacht, eine schreckliche Entdeckung.»
«Was für eine Entdeckung?»
Edgar Lawson begann am ganzen Leibe zu zittern. Offensichtlich waren ihm die Tränen nahe.
«Die Entdeckung, daß ich von jemand, dem ich vertraut habe, belogen worden bin. Ich habe ihm geglaubt ... Und es waren alles Lügen, nichts als Lügen. Die Lügen sollten mich daran hindern, die Wahrheit herauszubekommen. Ich kann es nicht ertragen. Es ist zu schlecht. Sie müssen wissen, er war der einzige Mensch, dem ich vertraut habe, und jetzt mache ich die Entdekkung, daß er die ganze Zeit hinter allem gesteckt hat. Daß *er* mein Feind gewesen ist! Er hat mich überall verfolgen und bespitzeln lassen. Aber ich werde es nicht länger dulden. Ich werde ihm sagen, daß ich weiß, was er getan hat.»
«Wer ist ‹er›?» fragte Miss Marple.
Edgar Lawson richtete sich zu seiner vollen Höhe auf. Er hätte pathetisch und tragisch aussehen können. Vermutlich wollte er es. Tatsächlich aber wirkte er nur lächerlich.
«Ich spreche von meinem Vater.»
«Viscount Montgomery – oder meinen Sie Winston Churchill?»
Edgar warf ihr einen verächtlichen Blick zu.
«Sie lassen mich bei diesem Glauben – damit ich nicht die Wahrheit errate. Aber jetzt kenne ich sie. Ich habe einen Freund – einen wirklichen Freund. Einen Freund, der mir die Wahrheit sagt. Und mir verrät, wie ich getäuscht worden bin. Mein Vater wird mit mir zu rechnen haben. Ich werde ihm seine Lügen ins Gesicht schleudern! Ich werde ihm die Wahrheit sagen. Wir werden sehen, was er darauf zu entgegnen hat.»
Plötzlich rannte Edgar davon und verschwand im Park.
Miss Marple kehrte mit einem ernsten Gesicht zum Hause zurück.
«Wir sind alle etwas verrückt», hatte Dr. Maverick gesagt.
Was Edgar Lawson betraf, so schien er mehr als nur «etwas verrückt» zu sein.

Lewis Serrocold kehrte um halb sieben Uhr zurück. Er ließ seinen Wagen am Eingang halten und ging zu Fuß durch den Park. Miss Marple, die gerade aus ihrem Fenster blickte, sah Christian Gulbrandsen aus dem Hause treten und ihm entgegengehen. Die beiden Männer begrüßten einander und schritten dann auf der Terrasse auf und ab.

Miss Marple hatte zum Glück daran gedacht, ihr Fernglas mitzunehmen. In diesem Augenblick nun wollte sie es benutzen. Waren das da in der Ferne Zeisige oder waren es keine?

Als sie das Fernglas einen Augenblick senkte, bevor sie es in die Höhe richtete, stellte sie fest, daß die beiden Männer sehr beunruhigt aussahen. Miss Marple beugte sich noch weiter vor. Von Zeit zu Zeit fing sie einen Fetzen von ihrer Unterhaltung auf. Falls einer von den beiden Männern auf den Gedanken kommen sollte, nach oben zu blicken, mußte er die Überzeugung gewinnen, daß eine verzückte Vogelfreundin ihre Aufmerksamkeit auf einen Punkt gerichtet hielt, der von ihrer Unterhaltung sehr weit entfernt war.

«... wie man es Carrie Louise ersparen kann, daß sie es erfährt —» sagte Gulbrandsen.

Als die beiden Männer das nächste Mal unter Miss Marples Fenster vorübergingen, sprach gerade Lewis Serrocold:

«... wenn man es vor ihr geheimhalten *kann.* Aber auch ich bin der Meinung, daß man sie schonen muß ...»

Die lauschende Miss Marple fing noch einige weitere Brocken der Unterredung auf.

«... äußerst ernst ...» — «... nicht gerechtfertigt ...» — «... eine zu große Verantwortung übernehmen ...» — «... keine Entscheidung treffen, ohne vorher die Ansicht ...»

Schließlich hörte Miss Marple Christian Gulbrandsen sagen:

«Es wird kalt. Wir müssen hineingehen.»

Als Miss Marple ihren Kopf zurückbog, machte sie ein sehr nachdenkliches und besorgtes Gesicht. Was sie gehört hatte, war zu fragmentarisch, als daß sie die einzelnen Stücke aneinander hätte fügen können, um sich einen Vers daraus zu machen. Es genügte aber, um die unbestimmte Befürchtung, die in ihr nach und nach Form angenommen hatte und von der Ruth Van Rydock so fest überzeugt gewesen war, als begründet zu bekräftigen.

Was auch immer in Stonygates anders war, als es hätte sein sollen: es betraf zweifellos und ganz entschieden Carrie Louise.

Beim Dinner kam an diesem Abend keine rechte Stimmung auf. Gulbrandsen und Lewis waren zerstreut und hingen ihren eigenen Gedanken nach. Walter Hudd war mürrischer denn je. Und Gina und Stephen schienen einander nichts mehr zu sagen zu haben und noch weniger den andern. Eigentlich hielt nur Dr. Maverick die Unterhaltung mühsam aufrecht. Sie beschränkte sich aber fast ausschließlich auf eine fachliche Erörterung mit Mr. Baumgarten, einem der Therapeuten.

Als sie nach dem Dinner in die Halle übersiedelten, zog sich Christian Gulbrandsen fast sofort zurück. Er müsse einen wichtigen Brief schreiben, erklärte er.

«Mit deiner Erlaubnis, liebe Carrie Louise», sagte er, «werde ich jetzt mein Zimmer aufsuchen.»

«Hast du alles, was du brauchst?»

«Ja. Alles. Die Schreibmaschine, um die ich gebeten habe, hat Miss Bellever mir beschafft. Und sie hat auch sonst in jeder Hinsicht sehr aufmerksam für mich gesorgt.»

Er verließ die große Halle durch die Tür zur Linken, die zum Korridor führte, an dessen Ende die ihm zugewiesenen Räume gelegen waren.

Als er gegangen war, sagte Carrie Louise:

«Gehst du heute abend nicht zum Theater, Gina?»

Gina schüttelte den Kopf. Sie setzte sich an das Fenster. Stephen blickte ihr nach und setzte sich dann an den Flügel. Er öffnete ihn und begann leise eine seltsame, sehr melancholisch klingende Melodie zu spielen. Die beiden Therapeuten, Mr. Baumgarten und Mr. Lacy, und Dr. Maverick sagten gute Nacht und gingen. Walter schaltete eine Leselampe ein. Die Folge war, daß eine Sicherung durchgeschlagen wurde und ein Teil der Glühlampen erlosch.

«Dieser elende Schalter ist noch immer nicht in Ordnung», sagte er ärgerlich. «Ich werde eine neue Sicherung einsetzen.»

Er zog den zu der defekten Leselampe führenden Stecker heraus und verließ die Halle. Carrie Louise sagte:

«Es ist ein Glück, daß Walter sich auf alles, was mit der Elek-

trizität zusammenhängt, so gut versteht. Neulich hat er ja auch den Brotröster wieder so schön in Ordnung gebracht.»
«Das ist aber auch wohl das einzige, was er hier bei uns bis jetzt geleistet hat», bemerkte Mildred Strete säuerlich. «Hast du dein Stärkungsmittel schon genommen, Mutter?»
«Oh, das habe ich ja ganz vergessen», sagte Miss Bellever erschrocken. Sie sprang auf, eilte in das Speisezimmer und kehrte gleich darauf mit einem kleinen Glase zurück, das eine hellrote Flüssigkeit enthielt.
Carrie Louise streckte lächelnd ihre Hand aus, verzog aber das Gesicht.
«Das Zeug schmeckt scheußlich», sagte sie. «Aber immer muß einer dafür sorgen, daß ich es nur ja nicht vergesse.»
Zu aller Überraschung mischte sich jetzt Lewis Serrocold ein.
«Ich glaube, es ist besser, du nimmst es heute abend nicht, meine Liebe. Meiner Meinung nach ist es sehr zweifelhaft, ob es dir bekommt.»
Ruhig, aber mit der beherrschten Energie, die für ihn so charakteristisch war, nahm er Miss Bellever das Glas aus der Hand und stellte es auf einen kleinen Eichentisch.
Miss Bellever sagte scharf:
«Wirklich, Mr. Serrocold, ich kann Ihnen da unmöglich beipflichten. Mrs. Serrocolds Gesundheit hat sich sehr verbessert, seitdem —»
Sie brach ab und wandte sich ruckartig um.
Die Tür, die ins Freie führte, wurde heftig aufgerissen und krachend wieder zugeworfen. Edgar Lawson trat in die schwach erhellte Halle in der Pose eines Bühnenstars, der seinen großen Auftritt hat.
In der Mitte der Halle blieb er stehen und machte eine Geste wie ein Schmierenkomödiant.
Er wirkte beinahe lächerlich — aber doch nicht ganz.
Edgar deklamierte pathetisch:
«Endlich habe ich dich gefunden, o du mein Feind!»
Er sagte das zu Lewis Serrocold.
Mr. Serrocold blickte ihn etwas überrascht an.
«Was ist denn mit dir los, Edgar?» fragte er mit sanftem Vorwurf.
«Und das wagst *du* zu mir zu sagen? Du weißt ganz genau, was

los ist! Du hast mich getäuscht, mich bespitzelt, mit meinen Feinden gegen mich gearbeitet.»

Lewis ergriff seinen Arm.

«Beruhige dich, mein Junge! Was soll diese Aufregung? Erzähle mir alles in Ruhe! Komm mit mir in mein Arbeitszimmer!»

Er führte ihn durch die Halle und durch eine Tür auf der rechten Seite, die er hinter sich schloß. Man hörte, wie ein Schlüssel in dem Schloß herumgedreht wurde.

Miss Bellever blickte Miss Marple an. Sie dachten beide dasselbe: den Schlüssel hat nicht Mr. Serrocold umgedreht!

Miss Bellever sagte grimmig:

«Dieser junge Mann weiß, meiner Meinung nach, nicht mehr, was er tut. Er ist gefährlich.»

Mildred sagte:

«Er ist völlig unausgeglichen. Und er besitzt nicht die Spur Dankbarkeit für alles, was hier für ihn getan wird. Du solltest einschreiten, Mutter!»

Carrie Louise seufzte leise und sagte:

«Er ist nicht gefährlich. Er hängt an Lewis. Er hängt sehr an ihm.»

Miss Marple blickte Carrie Louise forschend an. In dem Auftritt, den sie alle soeben mitangesehen hatten, war nichts von einer Zuneigung Edgars zu Mr. Serrocold zu spüren gewesen. Ganz im Gegenteil! Wieder fragte sich Miss Marple im stillen, ob Carrie Louise sich wohl bewußt der Wirklichkeit verschloß.

Gina sagte erregt:

«Er hatte etwas in seiner Tasche. Ich meine Edgar. Er spielte damit.»

Stephen nahm seine Hände von den Tasten und bemerkte:

«In einem Film wäre es sicherlich ein Revolver gewesen.»

Hinter der geschlossenen Tür von Mr. Serrocolds Arbeitszimmer war ein Gemurmel von Stimmen zu hören. Jetzt plötzlich waren die Worte klar zu verstehen. Während Lewis Serrocold kaum lauter sprach als sonst, begann Edgar Lawson zu brüllen.

«Lügen – Lügen – Lügen, alles Lügen. *Du* bist mein Vater. Ich bin *dein* Sohn. Du hast mich meiner Rechte beraubt. Du haßt mich. Du willst mich los sein!»

Lewis suchte ihn offenbar zu beruhigen. Edgar Lawson aber

wurde immer hysterischer. Er fing an, fürchterlich zu schimpfen, und schien immer mehr die Herrschaft über sich zu verlieren. Von Zeit zu Zeit hörte man Lewis sagen: «Beruhige dich – sei doch vernünftig – du weißt doch, daß das alles nicht wahr ist –.» Was er sagte, schien aber den jungen Mann keineswegs zu besänftigen. Im Gegenteil, er wurde immer wütender.
Unwillkürlich lauschten alle, die in der Halle versammelt waren.
«Du mußt mich hören!» schrie Edgar. «Ich werde dir die hochmütige Maske vom Gesicht reißen. Ich werde mich rächen – rächen für alles, was du mir angetan hast.»
Plötzlich hörte man Lewis mit einer ungewohnt scharfen Stimme sagen:
«Leg den Revolver weg!»
Gina rief entsetzt:
«Edgar wird ihn töten. Er ist verrückt. Können wir denn gar nichts tun?»
Carrie Louise, die keinerlei Erregung zeigte, sagte leise:
«Es ist kein Grund, sich aufzuregen, Gina. Edgar liebt Lewis. Er spielt nur Theater. Das ist alles.»
Jetzt drang durch die Tür Edgars Lachen. Miss Marple mußte gestehen, daß es schauerlich klang. So lachte nur ein Geisteskranker.
«Ich lege den Revolver nicht weg», rief er. «Und damit du es weißt: er ist geladen! Nein! Sprich nicht! Rühre dich nicht! Du mußt mich zu Ende hören. Du hast die Verschwörung gegen mich angezettelt. Niemand anders. Und jetzt sollst du dafür büßen.»
In diesem Augenblick hörten alle deutlich einen Knall, der von einer Schußwaffe herzurühren schien. Sie sprangen auf. Carrie Louise aber sagte:
«Seid unbesorgt! Es war draußen. Irgendwo im Park. Wer weiß, was es war.»
Hinter der verschlossenen Tür tobte Edgar weiter.
«Warum blickst du mich so an? Warum tust du, als hättest du keine Angst?» schrie er mit schriller Stimme. «Warum bittest du nicht auf den Knien um Gnade? Ich werde schießen, darauf kannst du dich verlassen. Ich werde dich töten! Ich bin dein Sohn – dein Sohn, den du nicht anerkennen willst und verach-

test, dein Sohn, den du verstecken wolltest, vielleicht gar beseitigen. Du läßt mich von Spionen überwachen, die mich zur Strecke bringen sollen. Du, mein Vater! Aber ich bin ja nur ein Bastard, nicht wahr? Nur ein Bastard. Du hast mich belogen und betrogen. Du hast so getan, als stünde ich deinem Herzen nahe, du warst freundlich zu mir, und dabei hast du die ganze Zeit ... Nein, du verdienst nicht zu leben. Du verdienst es nicht.»

Es folgte ein Schwall von unflätigen Schimpfworten. Miss Marple hörte Miss Bellever sagen: «Wir müssen etwas tun», und sah sie die Halle verlassen.

Edgar schien Atem zu schöpfen. Nach einer kurzen Pause schrie er aufs neue:

«Du sollst sterben! Auf der Stelle sollst du sterben! Nimm das, du Teufel! Und das!»

Zweimal hintereinander wurde ein scharfer Knall vernehmbar. Diesmal aber bestand kein Zweifel: es waren zwei Schüsse gewesen. Nicht im Park, sondern hinter der verschlossenen Tür.

Jemand – Miss Marple dachte, es sei Mildred – rief:

«Mein Gott! Was sollen wir bloß tun?»

Jenseits der Tür schien etwas hinzufallen. Man hörte einen dumpfen Aufschlag. Darauf folgte – noch schauerlicher fast als alles Vorangegangene – ein hemmungsloses Schluchzen.

Jemand schritt an Miss Marple vorüber und begann an der Tür zu rütteln.

Es war Stephen Restarick.

«Öffnen Sie! Öffnen Sie!» rief er.

Miss Bellever kehrte zurück. In ihrer Hand trug sie einen großen Schlüsselbund.

«Probieren Sie, ob einer von ihnen paßt», sagte sie.

In diesem Augenblick flammten plötzlich die Lichter wieder auf, die erloschen waren. Jetzt war die Halle wieder hell erleuchtet.

Stephen Restarick probierte mehrere Schlüssel.

Plötzlich hörte man, wie der Schlüssel, der im Schloß steckte, herausfiel.

Das verzweifelte Schluchzen hörte nicht auf.

Walter Hudd, der in diesem Augenblick zurückkehrte, blieb stehen und fragte:

«Was geht denn hier vor?»

«Der schreckliche verrückte junge Mensch hat Mr. Serrocold erschossen», antwortete Mildred weinend.
Carrie Louise stand auf und schob Stephen Restarick sanft beiseite.
«Bitte», sagte sie, «ich werde mit ihm sprechen.»
Sie näherte ihr Gesicht der Tür und rief sanft:
«Edgar ... Edgar ... ich möchte in das Zimmer ... bitte, öffnen Sie!»
Man hörte, wie der Schlüssel in das Schloß geschoben wurde. Gleich darauf wurde die Tür geöffnet.
Aber nicht Edgar öffnete sie, sondern Lewis Serrocold. Er atmete schwer, als sei er gelaufen. Sonst war er völlig ruhig.
«Alles in Ordnung, meine Liebe», sagte er. «Sei unbesorgt!»
«Wir dachten, Sie seien erschossen worden», sagte Miss Bellever verwundert.
Lewis Serrocold runzelte die Stirn. Er sagte etwas schroff:
«Natürlich bin ich nicht erschossen worden.»
Die andern konnten jetzt in das Arbeitszimmer blicken. Edgar Lawson schien am Schreibtisch zusammengebrochen zu sein. Er keuchte schwer und stöhnte. Der Revolver lag auf dem Fußboden, wo er ihm aus der Hand gefallen war.
«Aber wir haben doch die Schüsse gehört», sagte Mildred.
«O ja. Er hat zweimal geschossen.»
«Und dich verfehlt?»
«Natürlich hat er mich verfehlt», herrschte Lewis Mildred an.
Nach Miss Marples Meinung war das keineswegs natürlich. Die Schüsse mußten aus sehr großer Nähe abgefeuert worden sein.
Lewis Serrocold sagte gereizt:
«Wo ist Maverick? Er muß sofort kommen. Er ist hier nötig.»
Miss Bellever sagte:
«Ich werde ihn holen. Soll ich auch bei der Polizei anrufen?»
«Bei der Polizei? Natürlich nicht!»
«Natürlich müssen wir bei der Polizei anrufen», widersprach Mildred. «Er ist gefährlich.»
«Unsinn!» sagte Lewis Serrocold. «Der arme Junge! Sieht er gefährlich aus?»
In diesem Augenblick sah er sicherlich nicht gefährlich aus. Er sah jung aus und rührend. Und ein wenig abstoßend.
«Ich habe es nicht gewollt», stöhnte er. «Ich weiß nicht, was

über mich kam. Wie konnte ich nur all das dumme Zeug reden? Ich muß verrückt gewesen sein.»
Mildred schnaubte verächtlich.
«Ich muß verrückt gewesen sein. Ich wollte es nicht. Bitte, Mr. Serrocold, ich wollte es wirklich nicht.»
Lewis Serrocold klopfte ihm beruhigend auf den Rücken.
«Ist schon recht, mein Junge. Es ist ja nichts passiert.»
«Ich hätte Sie töten können, Mr. Serrocold», sagte er.
Walter Hudd trat in das Arbeitszimmer und betrachtete die Wand hinter dem Schreibtisch.
«Hier sind die Kugeln eingedrungen», sagte er. Er blickte nach dem Schreibtisch und nach dem Schreibtischstuhl hinter ihm. «Hätte leicht schlimm enden können», fügte er grimmig hinzu.
«Ich verlor den Kopf. Ich wußte nicht, was ich tat. Ich dachte –»
Miss Marple stellte die Frage, die sie schon seit einiger Zeit bewegte.
«Wer hat Ihnen gesagt», fragte sie, «Mr. Serrocold sei Ihr Vater?»
Eine Sekunde lang huschte ein verschlagenes Lächeln über Edgars Gesicht. Es war aber so schnell wieder verschwunden, daß wohl niemand außer Miss Marple etwas davon gemerkt hatte.
«Niemand», sagte er. «Ich weiß nicht, wie ich darauf kam.»
Walter Hudd starrte auf den Revolver, der noch immer am Boden lag.
«Wie sind Sie zu diesem Revolver gekommen?» fragte er.
«Revolver?» Edgar starrte auf die Waffe.
«Sieht verdammt so aus, als wäre es *mein* Revolver», sagte Walter. Er bückte sich und hob ihn auf.
«Weiß der Teufel, er ist es! Sie haben ihn aus meinem Zimmer geholt, Sie Lausebengel!»
Lewis Serrocold trat zwischen den sich ängstlich duckenden Edgar und den ihn bedrohenden Amerikaner.
«Diese Frage können wir später erörtern», sagte er. «Dort kommt Dr. Maverick.»
«Wollen Sie sich seiner annehmen, Maverick?»
Dr. Maverick näherte sich Edgar mit einer Art Berufseifer.
«Was ist denn das, Edgar?» sagte er. «Wir müssen uns zusammennehmen!»
«Er ist ein gefährlicher Irrer», rief Mildred scharf. «Er hat mit

dem Revolver geschossen und getobt. Er hat meinen Stiefvater nur um eine Kleinigkeit verfehlt.»

Edgar schrie auf. Dr. Maverick sagte vorwurfsvoll:

«Vorsicht, bitte, Mrs. Strete!»

«Ich habe die Sache satt. Was soll das Getue? Hören Sie doch! Dieser Mensch ist geisteskrank.»

Edgar riß sich von Dr. Maverick los und warf sich Serrocold zu Füßen.

«Helfen Sie mir! Helfen Sie mir! Dulden Sie nicht, daß sie mich wegschleppen und einsperren. Dulden Sie es nicht . . .»

‹Eine höchst unsympathische Szene!› dachte Miss Marple.

Mildred rief zornig:

«Ich sage Ihnen doch, er ist –»

Ihre Mutter suchte sie zu beruhigen:

«Bitte, Mildred! Nicht jetzt! Er leidet.»

Walter Hudd murmelte:

«Der und leiden! Sie sind ja alle verrückt!»

«Ich werde mich um ihn kümmern», sagte Dr. Maverick. «Kommen Sie mit mir, Edgar! Wir schicken Sie ins Bett und geben Ihnen ein Beruhigungsmittel. Morgen können wir uns dann weiter unterhalten.»

Edgar blickte den jungen Doktor etwas mißtrauisch an und wandte sich dann Mildred Strete zu.

«Sie sagte, ich sei geisteskrank.»

«Das ist nicht ihr Ernst», suchte Dr. Maverick ihn zu beruhigen. «Sie sind nicht geisteskrank.»

In diesem Augenblick trat Miss Bellever ein. Sie machte ein sehr grimmiges Gesicht und ging mit festen Schritten durch die Halle. Ihre Wangen waren stark gerötet.

«Ich habe bei der Polizei angerufen», sagte sie barsch. «Die Beamten werden in wenigen Minuten hier sein.»

«Aber Jolly!» rief Carrie Louise vorwurfsvoll. – Edgar stöhnte. Lewis Serrocold runzelte ärgerlich die Stirn.

«Ich habe Ihnen doch gesagt, ich wolle nicht, daß die Polizei etwas davon erfährt», sagte er. «Sie hat hier nichts zu suchen. Es ist ein medizinischer Fall.»

«Vielleicht», erwiderte Miss Bellever. «Ich habe meine eigene Meinung darüber. Aber ich *mußte* bei der Polizei anrufen. Mr. Gulbrandsen wurde erschossen.»

Es dauerte eine Weile, bis alle Anwesenden begriffen, was Miss Bellever gesagt hatte.
Carrie Louise sagte ungläubig:
«Christian wurde erschossen? Er ist tot? Aber das ist doch unmöglich!»
«Wenn Sie mir nicht glauben», sagte Miss Bellever grimmig – weniger zu Carrie Louise, als zu allen Anwesenden, «dann gehen Sie und überzeugen Sie sich selber!»
Langsam, ungläubig machte Carrie Louise einen Schritt nach der Tür. Lewis Serrocold aber legte seine Hand auf ihre Schulter.
«Nein, Liebe! Laß mich gehen!»
Er trat auf den Korridor. Dr. Maverick zögerte einen Augenblick mit einem Blick auf Edgar. Doch dann folgte er ihm. Miss Bellever schloß sich an.
Miss Marple führte Carrie Louise sanft zu einem Sessel. Auf ihr freundliches Zureden setzte Carrie Louise sich hin. Sie sah sehr verwirrt und ergriffen aus.
«Christian – erschossen?» wiederholte sie ungläubig.
Sie sagte das wie ein erschrockenes Kind.
Walter Hudd blieb bei Edgar Lawson stehen und betrachtete ihn mit düsteren Blicken. In der Hand hielt er den Revolver, den er vom Fußboden aufgenommen hatte.
Mrs. Serrocold sagte verwundert:
«Aber wer konnte denn nur auf den Gedanken kommen, Christian zu erschießen?»
Das war eine Frage, die niemand zu beantworten brauchte.
Walter murmelte vor sich hin:
«Durchgedreht! Alle miteinander! Durchgedreht!»
Stephen hatte sich Gina genähert, als wolle er sie beschützen. Ihr Gesicht war ganz weiß.
In diesem Augenblick öffnete sich die Tür, die ins Freie führte, und ein kalter Luftzug drang herein. Ein Mann in einem schweren Mantel trat über die Schwelle.
«Hallo! Wie geht's miteinander? Scheußlicher Nebel draußen! Mußte verwünscht langsam fahren.»
Diese unbekümmert fröhliche Begrüßung erschien den in der Halle Versammelten als unglaublich anstößig.

Miss Marple glaubte im ersten Augenblick, sie sähe doppelt. Sicherlich konnte nicht derselbe Mann neben Gina stehen und durch die Tür von draußen hereinkommen. Doch da ging ihr auf, daß es sich nur um eine Ähnlichkeit handelte, und, wenn man genauer hinsah, nicht einmal um eine sehr starke Ähnlichkeit. Die beiden Männer waren offenbar Brüder, die eine starke Familienähnlichkeit besaßen.

Während Stephen Restarick übertrieben mager war, war der Neuankömmling durchaus wohlgestaltet. Er trug einen Astrachanpelz, der ihn vorzüglich kleidete. Ein hübscher junger Mann, dem man es ansah, daß er Erfolg im Leben haben mußte.

Miss Marple aber bemerkte noch etwas anderes an ihm. Seine Augen richteten sich, als er eintrat, sofort auf Gina.

Er sagte, etwas verwundert:

«Ihr habt mich doch erwartet? Habt ihr mein Telegramm nicht erhalten?»

Er ging auf Carrie Louise zu. Sie hielt ihm die Hand hin. Er ergriff sie und küßte sie zärtlich.

Sie murmelte:

«Natürlich, lieber Alex. Natürlich haben wir dich erwartet. Nur – es ist inzwischen einiges geschehen –»

«Geschehen?»

Mildred klärte ihn auf. «Christian Gulbrandsen», sagte sie, «mein Bruder Christian wurde erschossen aufgefunden.»

«Großer Gott!» Alex war offensichtlich bestürzt. «Er hat sich das Leben genommen?»

«O nein», antwortete Carrie Louise. «Es kann kein Selbstmord gewesen sein.»

«Onkel Christian hätte sich niemals selbst erschossen», sagte Gina.

Alex Restarick blickte von dem einen zum andern. Sein Bruder Stephen nickte kurz. Alex' Augen blieben an Miss Marple haften. Er schien eine Aufklärung zu erwarten. Aber niemand klärte ihn auf.

«Wann geschah es?» fragte er.

«Unmittelbar bevor du kamst», sagte Gina. «Vor drei bis vier Minuten, denke ich. Wir haben den Schuß gehört. Aber wir haben nicht recht darauf geachtet.»

«Nicht darauf geachtet? Warum nicht?»
«Weil wir durch etwas anderes abgelenkt wurden ...», erwiderte Gina zögernd.
Miss Bellever erschien an der Tür, die von der Bibliothek in die Halle führte.
«Mr. Serrocold schlägt vor, wir sollten alle in der Bibliothek warten. Es sei für die Polizei das einfachste.» Miss Bellever wandte sich an Carrie Louise:
«Für Sie gilt das natürlich nicht, Cara. Sie müssen sich erst von dem Schock erholen und sich einstweilen ins Bett legen. Ich werde Sie hinaufbringen –»
Carrie Louise schüttelte den Kopf und stand auf.
«Ich muß erst Christian sehen», sagte sie.
«O nein, Cara. Sie dürfen sich nicht aufregen –»
Carrie Louise schob sie sanft beiseite.
«Liebe Jolly, Sie verstehen das nicht.» Sie blickte sich um und sagte:
«Jane?»
Miss Marple war schon auf dem Wege zu ihr.
«Bitte, begleite mich, Jane.»
Sie schritten auf die Tür zu, die zum Korridor führte. Dr. Maverick, der gerade eintrat, wäre beinahe mit ihnen zusammengestoßen.
Miss Bellever rief:
«Dr. Maverick! Lassen Sie es nicht zu! Halten Sie sie zurück!»
Carrie Louise blickte den jungen Doktor ruhig an. Sie lächelte sogar ein ganz klein wenig.
Dr. Maverick sagte:
«Sie wollen – ihn sehen?»
«Ich muß.»
«Wenn Sie glauben, Sie müssen, Mrs. Serrocold –» Er trat beiseite. «Aber dann legen Sie sich, bitte, zu Bett. Augenblicklich spüren Sie den Schock noch nicht. Aber glauben Sie mir, es wird kommen.»
«Ja. Sie haben wohl recht. Ich werde ganz vernünftig sein. Komm, Jane!»
Das Gastzimmer, das Christian Gulbrandsen zugewiesen worden war, besaß einen Alkoven, in dem das Bett stand. Eine Tür führte zum anschließenden Badezimmer.

Carrie Louise blieb auf der Schwelle stehen. Christian Gulbrandsen hatte an dem großen Mahagonischreibtisch gesessen und vermutlich auf der Reiseschreibmaschine geschrieben, die offen vor ihm stand. Er war seitwärts gesunken. Die hohen Lehnen des Schreibtischstuhles hatten verhindert, daß er auf den Fußboden hinuntergeglitten war.
Lewis Serrocold stand am Fenster. Er hatte den Vorhang etwas beiseitegezogen und blickte in die Nacht hinaus.
Jetzt wandte er sich um und runzelte die Stirn.
«Du hättest nicht kommen sollen, meine Liebe», sagte er.
Er ging auf Carrie Louise zu. Sie streckte ihm die Hand hin. Miss Marple blieb am Eingang zurück.
«Ich mußte kommen, Lewis. Ich mußte ihn sehen.»
Langsam näherte sie sich dem Schreibtisch.
Lewis sagte warnend:
«Du darfst nichts anrühren. Die Polizei muß alles unverändert vorfinden.»
«Natürlich. Er wurde also vorsätzlich erschossen?»
«Gewiß.» Lewis Serrocold schien sich etwas zu wundern, daß sie überhaupt noch fragen konnte. «Ich hatte gedacht, du wüßtest es.»
«Ich wußte es auch wirklich. Christian war nicht der Mann, der sich selber das Leben nimmt, und es ist bei ihm auch ausgeschlossen, daß es sich um eine Unbedachtsamkeit handelt. Es bleibt also nur» — sie zögerte einen Augenblick — «Mord.»
Sie trat dicht an den Schreibtisch heran und blickte auf den Toten nieder. In ihrem Gesicht malten sich Trauer und Liebe ab.
«Der liebe Christian», sagte sie. «Er ist immer gut zu mir gewesen.»
Sanft berührte sie den Scheitel seines Kopfes mit ihren Fingerspitzen.
«Habe Dank, lieber Christian!» sagte sie. «Gott segne dich!»
Lewis Serrocold sagte:
«Bei Gott! Ich wünschte, ich hätte dir das ersparen können, Caroline.»
Er war so bewegt, wie Miss Marple ihn noch nie gesehen hatte.
Carrie Louise schüttelte den Kopf.
«Man kann niemals einem andern etwas ersparen», sagte sie. «Früher oder später geschieht, was geschehen soll. Und man

muß sich eben damit abfinden. Je eher man es tut, um so besser. Ich werde mich jetzt zu Bett legen. Du wirst wohl hierbleiben wollen, Lewis, bis die Polizei kommt?»

«Ja.»

Carrie Louise wandte sich ab. Miss Marple legte ihr den Arm um die Schultern.

## 9

Als Inspektor Curry mit seinen Leuten eintraf, fand er Miss Bellever allein in der großen Halle.

«Ich bin Juliet Bellever, Mrs. Serrocolds Gesellschafterin und Sekretärin», sagte sie.

«Sie haben den Toten gefunden und bei uns angerufen, nicht wahr?»

«Ja. Die meisten von denen, die zum Hause gehören, befinden sich in der Bibliothek. Mr. Serrocold blieb in Mr. Gulbrandsens Zimmer, um dafür zu sorgen, daß nichts verändert würde. Dr. Maverick, der den Toten untersuchte, wird binnen kurzem hier sein. Er mußte sich – eines ‹Falls› annehmen. Soll ich vorangehen?»

«Ich bitte darum.»

‹Eine tüchtige Frau!› dachte der Inspektor. ‹Scheint an alles gedacht zu haben.›

Miss Bellever führte die Beamten den Korridor hinunter.

Während der nächsten zwanzig Minuten trat der Polizeiapparat in Tätigkeit. Der Fotograf machte die erforderlichen Aufnahmen. Der Polizeiarzt, zu dem sich Dr. Maverick gesellte, untersuchte den Toten. Eine halbe Stunde später hatte der Krankenwagen die sterblichen Überreste Christian Gulbrandsens entführt. Inspektor Curry konnte mit dem Verhör beginnen.

Lewis Serrocold führte ihn in die Bibliothek. Der Inspektor betrachtete prüfend die Versammelten und prägte sich den ersten Eindruck, den er von ihnen gewann, ein, soweit das möglich war. Eine alte Dame mit weißem Haar, eine andere mittleren Alters, ein gut aussehendes junges Mädchen, der junge Amerikaner, der, wie er wußte, ihr Mann war. Zwei andere

junge Leute, die irgendwie dazugehörten, und die tüchtige Miss Bellever, die die Polizei unterrichtet hatte.
Inspektor Curry hatte sich schon zurechtgelegt, was er sagen wollte.
«Ich fürchte, Sie sind alle durch die Geschehnisse außer Fassung gebracht», begann er. «Ich hoffe, ich werde Sie heute abend nicht zu lange belästigen müssen. Wir können morgen alles gründlicher durchgehen. Miss Bellever fand den Toten. Ich möchte daher Miss Bellever bitten, mir in großen Zügen zu berichten, was geschehen ist. Auf diese Weise werden sich unnötige Wiederholungen vermeiden lassen. Wenn Sie zu Ihrer Frau Gemahlin hinaufgehen wollen, Mr. Serrocold, so tun Sie es, bitte. Sobald ich Miss Bellever gehört habe, würde ich gern noch mit Ihnen sprechen. Vielleicht könnten Sie uns ein Zimmer zur Verfügung stellen —»
Lewis Serrocold sagte: «Am besten wäre wohl mein Arbeitszimmer geeignet. Was meinen Sie, Jolly?»
Miss Bellever nickte. «Ich wollte es gerade vorschlagen», sagte sie.
Sie führte Inspektor Curry und seinen Gehilfen, Sergeant Lake, nach dem Arbeitszimmer.
Inspektor Curry hatte sehr angenehme Manieren. Manche Leute machten den Fehler, ihn zu unterschätzen. Tatsächlich war er ein äußerst tüchtiger Beamter. Er zog es aber vor, von seiner Tüchtigkeit kein Aufhebens zu machen.
Als sie alle drei in dem Arbeitszimmer Platz genommen hatten, begann er:
«Wenn ich recht unterrichtet bin, war der Tote der älteste Sohn des Gründers der Stiftung ‹Gulbrandsen Trust and Fellowships› und gehörte selber dem Kuratorium an, in dem er den Vorsitz führte. Er kam gestern nachmittag unerwartet an. Ist das richtig?»
«Ja», erwiderte Miss Bellever.
«Mr. Serrocold war, wenn ich nicht irre, in Liverpool. Wann kehrte er zurück?»
«Heute abend gegen sieben Uhr.»
«Nun erzählen Sie, bitte, kurz, was dann weiter geschah.»
«Nach dem Dinner erklärte Mr. Gulbrandsen, er wolle sich in sein Zimmer zurückziehen, um einige Briefe zu schreiben.»

«Gut. Und nun erzählen Sie mir etwas ausführlicher, wie es kam, daß Sie ihn tot auffanden.»
«Es kam heute abend zu einem höchst unerfreulichen Auftritt. Ein junger Mann, ein psychopathischer Fall, verlor die Selbstbeherrschung und bedrohte Mr. Serrocold mit einem Revolver. Sie waren beide in diesem Zimmer eingeschlossen. Schließlich gab der junge Mann zwei Schüsse ab. Sie können die Einschläge dort drüben in der Wand sehen. Zum Glück wurde Mr. Serrocold nicht getroffen. Der junge Mann aber brach völlig zusammen. Mr. Serrocold schickte mich zu Dr. Maverick. Ich fand ihn bei einem seiner Kollegen und richtete meinen Auftrag aus. Er kam sofort her. Auf dem Rückweg ging ich nach Mr. Gulbrandsens Zimmer. Ich wollte ihn fragen, ob er irgend etwas wünsche, bevor er sich schlafen lege. Ich klopfte an, bekam aber keine Antwort. Da öffnete ich die Tür und sah, daß Mr. Gulbrandsen tot war. Darauf rief ich sofort bei der Polizei an.»
«Wie steht es mit den Eingängen des Hauses? Sind sie alle verschlossen? Oder konnte jemand von draußen ins Haus gelangen, ohne gehört oder gesehen zu werden?»
«Jeder, der wollte, konnte durch einen Nebeneingang ins Haus gelangen. Es wird erst verschlossen, wenn wir alle zu Bett gehen, weil er von allen, die nach den Institutsgebäuden wollen oder von dort kommen, benutzt wird.»
«Und in den Gebäuden des Instituts befinden sich, wenn ich nicht irre, über zweihundert kriminelle Jugendliche?»
«Ja. Aber die Gebäude des Instituts werden streng überwacht. Ich halte es für höchst unwahrscheinlich, daß jemand das Institut unbemerkt verlassen kann.»
«Wir werden das natürlich nachprüfen. Hatte Mr. Gulbrandsen irgendwie Veranlassung dazu gegeben, daß er von den Insassen des Instituts gehaßt wurde? Hat er vielleicht unpopuläre Anordnungen getroffen?»
Miss Bellever schüttelte den Kopf.
«Mr. Gulbrandsen hatte mit dem Betrieb des Instituts überhaupt nichts zu tun.»
«Was führte ihn hierher?»
«Ich habe keine Ahnung.»
«War er enttäuscht, als er hörte, Mr. Serrocold sei abwesend?»
«Ja.»

«Beschloß er daraufhin sofort, seine Rückkehr abzuwarten?»
«Ja.»
«Dann war er also ohne Zweifel gekommen, weil er Mr. Serrocold hatte sprechen wollen. Hatte er dann, als Mr. Serrocold kam, mit ihm eine Besprechung?»
«Nein. Dazu war keine Zeit. Mr. Serrocold kam ja erst kurz vor dem Dinner.»
«Und nach dem Dinner sagte Mr. Gulbrandsen, er habe wichtige Briefe zu schreiben? Und er zog sich sofort in sein Zimmer zurück? Äußerte er nicht den Wunsch nach einer Besprechung mit Mr. Serrocold?»
Miss Bellever zögerte einen Augenblick. Dann sagte sie entschieden:
«Nein, davon sagte er nichts.»
«Das ist doch sehr merkwürdig, da er ja Mr. Serrocold durchaus hatte sprechen wollen.»
«Ja, das ist merkwürdig.»
Miss Bellever schien es jetzt erst überraschend zu finden.
«Ist es sicher, daß Mr. Serrocold ihn nicht begleitete, als er sich in sein Zimmer zurückzog?»
«Das ist ganz sicher. Mr. Serrocold blieb in der Halle.»
«Und Sie haben keine Ahnung, zu welcher Zeit Mr. Gulbrandsen getötet wurde?»
«Es ist möglich, daß wir den Schuß gehört haben. Wenn das stimmt, dann wurde Mr. Gulbrandsen etwa um ein Viertel nach neun erschossen.»
«Sie haben einen Schuß gehört? Hat Sie das nicht beunruhigt?»
«Die Umstände waren sehr eigenartig.»
Miss Bellever erzählte jetzt ziemlich ausführlich den Auftritt zwischen Lewis Serrocold und Edgar Lawson.
«Es kam also keiner von Ihnen auf den Gedanken, der Schuß könne in Wirklichkeit innerhalb des Hauses abgefeuert worden sein?»
«Nein. Ich bin überzeugt, daß niemand auf diesen Gedanken kam. Wir atmeten alle erleichtert auf, weil der Knall draußen und nicht im Hause erfolgt war.» Sie fügte mit Nachdruck hinzu: «Niemand kommt doch auf den Gedanken, im selben Hause und am selben Abend könne ein Mord und ein Mordversuch geschehen.»

Inspektor Curry mußte diesen Einwand anerkennen.
«Immerhin», sagte Miss Bellever plötzlich, «hat der Umstand, daß wir den Knall gehört hatten, mich vermutlich veranlaßt, später nach Mr. Gulbrandsens Zimmer zu gehen. Ich wollte ihn allerdings fragen, ob er noch irgendeinen Wunsch habe, aber es war wohl mehr eine Art Entschuldigung vor mir selbst, weil ich mich vergewissern wollte, ob bei ihm alles in Ordnung sei.»
Inspektor Curry blickte sie aufmerksam an.
«Wie kamen Sie auf den Gedanken, daß möglicherweise etwas nicht in Ordnung wäre?»
«Das weiß ich nicht. Wie ich schon sagte, gab der Knall, den wir draußen im Park gehört hatten, mir wohl, ohne daß ich es wußte, diesen Gedanken ein. Zuerst hatte ich mir gar nichts dabei gedacht. Hinterher sagte ich mir, es habe sich wohl nur um eine Frühzündung gehandelt.»
«Eine Frühzündung?»
«Ja. Alex Restarick kam heute abend mit seinem Wagen an, und zwar kurz, nachdem alles dies geschehen war.»
«Ich verstehe. Haben Sie, als Sie Mr. Gulbrandsen tot fanden, irgend etwas in dem Zimmer angerührt?»
«Natürlich nicht», sagte Miss Bellever leicht gekränkt. «Ich wußte ja, daß nichts angerührt oder entfernt werden durfte. Mr. Gulbrandsen hatte einen Schuß durch den Kopf bekommen, aber nirgends war eine Schußwaffe zu sehen. Daher wußte ich, daß er ermordet worden war.»
«Haben Sie jetzt eben, als Sie uns in das Zimmer führten, dort alles genau so vorgefunden, wie es vorher gewesen war?»
Miss Bellever überlegte.
«Etwas war anders», sagte sie schließlich. «Es war kein Papier mehr in der Schreibmaschine.»
«Sie meinen», sagte Inspektor Curry, «als Sie das erste Mal in das Zimmer gingen, habe in der Schreibmaschine ein Brief gesteckt, an dem Mr. Gulbrandsen gerade geschrieben hatte, und dieser Brief sei später entfernt worden?»
«Ja. Ich bin so gut wie sicher, daß ich ein Blatt Papier in der Maschine habe stecken sehen.»
«Ich danke Ihnen, Miss Bellever. Wer außer Ihnen hat das Zimmer betreten, bevor wir kamen?»
«Mr. Serrocold natürlich. Er war, während ich Sie begrüßte,

in dem Zimmer geblieben. Auch Mrs. Serrocold und Miss Marple betraten das Zimmer. Sie hatte den Toten durchaus sehen wollen.»

«Wer ist Miss Marple?» fragte der Inspektor.

«Die alte Dame mit dem weißen Haar. Sie ist eine alte Schulfreundin von Mrs. Serrocold. Sie kam vor vier Tagen auf Besuch.»

«Ich danke Ihnen, Miss Bellever. Alles, was Sie uns erzählt haben, ist völlig klar. Ich werde jetzt mit Mr. Serrocold sprechen. Aber vielleicht – Miss Marple ist eine alte Dame, nicht wahr? – Vielleicht ist es besser, ich spreche erst mit ihr ein paar Worte, damit sie sich dann hinlegen kann. Es wäre grausam, die alte Dame festhalten zu wollen. Sie muß einen schweren Schock erlitten haben.»

«Soll ich ihr sagen, sie möchte herkommen?»

«Ich bitte darum.»

Miss Bellever ging.

«Gulbrandsen?» sagte Inspektor Curry nachdenklich, als die Tür sich hinter Miss Bellever geschlossen hatte. «Warum Gulbrandsen? Im Institut über zweihundert entgleiste Jugendliche. Kein Grund einzusehen, weshalb es nicht einer von ihnen getan haben sollte. Wahrscheinlich hat es einer getan. Aber warum Gulbrandsen? Der Außenstehende?»

Sergeant Lake bemerkte: «Natürlich wissen wir noch nicht alles.»

«Genauer gesagt, wir wissen überhaupt noch nichts», berichtigte ihn der Inspektor.

Er stand höflich auf, als Miss Marple eintrat. Sie schien etwas aufgeregt zu sein. Er beeilte sich, sie zu beruhigen.

«Bitte, gnädige Frau, regen Sie sich nicht zu sehr auf!» sagte er. Im stillen dachte er: ‹Jaja, die Alten! Für sie ist ein Polizeibeamter ein Angehöriger der unteren Klassen und daher verpflichtet, den Angehörigen der höheren Klassen Respekt zu erweisen.› – «Es ist eine sehr traurige Geschichte. Ich belästige Sie nicht gern. Aber wir müssen nun einmal den Tatbestand klären.»

«O ja, das weiß ich», sagte Miss Marple. «Es ist sehr schwierig, nicht wahr? Alles zu klären, meine ich. Denn wenn man auf das eine blickt, kann man nicht gleichzeitig auf etwas anderes blicken. Und oft blickt man auf das Verkehrte hin. Dabei ist es so schwer, zu sagen, ob es ein Zufall ist, oder ob jemand will, daß wir auf das verkehrte Ding blicken. Irreführung nennen es die Zauberkünstler. Kluge Leute, nicht wahr? Ich habe nie begreifen können, wie sie das mit dem Goldfischbassin machen. Sie können es doch nicht zusammenfalten, nicht wahr?»

Inspektor Curry sagte beruhigend:

«Ganz recht. Und nun, gnädige Frau, wollen wir zur Sache kommen. Miss Bellever hat mir soeben erzählt, was heute abend alles geschehen ist. Sie haben sicher allerlei durchmachen müssen.»

«O ja, das haben wir. Und es war so dramatisch, müssen Sie wissen.»

«Zuerst diese Auseinandersetzung zwischen Mr. Serrocold und» — der Inspektor blickte auf einige Notizen, die er sich gemacht hatte — «und diesem Edgar Lawson.»

«Ein sehr merkwürdiger junger Mann», sagte Miss Marple. «Ich hatte selber die ganze Zeit das Gefühl gehabt, daß bei ihm etwas nicht stimmt.»

«Daran zweifle ich nicht», sagte Inspektor Curry. «Und dann, als diese Aufregung überstanden war, folgte eine neue. Mr. Gulbrandsen wurde tot aufgefunden. Wie ich höre, haben Sie Mrs. Serrocold begleitet, als sie den Toten sehen wollte.»

«Ja, ich habe sie begleitet. Sie bat mich darum. Wir sind sehr alte Freundinnen.»

«Ganz recht. Und Sie gingen also in das Zimmer, das Mr. Gulbrandsen bewohnt hatte. Hat eine von Ihnen beiden irgend etwas im Zimmer angerührt?»

«O nein! Mr. Serrocold machte uns darauf aufmerksam, daß wir das nicht dürften.»

«Haben Sie zufällig bemerkt, gnädige Frau, ob sich in der Schreibmaschine ein Brief oder ein Blatt Papier befand?»

«Es befand sich kein Papier in der Schreibmaschine», erwiderte Miss Marple. «Ich habe das sofort bemerkt, weil es mir sonderbar vorkam. Mr. Gulbrandsen saß am Schreibtisch und hatte die Schreibmaschine vor sich stehen. Er mußte also etwas geschrieben haben. Ja, ich fand das sehr sonderbar.»

Inspektor Curry warf ihr einen scharfen Blick zu. Er sagte:

«Haben Sie sich viel mit Mr. Gulbrandsen unterhalten, während er hier war?»

«Nur sehr wenig.»
«Erinnern Sie sich an irgend etwas Besonderes, etwas, das vielleicht bedeutungsvoll sein könnte?»
Miss Marple überlegte.
«Er fragte mich nach Mrs. Serrocolds Gesundheit. In Sonderheit nach ihrem Herzen.»
«Nach ihrem Herzen? Ist mit ihrem Herzen etwas nicht in Ordnung?»
«Meines Wissens fehlte ihm nicht das geringste.»
Inspektor Curry schwieg einen Augenblick. Dann sagte er:
«Sie haben heute abend während des Auftritts zwischen Mr. Serrocold und Edgar Lawson einen Schuß gehört, nicht wahr?»
«Ich selber habe ihn nicht gehört. Sie müssen wissen, ich bin etwas schwerhörig. Aber Mrs. Serrocold meinte, der Knall, den sie gehört habe, sei vom Park gekommen.»
«Mr. Gulbrandsen verließ die Gesellschaft unmittelbar nach dem Dinner, wurde mir berichtet. Stimmt das?»
«Ja. Er sagte, er müsse Briefe schreiben.»
«Äußerte er nicht den Wunsch nach einer geschäftlichen Besprechung mit Mr. Serrocold?»
«Nein.»
Miss Marple fügte hinzu:
«Sie hatten nämlich schon eine kurze Unterredung gehabt.»
«Hatten sie das?» fragte der Inspektor überrascht. «Wann? Man sagte mir, Mr. Serrocold wäre erst unmittelbar vor dem Dinner zurückgekehrt.»
«Das ist richtig. Aber er kam durch den Park zu Fuß, und Mr. Gulbrandsen ging ihm entgegen. Sie wanderten dann auf der Terrasse zusammen auf und ab.»
«Wer außer Ihnen weiß das?»
«Ich denke nicht, daß es jemand anders weiß», sagte Miss Marple. Sie fügte aber hinzu: «Ausgenommen natürlich, daß Mr. Serrocold es möglicherweise Mrs. Serrocold erzählt hat.»
«Und woher wissen *Sie* es?»
«Ich blickte gerade aus dem Fenster – nach ein paar Vögeln.»
«Vögeln?»
«Ja, Vögeln», sagte Miss Marple mit einem schwachen, gleichsam um Nachsicht bittenden Lächeln. «Ich dachte, es seien Zeisige.»

Inspektor Curry interessierte sich nicht für Zeisige.
«Sie haben wohl nicht zufällig etwas von der Unterhaltung gehört?» fragte er taktvoll.
Miss Marple blickte ihn mit ihren unschuldigen blauen Augen an.
«Nur Bruchstücke, fürchte ich», sagte sie sanft.
«Und diese Bruchstücke?»
Miss Marple schwieg einen Augenblick. Dann sagte sie:
«Den eigentlichen Gegenstand ihrer Unterhaltung kenne ich nicht. Aber sie waren beide sehr darauf bedacht, etwas vor Mrs. Serrocold geheimzuhalten. Sie wollten es ihr ersparen, daß sie es erführe, wie Mr. Gulbrandsen es ausdrückte. Und Mr. Serrocold sagte: ‹Auch ich bin der Meinung, daß man sie schonen muß.› Sie sprachen auch von einer ‹großen Verantwortung› und sagten, sie wollten keine Entscheidung treffen, ohne vorher die Ansicht von jemand anders eingeholt zu haben.»
Nach einer kurzen Pause fügte sie hinzu:
«Ich denke, es wäre das beste, wenn Sie Mr. Serrocold selber danach befragen würden.»
«Das werden wir tun, gnädige Frau. Ist Ihnen sonst noch etwas im Laufe des Abends ungewöhnlich erschienen?»
Miss Marple überlegte.
«Es war alles so ungewöhnlich, wenn Sie verstehen, was ich sagen will—»
«Ganz recht. Ganz recht.»
Plötzlich tauchte noch etwas in Miss Marples Gedächtnis auf, was sie sehr überrascht hatte.
«Ja, jetzt fällt mir etwas ein. Mr. Serrocold hinderte Mrs. Serrocold daran, daß sie ihre Medizin nahm. Miss Bellever war darüber äußerst verstimmt.»
Sie lächelte, als wolle sie sich entschuldigen.
«Aber das ist natürlich eine unbedeutende Kleinigkeit . . .»
«Ja, natürlich. Ich danke Ihnen, Miss Marple.»
Als Miss Marple das Zimmer verlassen hatte, bemerkte Sergeant Lake:
«Sie ist alt — aber gerissen . . .»

# 10

Lewis Serrocold trat in sein Arbeitszimmer. In dem Augenblick, da er die Tür hinter sich schloß, schuf er gleichsam eine neue Atmosphäre. Aus einem amtlichen Verhör wurde eine private Unterhaltung. Er setzte sich nicht auf den Stuhl, den Miss Marple soeben verlassen hatte, sondern nahm auf seinem eigenen Schreibtischstuhl Platz. Miss Bellever hatte Inspektor Curry aufgefordert, auf einem Stuhl Platz zu nehmen, den sie an die Seite des Schreibtisches stellte. Es war, als hätte sie unbewußt daran gedacht, daß Mr. Serrocold ebenfalls bald im Zimmer erscheinen würde, und ihm deshalb seinen Schreibtischstuhl vorbehalten.

Als Lewis Serrocold Platz genommen hatte, blickte er die beiden Polizeibeamten nachdenklich an. Sein Gesicht sah müde und angegriffen aus. Es war das Gesicht eines Mannes, dem eine schwere Prüfung auferlegt worden war. Darüber wunderte sich Inspektor Curry ein wenig, denn wenn Christian Gulbrandsens Tod auch schockartig auf Lewis Serrocold gewirkt haben mußte, war er doch weder ein intimer Freund noch ein naher Verwandter von ihm gewesen.

Es war merkwürdig, aber die Situation schien sich völlig gewandelt zu haben. Man hatte nicht den Eindruck, als sei Lewis Serrocold gekommen, um sich von der Polizei verhören zu lassen. Er nahm vielmehr eine Haltung ein, als sei er gekommen, um den Vorsitz bei einer Gerichtsverhandlung zu übernehmen. Das ärgerte Inspektor Curry ein wenig.

Er sagte etwas gereizt:

«Also, Mr. Serrocold —»

Lewis Serrocold schien noch immer in Gedanken versunken. Er sagte seufzend: «Wie schwer ist es doch oft, zu wissen, ob es richtiger ist, dies oder jenes zu tun.»

Inspektor Curry sagte:

«Ich denke, darüber werden *wir* zu urteilen haben, Mr. Serrocold. Wie war das nun mit Mr. Gulbrandsen? Wenn ich recht verstanden habe, traf er unerwartet ein?»

«Gänzlich unerwartet.»

«Sie wußten also nicht, daß er kommen würde?»

«Ich hatte nicht die leiseste Ahnung.»

«Und Sie haben auch keine Ahnung, weshalb er kam?»
Lewis Serrocold sagte ruhig:
«O ja, ich weiß, warum er kam. Er sagte es mir.»
«Wann?»
«Ich kam vom Bahnhof. Er war im Hause und sah mich durch den Park gehen. Da kam er mir entgegen. Bei dieser Gelegenheit erklärte er mir, was ihn hergeführt habe.»
«Es betraf wohl Fragen, die mit dem Institut zusammenhingen?»
«O nein, es hatte mit dem Institut nichts zu tun.»
«Miss Bellever schien anderer Meinung zu sein.»
«Natürlich. Man mußte ja auch annehmen, daß er in Institutsangelegenheiten gekommen war. Gulbrandsen tat nichts, um diese irrige Annahme zu berichtigen. Ich ebensowenig.»
«Warum, Mr. Serrocold?»
Lewis Serrocold sagte langsam:
«Weil wir es beide für wichtig hielten, daß der wahre Grund seines Besuches verborgen bliebe.»
«Welches war denn dieser wahre Grund?»
Lewis Serrocold schwieg eine Weile. Endlich seufzte er und sagte:
«Gulbrandsen pflegte zweimal jährlich zu kommen, um an den Versammlungen des Kuratoriums teilzunehmen. Die letzte Sitzung fand erst vor einem Monat statt. Infolgedessen wäre er eigentlich erst in weiteren fünf Monaten zu erwarten gewesen. Ich denke, daß deshalb jeder der Meinung sein mußte, wenn er in einer Institutsangelegenheit gekommen wäre, müsse es sich um eine sehr dringende Angelegenheit handeln. Ich bin aber überzeugt, wie ich es von vornherein war, daß man allgemein glaubte, die Angelegenheit, die ihn herführte, hinge mit seiner Stellung als Vorsitzender des Kuratoriums zusammen. Soviel ich weiß, hat Gulbrandsen nichts getan, um diesem Eindruck entgegenzuarbeiten. Richtiger wäre es vielleicht zu sagen, er glaubte, er habe nichts in diesem Sinne getan.»
«Ich fürchte, Mr. Serrocold, daß ich Ihnen nicht ganz zu folgen vermag.»
Lewis Serrocold antwortete nach kurzem Zögern ernst:
«Es ist mir durchaus klar, daß ich angesichts des Todes Mr. Gulbrandsens, bei dem es sich ohne jeden Zweifel um einen

Mord handelt, gezwungen bin, Ihnen alle Tatsachen zu unterbreiten. Aber offen gestanden mache ich mir große Sorgen um das Glück und den Seelenfrieden meiner Frau. Es steht mir nicht zu, Ihnen, Herr Inspektor, Vorschriften zu machen. Ich wäre Ihnen aber dankbar, wenn Sie eine Möglichkeit sähen, es meiner Frau zu ersparen, daß sie gewisse Dinge erfährt. Christian Gulbrandsen kam nämlich ausdrücklich deshalb her, weil er mir sagen wollte, seiner Überzeugung nach würde meine Frau langsam und kaltblütig vergiftet.»

«Was sagen Sie?»

Curry beugte sich ungläubig vor.

Serrocold nickte.

«Ja, so ist es. Sie können sich denken, daß diese Eröffnung für mich ein gewaltiger Schock war. Ich selber wäre niemals auf einen solchen Gedanken gekommen. Als aber Gulbrandsen diesen Verdacht äußerte, mußte ich mir gestehen, daß gewisse Symptome, über die meine Frau in letzter Zeit geklagt hatte, mit Gulbrandsens Vermutung durchaus vereinbar waren. Was sie für Rheumatismus, Krämpfe in den Beinen und gelegentliches Übelbefinden hielt, das alles stimmt sehr genau mit den Symptomen überein, die für eine Arsenikvergiftung charakteristisch sind.»

«Miss Marple sagte uns, Mr. Gulbrandsen habe sie gefragt, wie es um Mrs. Serrocolds Herz stünde.»

«Hat er sie danach gefragt? Das ist interessant. Ich vermute, er glaubte, es würde ein Herzgift verwendet, weil es geeignet ist, einen plötzlichen Tod herbeizuführen, ohne Verdacht zu erregen. Ich selber halte die Verwendung von Arsenik für wahrscheinlicher.»

«Sie sind also wirklich überzeugt, Mr. Gulbrandsens Verdacht sei begründet gewesen?»

«Ja, das glaube ich. Gulbrandsen wäre niemals zu mir gekommen, um einen solchen Verdacht zu äußern, wenn er seiner Sache nicht sicher gewesen wäre. Er war ein sehr vorsichtiger Mann und nicht leicht von etwas zu überzeugen, aber er war sehr gescheit.»

«Worauf gründete sich denn sein Verdacht?»

«Wir hatten keine Zeit, auf Einzelheiten einzugehen. Unsere Unterredung war kurz. Er sagte nur, weshalb er gekommen war, und wir verpflichteten uns gegenseitig, meiner Frau gegenüber nichts von seinem Verdacht verlauten zu lassen, solange wir nicht unserer Sache völlig sicher wären.»

«Sagte er nicht, wer seiner Meinung nach als Täter in Betracht kommen könnte?»

«Nein, er nannte keinen Namen, und ich glaube auch nicht, daß er wußte, wer es sein könne. Er mag einen bestimmten Verdacht gehabt haben. Jetzt bin ich der Meinung, daß er wahrscheinlich mehr gewußt hat, als er sagte. Denn warum wäre er sonst wohl ermordet worden?»

«Er nannte also keinen Namen?»

«Nein. Wir waren beide der Ansicht, wir müßten sehr vorsichtig zu Werke gehen, und er schlug vor, wir sollten Dr. Galbraith, den Bischof von Cromer, ins Vertrauen ziehen. Dr. Galbraith ist ein sehr alter Freund der Gulbrandsens und einer der Kuratoren des Instituts. Er ist ein sehr kluger und erfahrener Mann, und er würde wie kein anderer geeignet sein, meiner Frau zur Seite zu stehen, wenn es sich als notwendig erweisen sollte, daß sie von unserem Verdacht unterrichtet würde. Wir wollten es auch von seinem Rat abhängig machen, ob wir uns an die Polizei wenden wollten oder nicht.»

«Erstaunlich!» sagte Curry.

«Gulbrandsen verließ uns nach dem Dinner, weil er an Dr. Galbraith schreiben wollte. Er war auch gerade dabei, einen Brief mit der Maschine zu schreiben, als er erschossen wurde.»

«Wie können Sie das wissen?»

Lewis antwortete ruhig:

«Ich weiß es, weil ich den Brief aus der Schreibmaschine entfernt habe. Ich habe ihn hier bei mir.»

Er zog aus seiner Brusttasche einen zusammengefalteten Bogen mit Maschinenschrift und reichte ihn Curry.

Dieser sagte scharf:

«Das hätten Sie nicht tun dürfen.»

«Ich habe sonst nichts angerührt. Und ich weiß, wie Sie die Dinge sehen müssen, war es unverzeihlich von mir, daß ich den Brief an mich genommen habe. Aber ich hatte einen sehr starken Beweggrund. Ich war sicher, meine Frau würde sich nicht abhalten lassen, in das Zimmer zu kommen, und ich fürchtete, sie würde etwas von dem, was hier geschrieben steht, lesen. Ich

gebe zu, daß ich im Unrecht bin, aber ich fürchte, ich würde genauso handeln, wenn ich wieder in eine solche Lage käme. Ich wollte alles, aber auch alles tun, um zu verhindern, daß der Seelenfrieden meiner Frau gestört würde.»
Inspektor Curry sagte für den Augenblick nichts weiter. Er las den mit der Maschine geschriebenen Brief.

> «Lieber Dr. Galbraith. Wenn es Ihnen irgend möglich ist, bitte ich Sie, nach Erhalt dieses Schreibens sofort nach Stonygates zu kommen. Ich befinde mich in einer äußerst schwierigen Lage und weiß nicht, wie ich mich verhalten soll. Ich weiß, wie sehr Sie an unserer lieben Carrie Louise hängen und wie groß Ihr Schmerz sein würde, wenn Sie erführen, daß ihr etwas zugestoßen ist. Wieviel muß man ihr sagen und wieviel kann man ihr verheimlichen? Das sind Fragen, die zu beantworten, mir sehr schwer fällt. Um deutlich zu sein: Ich habe Grund zu glauben, daß unsere liebe und unschuldige Carrie Louise langsam vergiftet wird. Zum erstenmal schöpfte ich Verdacht, als –»

Hier brach der Brief ab.
Curry sagte:
«Und als Mr. Gulbrandsen so weit gekommen war, wurde er erschossen?»
«Ja.»
«Aber warum, um alles in der Welt, blieb dieser Brief in der Schreibmaschine?»
«Ich könnte mir nur zwei Gründe denken. Entweder hatte der Mörder keine Ahnung, an wen Gulbrandsen schrieb und wovon sein Brief handelte. Oder er hat nicht Zeit genug gehabt. Vielleicht hörte er jemand kommen und konnte nur noch unbemerkt verschwinden.»
«Und Gulbrandsen deutete mit keiner Silbe an, wen er im Verdacht hatte – vorausgesetzt, sein Verdacht richtete sich auf eine bestimmte Person?»
Nach kurzem Zögern antwortete Lewis Serrocold:
«Nein, er hat keine Andeutung gemacht. Er wird sich gescheut haben, einen Verdacht zu äußern, für den er keine Beweise hatte, denn er war ein sehr gerecht denkender Mensch.»

«Auf welche Weise, glauben Sie, wurde das Gift, ob es nun Arsenik oder etwas anderes war, Ihrer Gattin zugeführt?»
«Ich habe darüber nachgedacht, während ich mich zum Dinner umzog. Das wahrscheinlichste schien mir, daß dazu die Medizin – es handelt sich um ein Stärkungsmittel – die meine Frau zu nehmen pflegt, benutzt wurde. Das Essen eignete sich nicht dazu, weil wir alle von denselben Gerichten essen und nichts für meine Frau besonders zubereitet wird. Jeder aber hatte die Möglichkeit, Arsenik in die Medizinflasche zu tun.»
«Wir müssen die Medizin analysieren lassen.»
Lewis sagte ruhig:
«Ich habe heute abend vor dem Dinner eine Probe entnommen.»
Er holte aus seiner Schreibtischschublade eine kleine, mit einem Korken verschlossene Flasche hervor, die eine hellrote Flüssigkeit enthielt.
Inspektor Curry sagte, Mr. Serrocold einen sonderbaren Blick zuwerfend:
«Sie denken aber wirklich an alles, Mr. Serrocold.»
«Ich bin für schnelles Handeln. Heute abend hinderte ich meine Frau, ihre gewohnte Dosis zu nehmen. Sie befindet sich noch immer in einem Glase auf einem kleinen Tisch in der Halle. Die Flasche mit dem Stärkungsmittel befindet sich im Speisezimmer.»
Curry beugte sich vor. Er dämpfte seine Stimme und sagte vertraulich, jeden Amtston vermeidend:
«Entschuldigen Sie, Mr. Serrocold, aber weshalb liegt Ihnen denn soviel daran, dies alles vor Ihrer Gemahlin geheimzuhalten? Es wäre doch sicherlich für sie das beste, wenn man sie warnte.»
«Gewiß, das mag wohl so sein. Aber ich glaube, Sie verstehen die Sachlage nicht ganz. Das ist auch nicht leicht, wenn man meine Frau nicht kennt. Caroline ist eine Idealistin, Herr Inspektor. Sie ist ein Mensch, die keinen Argwohn kennt und jedem vertraut. Von ihr kann man wirklich sagen, sie sieht nichts Böses, sie hört nichts Böses und sie spricht nichts Böses. Sie würde es einfach nicht begreifen, wenn man ihr sagte, jemand wolle sie töten. Aber wir müssen noch weiter gehen. Als Täter kommt nicht ein Irgendjemand in Betracht. Es muß sich

– Sie werden das selbst sehen – um jemand handeln, der ihr vielleicht sehr nahe steht und ihr teuer ist . . .»

«Das also glauben Sie?»

«Wir müssen den Tatsachen ins Auge sehen. In unserer Nähe befinden sich über zweihundert junge Menschen, die oft bewiesen haben, daß sie einer rohen und sinnlosen Gewaltsamkeit fähig sind. Von ihnen aber kann keiner als Täter in Betracht kommen. Langsam vergiften kann nur jemand, der im engeren Kreis der Familie lebt. Und nun denken Sie an die Menschen hier im Hause. Es sind: ihr Gatte, ihre Tochter, ihre Enkelin, der Mann ihrer Enkelin, ihr Stiefsohn, den sie als ihren eigenen Sohn ansieht, Miss Bellever, ihre ergebene Gefährtin und Freundin seit vielen Jahren. Sie alle stehen ihr sehr nahe, und sie alle sind ihr teuer. Und doch erhebt sich der Verdacht: ist es einer von ihnen?»

Inspektor Curry sagte langsam:

«Es gibt auch noch Außenstehende –»

«Ja, in gewissem Sinne. Da ist Dr. Maverick. Und da sind zwei Herren, die im Institut tätig sind und oft bei uns weilen, und da sind die Bedienten – aber was für ein denkbares Motiv könnten sie wohl haben?»

Inspektor Curry sagte:

«Und da ist auch dieser junge Mensch – wie heißt er gleich? – dieser Edgar Lawson?»

«Ja. Das ist richtig. Aber er ist erst seit ganz kurzer Zeit im Hause. Und er besitzt kein denkbares Motiv. Außerdem hängt er sehr an Caroline – wie jeder andere.»

«Aber er ist unausgeglichen. Wie war das doch mit seinem Angriff auf Sie heute abend?»

Serrocold machte eine ungeduldige Gebärde.

«Es war die reine Kinderei. Er hatte nicht die Absicht, mir ein Leid anzutun.»

«Und die beiden Kugellöcher in der Wand? Er hat doch auf Sie geschossen, nicht wahr?»

«Aber er hatte mich nicht treffen wollen. Er spielte Theater. Weiter nichts.»

«Das ist eine ziemlich gefährliche Art, Theater zu spielen, Mr. Serrocold.»

«Sie verstehen das nicht. Sprechen Sie einmal mit unserem

Psychiater Dr. Maverick. Edgar ist ein uneheliches Kind. Er sucht sich über die Tatsache, daß er keinen Vater besitzt und aus niedrigen Verhältnissen stammt, hinwegzutrösten, indem er sich selber vormacht, er sei der Sohn eines berühmten Mannes. Glauben Sie mir, das ist ein sehr bekanntes Phänomen. Er war im Begriff, sich zu bessern. Sehr sogar. Aber da hatte er aus irgendeinem Grunde einen Rückfall. Er wollte plötzlich in mir seinen ‹Vater› sehen und machte einen melodramatischen Angriff auf mich. Er schwenkte einen Revolver und stieß Drohungen aus. Ich war nicht die Spur beunruhigt. Als er schließlich zwei Schüsse abgegeben hatte, brach er zusammen, und Dr. Maverick mußte ihn fortführen und ihm ein Beruhigungsmittel geben. Morgen früh wird er wahrscheinlich wieder ganz normal sein.»

«Wollen Sie keine Anklage gegen ihn erheben?»

«Das wäre das Schlimmste, was man tun könnte – für ihn, meine ich.»

«Offen gestanden, Mr. Serrocold, bin ich der Meinung, er müßte eingesperrt werden. Man kann doch nicht Leute frei herumlaufen lassen, die bloß, um sich ein Ansehen zu geben, ihren Revolver abfeuern. Man muß doch an die Allgemeinheit denken!»

«Sprechen Sie mit Dr. Maverick darüber», schlug Lewis vor. «Er kann Ihnen als Fachmann sagen, wie er die Sache ansieht. Auf jeden Fall aber steht doch fest», fügte er hinzu, «daß der arme Edgar Gulbrandsen nicht erschossen hat. Er war ja in dem Augenblick hier bei mir und bedrohte mich.»

«Darauf komme ich jetzt gleich, Mr. Serrocold. Wir haben uns umgesehen und festgestellt, daß jeder von draußen ins Haus gelangen und Mr. Gulbrandsen erschießen konnte. Aber sagen Sie, Mr. Gulbrandsen war wohl ein sehr reicher Mann?»

«Ja, er war sehr reich. Und er hat Söhne und Töchter und Enkelkinder, die wahrscheinlich alle an seinem Tode finanziell interessiert sind. Ich glaube aber nicht, daß einer von seinen Familienangehörigen zur Zeit in England weilt, und es sind auch alles sehr angesehene Leute. Meines Wissens befindet sich kein schwarzes Schaf unter ihnen.»

«Hatte er Feinde?»

«Das halte ich für sehr unwahrscheinlich. Er war eigentlich

nicht ein Mann, der sich leicht Feindschaften zuzog.»
«Da sieht es also so aus, als käme nur jemand von dem Hause selber als Täter in Betracht. Wer von den Hausbewohnern könnte nach Ihrer Ansicht Mr. Gulbrandsen getötet haben?»
Lewis Serrocold erwiderte langsam:
«Das ist schwer zu sagen. Es sind da die Dienstboten, die Mitglieder meines Haushaltes und unsere Gäste. In Ihren Augen kämen sie, wie ich vermute, wohl alle in Betracht. Ich kann nur sagen, daß, soviel ich weiß, jeder, mit Ausnahme der Bediensteten, in der großen Halle war, als Christian sich in sein Zimmer zurückzog, und daß niemand die Halle verlassen hat, bis der Mord entdeckt wurde.»
«Wirklich niemand?»
«Ich denke», Lewis runzelte nachdenklich die Stirn – «O ja. Eine Sicherung schlug durch. Mr. Walter Hudd ging hinaus, um den Schaden zu beheben.»
«Walter Hudd ist der junge Amerikaner?»
«Ja. Aber ich weiß natürlich nicht, was geschah, während ich mit Edgar Lawson in meinem Arbeitszimmer war.»
«Mr. Gulbrandsen wurde mit einer kleinen automatischen Pistole erschossen. Wissen Sie, ob jemand hier im Hause eine solche Waffe besitzt?»
«Ich habe keine Ahnung; aber ich halte es für äußerst unwahrscheinlich.»
Inspektor Curry seufzte:
«Sagen Sie den andern, bitte, sie könnten alle zu Bett gehen. Ich werde morgen mit ihnen sprechen.»
Als Serrocold das Zimmer verlassen hatte, wandte Inspektor Curry sich an Lake:
«Nun? Was halten Sie davon?»
«Er weiß – oder glaubt zu wissen –, wer es getan hat», sagte Lake.
«Ja. Das ist auch meine Meinung.»

## 11

Gina begrüßte Miss Marple stürmisch, als diese am nächsten Morgen zum Frühstück hinunterkam.
«Die Polizeileute sind wieder da», sagte sie. «Walter bewundert sie. Er kann gar nicht begreifen, wie sie eine solche Ruhe bewahren können. Ich glaube, er findet die ganze Sache sehr aufregend. Ich nicht. Ich finde sie schrecklich. Jolly ist fürchterlich zornig. Ich glaube, sie ärgert sich, weil sie dulden muß, daß die Polizei hier schaltet und waltet, wie sie will, und daß sie sie nicht herumkommandieren kann wie alle andern.»
Sie hakte sich bei Miss Marple ein und führte sie zum Speisezimmer. Als sie eintraten, sagte sie ernst:
«Alex und Stephen tun ganz unberührt.»
Die beiden Brüder beendeten gerade ihr Frühstück.
«Liebe Gina», sagte Alex. «Wie kannst du so etwas sagen? Guten Morgen, Miss Marple. Ich bin in gar keiner Weise unberührt. Zwar habe ich euern Onkel Christian kaum gekannt, aber ich bin bei weitem der Hauptverdächtige. Ist das nicht klar?»
«Wieso?»
«Wie es scheint, kam ich mit meinem Wagen gerade im richtigen Augenblick hier an. Die Herren von der Polizei haben alles überprüft, und wie es scheint, habe ich zuviel Zeit gebraucht, um vom Parkeingang bis zum Hause zu gelangen. Sie sind der Meinung, ich hätte Zeit genug gehabt, um meinen Wagen zu verlassen, um das Haus herumzurennen, durch den Seiteneingang hineinzuschlüpfen, Onkel Christian zu erschießen, wieder hinauszurennen und nach dem Wagen zurückzukehren.»
«Und was hast du in Wirklichkeit gemacht?»
«Ich hatte gedacht, kleine Mädchen lernten schon sehr früh, daß es sich nicht schickt, peinliche Fragen zu stellen. Aber wenn du es wissen willst – ich habe wie ein Idiot mehrere Minuten auf demselben Fleck gestanden, den Nebeleffekt im Licht der Scheinwerfer studiert und überlegt, wie ich diesen Effekt auf der Bühne verwenden könnte.»
«Aber das kannst du doch ruhig sagen.»
«Natürlich kann ich das. Aber du weißt ja, wie die Leute von der Polizei sind. Sie sagen sehr höflich ‹vielen Dank!› und

schreiben sich alles auf, und man hat keine Ahnung, was sie denken. Man merkt nur, daß sie sehr skeptische Gesichter machen.»

«Es würde mir Spaß machen, dich einmal in einer richtigen Patsche zu sehen, Alex», sagte Stephen, boshaft lächelnd. «Was mich betrifft, so bin ich all right. Ich habe die Halle gestern abend keinen Augenblick verlassen.»

Gina rief: «Aber die Polizei kann doch unmöglich einen von uns in Verdacht haben?»

Sie war sichtlich empört.

«Sage bloß nicht, es müsse ein Landstreicher gewesen sein, Gina», sagte Alex, während er sich mit Marmelade versah. «Das ist so abgedroschen.»

Miss Bellever blickte durch die Tür:

«Miss Marple, wenn Sie gefrühstückt haben, möchten Sie so freundlich sein, in die Bibliothek zu kommen.»

«Wieder Sie!» sagte Gina. «Vor uns allen.»

Sie schien etwas beleidigt zu sein.

«Ha! Was war das?» fragte Alex.

«Habe nichts gehört», sagte Stephen.

«Es klang wie ein Pistolenschuß.»

«Sie haben schon in dem Zimmer, in dem Onkel Christian ermordet wurde, Schießübungen gemacht», sagte Gina. «Ich weiß nicht, warum. Draußen übrigens auch.»

Die Tür öffnete sich, und Mildred Strete trat ein. Sie trug ein schwarzes Kleid.

Ohne jemand anzublicken, murmelte sie guten Morgen und setzte sich hin.

Mit gedämpfter Stimme sagte sie:

«Etwas Tee, bitte, Gina. Und ein geröstetes Brot. Sonst nichts.»

Sie betupfte ihre Nase und ihre Augen leicht mit dem Tuch, das sie in der einen Hand hielt. Dann erhob sie ihre Augen und richtete sie zerstreut auf die beiden Brüder. Stephen und Alex fühlten sich unbehaglich. Sie begannen zu flüstern, standen plötzlich auf und gingen.

Mildred Strete sagte – ob zu der Welt im allgemeinen oder zu Miss Marple, war ungewiß –: «Nicht mal einen schwarzen Schlips!»

«Ich glaube nicht», sagte Miss Marple entschuldigend, «daß sie

im voraus wußten, es würde jemand hier im Hause ermordet werden.»
Gina unterdrückte mühsam ein Lachen. Mildred Strete blickte sie scharf an.
«Wo ist Walter heute morgen?» fragte sie.
Gina errötete.
«Ich weiß es nicht. Ich habe ihn nicht gesehen.»
Sie saß da wie ein schuldbewußtes Kind.
Miss Marple stand auf.
«Ich gehe jetzt in die Bibliothek», sagte sie.

Lewis Serrocold stand am Fenster.
Sonst war niemand in der Bibliothek.
Er wandte sich um, als Miss Marple eintrat, ging ihr entgegen und ergriff ihre Hand.
«Ich hoffe», sagte er, «daß Sie der Schock nicht zu sehr mitgenommen hat. In so enge Berührung mit einem Mord zu kommen, ist sicherlich für jemand, der nie etwas dergleichen erlebt hat, eine schwere Nervenprobe.»
Die Bescheidenheit verbot Miss Marple zu erwidern, sie fühle sich mit Morden schon ganz vertraut. Sie sagte nur, das Leben in St. Mary Mead sei keineswegs so ruhig und geborgen, wie Außenstehende glaubten.
«Ich kann Ihnen versichern, in einem so kleinen Ort gehen scheußliche Dinge vor», sagte sie. «Man hat dort eine Gelegenheit, dies und jenes aus der Nähe zu studieren, wie man sie in einer größeren Stadt niemals findet.»
Lewis Serrocold hörte nur mit halben Ohr hin.
Plötzlich sagte er:
«Ich brauche Ihre Hilfe.»
«Aber natürlich, Mr. Serrocold.»
«Es handelt sich um meine Frau. Ich nehme an, Sie hängen sehr an Caroline?»
«Wie jedermann, Mr. Serrocold.»
«Ja, das habe ich auch geglaubt. Aber wie es scheint, habe ich mich geirrt. Mit Erlaubnis des Inspektors werde ich Ihnen etwas sagen, was sonst noch niemand weiß.»
Er erzählte ihr kurz, was er Inspektor Curry am vergangenen Abend erzählt hatte.

Miss Marple machte ein bestürztes Gesicht.
«Ich kann es nicht glauben, Mr. Serrocold. Wirklich, ich kann es nicht glauben.»
«Das sagte ich auch, als Christian Gulbrandsen zu mir davon sprach.»
«Ich sollte meinen, unsere liebe Carrie Louise hätte auch nicht einen Feind auf der Welt.»
«Ja, es scheint unglaubhaft, daß sie einen haben sollte. Aber sie sehen wohl, welche Folgerung sich aufdrängt? Jemand vergiften, langsam vergiften, kann man nur, wenn man ständig in der Nähe seines Opfers ist. Es muß also einer sein, der zu unserem Haushalt gehört.»
«Wenn es wahr ist! Sind Sie sicher, daß Mr. Gulbrandsen sich nicht irrte?»
«Christian hat sich nicht geirrt. Er war ein zu vorsichtiger Mensch, als daß er eine solche Behauptung aufgestellt hätte, wenn er seiner Sache nicht sicher gewesen wäre. Außerdem hat die Polizei den Inhalt von Carolines Medizinflasche und eine Probe aus dem Glase untersuchen lassen. Sowohl im Glase wie in der Flasche fand sich Arsenik.»
«Dann sind also ihr Rheumatismus, die Gehstörungen und alles andere –»
«Krämpfe in den Beinen sind typisch, wie ich gehört habe. Auch hatte Caroline vor Ihrer Ankunft gelegentlich schwere Magenstörungen. Ich wäre aber niemals auf den Gedanken gekommen, hätte Christian nicht . . .»
Miss Marple unterbrach ihn:
«Dann hatte Ruth also recht.»
«Ruth?»
Lewis Serrocold schien überrascht zu sein. Miss Marple errötete.
«Ich habe Ihnen etwas verschwiegen. Es ist nicht der reine Zufall, wenn ich jetzt hier bin –»
Lewis Serrocold lauschte aufmerksam, als Miss Marple ihm erzählte, wie besorgt Ruth gewesen sei und wie dringend sie sie gebeten habe, eine Einladung nach Stonygates anzunehmen.
«Erstaunlich!» bemerkte Lewis Serrocold. «Davon hatte ich keine Ahnung.»
«Es war alles so unbestimmt», sagte Miss Marple. «Ruth sel-

ber wußte nicht, warum sie dieses merkwürdige Gefühl hatte. Es muß einen Grund gegeben haben — nach meiner Erfahrung gibt es immer einen Grund —, aber sie wußte nur zu sagen, es müsse etwas in Stonygates nicht in Ordnung sein.»

Lewis Serrocold sagte grimmig:

«Wie es scheint, hatte sie recht mit dieser Vermutung. Und nun, Miss Marple, möchte ich Ihre Meinung hören. Soll ich Carrie Louise alles erzählen?»

Miss Marple sagte schnell: «O nein!» Ihre Stimme klang sehr ängstlich. Sie wurde rot und blickte Lewis fragend an. Er nickte:

«Dann haben Sie also dasselbe Gefühl wie ich? Und wie Christian Gulbrandsen? Würden wir dieses Gefühl wohl bei einer gewöhnlichen Frau haben?»

«Carrie Louise ist eben keine gewöhnliche Frau. Ihr Vertrauen, ihr Glaube an die menschliche Natur sind für ihr Leben wesentlich . . . Ach, ich verstehe es so schlecht, mich auszudrükken. Aber ich habe das Gefühl, solange wir nicht wissen, wer —»

«Ja, das ist der Haken. Aber wir dürfen nicht vergessen, Miss Marple, daß wir ein Risiko eingehen, wenn wir ihr nichts sagen.»

«Sie wünschen also, daß ich — wie soll ich mich ausdrücken? — über ihr wache?»

«Verstehen Sie mich recht, Miss Marple», sagte Lewis Serrocold. «Sie sind der einzige Mensch, dem ich vertrauen kann. Jeder sonst hier im Hause *scheint* an Caroline zu hängen. Aber hängen wirklich alle an ihr? *Ihre* Anhänglichkeit aber geht viele Jahre zurück.»

«Und außerdem bin ich erst vor ein paar Tagen hergekommen», bemerkte Miss Marple nüchtern. Lewis Serrocold lächelte:

«Ganz recht!»

«Das Ganze ist eine Geldfrage», sagte Miss Marple zögernd, als sei dieser Hinweis ihr peinlich. «Aber wer könnte sich von dem Tode unserer lieben Carrie Louise Nutzen versprechen?»

«Geld!» sagte Lewis bitter. «Immer läuft alles aufs Geld hinaus, nicht wahr?»

«Ich meine, in diesem Fall ist es wirklich so. Denn Carrie

Louise ist doch eine so liebe Frau mit sehr viel Charme. Man kann sich einfach nicht vorstellen, jemand könne sie hassen. Sie kann daher, meine ich, eigentlich unmöglich einen Feind haben. Es läuft also wirklich, wie Sie sagen, auf das Geld hinaus. Es ist ja bekannt, daß es Menschen gibt, die um des Geldes willen zu allem fähig sind.»

«Ja, das ist wohl so.»

Lewis Serrocold fuhr fort: «Natürlich hat Inspektor Curry dieser Frage auch schon seine Aufmerksamkeit geschenkt. Mr. Gilfoy kommt heute von London herüber. Er wird nähere Auskunft geben können. Er ist ein sehr tüchtiger Sachwalter. Sein Vater war einer der ursprünglichen Kuratoren. Seine Firma hat sowohl Carolines Testament wie das ursprüngliche Testament Eric Gulbrandsens aufgesetzt. Ich werde es Ihnen mit einfachen Worten zu erklären versuchen.»

«Ich bin Ihnen sehr dankbar», sagte Miss Marple. «Ich finde immer, alles, was mit dem Gesetz zusammenhängt, ist so geheimnisvoll.»

«Nach der Stiftung des Instituts und verschiedener anderer Wohlfahrtseinrichtungen und nachdem er eine gleiche Summe für seine Tochter Mildred und seine Adoptivtochter Pippa (Ginas Mutter) ausgesetzt hatte, überwies Eric Gulbrandsen den Rest seines gewaltigen Vermögens einer Treuhandgesellschaft mit der Bestimmung, daß Caroline auf Lebenszeit die Zinsen erhalten solle.»

«Und nach ihrem Tode?»

«Nach ihrem Tode sollte dieses Restvermögen an Mildred und an Pippa – oder bei deren vorzeitigem Tode an Mildreds und Pippas Kinder – zu gleichen Teilen fallen.»

«Das heißt also: an Mrs. Strete und an Gina.»

«Ja. Caroline besitzt übrigens auch ein eigenes Vermögen, das recht beträchtlich ist, wenn es sich auch nicht mit dem der Gulbrandsens vergleichen läßt. Die Hälfte ihres Vermögens vermachte sie mir vor vier Jahren. Von dem Rest des Geldes vermachte sie Juliet Bellever zehntausend Pfund und den Rest zu gleichen Teilen Alex und Stephen Restarick.»

«Oje!» sagte Miss Marple. «Das ist schlimm! Das ist sehr schlimm.»

«Wie meinen Sie das?»

«Das bedeutet doch, daß jeder hier im Hause ein Motiv hatte, weil er aus Carrie Louises Tode Nutzen ziehen würde.»
«Ja. Und doch kann ich nicht glauben, daß einer von ihnen allen eines Mordes fähig wäre. Ich *kann* es einfach nicht... Mildred ist Carolines Tochter und lebt in recht guten Verhältnissen. Gina hängt aufrichtig an ihrer Großmutter. Sie ist extravagant und etwas verschwenderisch, aber nicht gewinnsüchtig. Jolly Bellever ist Caroline fanatisch ergeben. Die beiden Restaricks hängen an Caroline, als wäre sie wirklich ihre Mutter. Sie haben kein eigenes Geld, das der Rede wert wäre, aber Caroline hat eine ganz ansehnliche Summe von ihren Einnahmen dazu verwendet, ihre Unternehmungen zu finanzieren. Das gilt besonders von Alex. Ich kann einfach nicht glauben, daß einer von ihnen Caroline vorsätzlich vergiften sollte in der Hoffnung, er würde bei ihrem Tode Geld erben. Nein, Miss Marple, ich kann es nicht glauben –»
«Und da ist dann noch Ginas Mann, nicht wahr?»
«Ja», sagte Lewis ernst. «Da ist dann noch Ginas Mann.»
«Man weiß doch eigentlich nicht viel von ihm, und man muß den Eindruck gewinnen, daß er wenig glücklich ist.»
Lewis seufzte.
«Er hat sich bei uns nicht eingewöhnen können. Was wir hier tun und treiben, interessiert ihn nicht. Er hat nicht das geringste Verständnis dafür. Aber warum sollte er Caroline nach dem Leben trachten? Er ist jung, und er kommt aus einem Lande, wo man Menschen nach dem Erfolg schätzt, den er im Leben hat.»
«Während wir hier eine besondere Sympathie für Menschen haben, die im Leben Versager waren», sagte Miss Marple.
Lewis Serrocold blickte sie scharf und mißtrauisch an.
Miss Marple wurde rot und murmelte ziemlich verwirrt:
«Manchmal denke ich, man kann auch nach der anderen Seite übertreiben... Ich meine, die jungen Leute mit guten Erbanlagen, die daheim vernünftig erzogen wurden, die Verstand und Schneid besitzen und die Fähigkeit, es im Leben zu etwas zu bringen – ich meine, wenn man die Sache genau besieht, dann sind dies die Menschen, die ein Land braucht.»
Lewis runzelte die Stirn, Miss Marple aber sprach schnell weiter, wurde röter und immer röter und immer verwirrter.

«Nicht, daß ich Ihr und Carrie Louises Werk nicht zu schätzen wüßte – ich weiß es sehr wohl zu schätzen – ein wirklich edles Werk – wahres Mitleid – und man sollte Mitleid haben – denn schließlich zählt doch nur, was die Menschen wirklich sind – aber ich denke, manchmal ist der Sinn für die Proportionen – oh, ich meine nicht *Sie*, Mr. Serrocold – wirklich, ich weiß nicht – aber die Engländer sind in diesen Fragen sehr eigenartig – selbst im Kriege viel stolzer auf ihre Niederlagen und Rückzüge als auf ihre Siege – Ausländer können nie verstehen, warum wir auf Dünkirchen so stolz sind – sie würden es vorziehen, dergleichen nicht zu erwähnen – aber wir scheinen immer in Verlegenheit zu geraten, wenn wir gesiegt haben – wir tun so, als wäre es nicht recht anständig, sich eines Sieges zu rühmen – es ist wirklich ein merkwürdiger Charakterzug, wenn man darüber nachdenkt.»
Miss Marple holte tief Atem.
«Was ich wirklich meine, ist, daß hier alles dem jungen Walter Hudd sehr eigenartig vorkommen muß.»
«Ja», stimmte Lewis Serrocold zu. «Ich verstehe Ihren Gesichtspunkt... Aber was für einen Grund hätte er...»
«Er haßt den Gedanken, hier bleiben zu müssen. Er möchte weg von hier. Er möchte Gina von hier weghaben. Und wenn ihm an Geld viel gelegen ist: dann wäre es, von ihm aus gesehen, äußerst wichtig, daß Gina das ganze Geld bekommt, bevor sie – endgültig – mit jemand anders eine Bindung eingeht.»
«Eine Bindung mit jemand anders?» wiederholte Serrocold verständnislos.
Miss Marple wunderte sich über die Blindheit fanatischer Sozialreformer.
«Die beiden Restaricks sind in sie verliebt.»
«Ach, das glaube ich nicht», sagte Serrocold zerstreut. Er fuhr fort:
«Stephen ist für uns von unschätzbarem Wert. Es ist erstaunlich, wie er es erreicht hat, daß die Jungen so mitgehen. Im letzten Monat brachten sie eine Aufführung heraus, die sich wahrhaftig sehen lassen konnte. Die Bühnenbilder, die Kostüme, alles glänzend. Es beweist, daß es so ist, wie ich oft zu Maverick gesagt habe: ‹Was die Jungen auf die Bahn des Ver-

brechens treibt, ist der Mangel an dramatischen Begebenheiten in ihrem Leben. Es ist der natürliche Instinkt eines Kindes, der es veranlaßt, sich selbst zu dramatisieren.› Maverick sagt — ach ja, Maverick —»

Serrocold brach ab.

«Ich möchte, daß Maverick mit Inspektor Curry über Edgar spricht. Die ganze Sache ist lächerlich.»

«Was wissen Sie eigentlich wirklich von Edgar Lawson, Mr. Serrocold?»

«Alles», erwiderte Lewis mit Nachdruck. «Alles, was man wissen muß, will ich sagen. Ich kenne seinen Hintergrund, das Milieu, in dem er aufwuchs — seinen tief eingewurzelten Mangel an Selbstvertrauen —»

Miss Marple unterbrach ihn:

«Könnte nicht Edgar Lawson Mrs. Serrocold vergiftet haben?» fragte sie.

«Kaum. Er ist erst seit ein paar Wochen hier, und es ist überhaupt lächerlich! Warum sollte Edgar meine Frau vergiften wollen? Was könnte er dabei gewinnen?»

«Natürlich nichts in materieller Hinsicht. Das ist mir klar. Aber er könnte doch irgendeinen wunderlichen Grund haben. Denn er ist doch wirklich wunderlich.»

«Sie meinen unausgeglichen?»

«Ja, das meine ich. Das heißt — doch nicht ganz. Ich meine, bei ihm stimmt etwas nicht. Alles ist verkehrt.»

Das war keine klare Erklärung. Sie konnte schwer ausdrücken, was sie fühlte. Lewis Serrocold nahm ihre Worte hin, ohne tiefer darüber nachzudenken.

«Ja», sagte er seufzend. «Es ist bei ihm alles verkehrt. Der arme Junge! Und seine Besserung war schon sehr auffällig. Ich kann es wirklich nicht begreifen, warum er diesen plötzlichen Rückfall hatte . . .»

Miss Marple beugte sich vor.

«Ja», sagte sie eifrig. «Das habe ich mich auch schon gefragt. Wenn —»

Sie brach ab, da Inspektor Curry eintrat.

## 12

Als Lewis Serrocold gegangen war, nahm Inspektor Curry Platz und blickte Miss Marple lächelnd an.

«Mr. Serrocold hat Sie also gebeten, den Wachhund zu spielen», sagte er.

«Ja, allerdings», erwiderte sie und fuhr, gleichsam um sich zu entschuldigen, fort: «Ich hoffe, Sie haben nichts dagegen –»

«Nein, ich habe nicht das geringste dagegen. Ich finde, es ist ein sehr guter Gedanke. Weiß Mr. Serrocold, wie sehr Sie sich für diesen Posten eignen?»

«Ich verstehe Sie nicht ganz, Herr Inspektor.»

«Wirklich nicht? Mr. Serrocold denkt, Sie wären nichts weiter als eine nette ältliche Dame, die mit seiner Frau zusammen die Schule besucht hat.» Er schüttelte den Kopf. «Wir wissen, daß Sie etwas mehr sind als das, Miss Marple. Habe ich nicht recht? Verbrechen liegen Ihnen? Mr. Serrocold kennt nur eine Seite des Verbrechens – die Anfänger, von denen sich allerlei erwarten läßt. Manchmal wird mir ganz übel dabei. Vielleicht bin ich im Unrecht und altmodisch. Aber es gibt doch so viele gute und anständige Jungen, die eine Ermunterung gut gebrauchen könnten. Die Anständigkeit aber muß sich offenbar selber Lohn genug sein. Die Millionäre hinterlassen keine Stiftungen, um denen zu helfen, die es verdienten. Aber, hören Sie nicht auf mich! Ich bin altmodisch. Ich habe Jungen und Mädchen gekannt, die alles gegen sich hatten: ein schlechtes Elternhaus, Armut, Benachteiligung auf allen Gebieten, und die doch Gaben besaßen, aus denen sich etwas hätte machen lassen. Solchen Jungen hinterlasse ich mein Aktienpaket – falls ich je eins besitzen sollte. Ich fürchte nur, das wird nie der Fall sein. Ich werde wohl nie mehr haben als meine bescheidene Pension und einen kleinen Garten.»

Er nickte.

«Ich glaube, Sie wissen allerlei von der Schattenseite der menschlichen Natur. Ich hörte gern, wie Sie über die Sache denken. Wer ist Ihrer Meinung nach das schwarze Schaf? Der junge Amerikaner?»

«Das», erwiderte Miss Marple, «wäre für jedermann am bequemsten.»

Inspektor Curry lächelte vor sich hin.
«Wer hat, Ihrer Meinung nach, den Versuch gemacht, Mrs. Serrocold systematisch zu vergiften?»
«Nun», sagte Miss Marple mit kritischer Miene, «man ist ja immer geneigt, in derartigen Fällen zuerst an den Gatten oder an die Gattin zu denken. Das liegt nun einmal in der menschlichen Natur. Sind Sie nicht auch dieser Meinung?»
«Wie immer, pflichte ich Ihnen hierin bei», sagte Inspektor Curry.
«Aber in diesem Fall –» Miss Marple schüttelte den Kopf. «Nein, offen gestanden, bin ich außerstande, Mr. Serrocold ernstlich in Betracht zu ziehen. Denn sehen Sie, Herr Inspektor, er ist seiner Gattin wirklich von Herzen zugetan. Natürlich könnte man denken, er würde den liebevollen Gatten spielen, wenn er schuldig wäre. Aber es ist bei ihm keine Vortäuschung, seine Liebe ist unbedingt echt. Er hängt mit ganzer Seele an seiner Frau, und ich bin sicher, daß er nie auf den Gedanken kommen würde, sie zu vergiften.»
«Ganz abgesehen davon, würde er ja auch gar kein Motiv haben. Sie hat ihm ja bereits ihr ganzes Geld vermacht.»
«Natürlich», sagte Miss Marple ernst, «gibt es auch noch andere Gründe, aus denen jemand seine Frau aus dem Wege zu räumen wünschen könnte. Eine Neigung zu einer jungen Frau zum Beispiel. Aber auch dafür finden sich in diesem Fall nicht die leisesten Anzeichen. Ich fürchte also» – es klang fast, als bedaure sie es –, «wir werden ihn von der Liste der Verdächtigen streichen müssen.»
«Das ist bedauerlich, nicht wahr?» sagte der Inspektor grinsend. «Und im übrigen kann er ja Gulbrandsen gar nicht getötet haben. Meiner Überzeugung nach hängt beides zusammen. Wer den Versuch macht, Mrs. Serrocold zu vergiften, hat zweifellos Gulbrandsen getötet, um ihn daran zu hindern, daß er ausplauderte, was er gewußt oder geahnt zu haben scheint. Worauf es jetzt ankommt, ist, daß wir herauszubringen suchen, wer gestern abend Gelegenheit gehabt hat, Gulbrandsen zu töten. Und unser Hauptverdächtiger ist und bleibt – auch daran ist nicht zu zweifeln – der junge Amerikaner. Walter Hudd war derjenige, der eine Leselampe einschaltete, wobei eine Sicherung durchschlug. Das gab ihm die Möglichkeit, die Halle

zu verlassen, um eine neue Sicherung einzuschrauben. Zu diesem Zweck mußte er durch den Korridor gehen, an dessen Ende sich das Gastzimmer befindet. In der Zeit, da er abwesend war, wurde der Schuß gehört. Verdächtiger Nummer eins war also unbedingt in der Lage, das Verbrechen zu begehen.»

«Und Verdächtiger Nummer zwei?» fragte Miss Marple.

«Verdächtiger Nummer zwei ist Alex Restarick, der in der kritischen Zeit mit seinem Wagen eintraf und eine zu lange Zeit brauchte, um den Weg von dem Parkeingang nach dem Hause zurückzulegen.»

«Sonst noch jemand?» Miss Marple beugte sich sehr interessiert vor, vergaß aber nicht hinzuzufügen: «Es ist sehr freundlich von Ihnen, daß Sie mir das alles erzählen.»

«Es ist keine Freundlichkeit», sagte Inspektor Curry. «Ich brauche Ihre Hilfe. Sie haben den Finger auf die richtige Stelle gelegt, als Sie sagten ‹Sonst noch jemand?›. Denn da muß ich mich ganz auf *Sie* verlassen. Sie waren gestern abend in der Halle, und Sie können mir sicher sagen, wer die Halle verlassen hat . . .»

«Ja . . . ich müßte imstande sein, Ihnen das zu sagen . . . Aber kann ich es wirklich? Sie sehen – die Umstände –»

«Sie wollen damit sagen, daß Sie auf die Auseinandersetzung lauschten, die sich hinter der Tür von Mr. Serrocolds Arbeitszimmer abspielte.»

Miss Marple nickte energisch.

«Ja, wir waren alle sehr in Angst. Mr. Lawson machte wirklich den Eindruck, als habe er plötzlich den Verstand verloren. Abgesehen von Mrs. Serrocold, die völlig unberührt erschien, fürchteten wir alle, er würde Mr. Serrocold ein Leid antun. Er brüllte unsinnig, müssen Sie wissen, und äußerte schreckliche Drohungen. Wir hörten alles ganz deutlich. Und dazu kam dann noch, daß plötzlich ein Teil der Glühbirnen ausging. Alles das nahm mich so in Anspruch, daß ich wirklich nichts anderes bemerkte.»

«Sie meinen also, während die Auseinandersetzung im Arbeitszimmer die Aufmerksamkeit aller Anwesenden in Anspruch nahm, hätte jemand unbemerkt die Halle verlassen, Mr. Gulbrandsen erschießen und unbemerkt zurückkommen können?»

«Ich glaube, es wäre durchaus möglich gewesen.»
«Können Sie mit Bestimmtheit behaupten, daß dieser oder jener die ganze Zeit in der Halle blieb?»
Miss Marple überlegte.
«Ich könnte sagen, daß Mrs. Serrocold die Halle keinen Augenblick verließ, denn ich behielt sie immer im Auge. Sie saß in der Nähe der Tür zum Arbeitszimmer und verließ ihren Platz nicht. Es überraschte mich, muß ich gestehen, daß sie imstande war, so ruhig zu bleiben.»
«Und die andern?»
«Miss Bellever verließ die Halle — aber ich glaube — ich bin fast sicher, daß sie erst ging, nachdem der Schuß gehört worden war. Mrs. Strete? Da bin ich nicht ganz sicher. Sie saß nämlich hinter mir. Gina saß hinten am Fenster. Ich denke, sie blieb dort die ganze Zeit, bin aber natürlich nicht sicher. Stephen saß am Flügel. Er hörte auf zu spielen, als die Auseinandersetzung immer heftiger wurde.»
«Wir dürfen uns nicht dadurch irreführen lassen, daß wir der Zeit, in der der Schuß gehört wurde, zu große Bedeutung beilegen», sagte Inspektor Curry. «Das ist ein Trick, der schon oft angewandt wurde. Man täuscht einen Schuß vor, um auf diese Weise den Zeitpunkt, in dem ein Verbrechen begangen wurde, festzulegen — und zwar falsch festzulegen. Wir können uns also nicht nach dem Schuß richten. Die Zeit, auf die es ankommt, reicht also von dem Augenblick, da Mr. Gulbrandsen die Halle verließ, bis zu dem Augenblick, da Miss Bellever ihn tot fand, und wir können nur die Leute von der Liste der Verdächtigen streichen, von denen wir sicher wissen, daß sie keine Gelegenheit hatten, die Tat zu verüben. Das wären also Lewis Serrocold und der junge Edgar Lawson im Arbeitszimmer und Mrs. Serrocold in der Halle. Es ist natürlich höchst unglücklich, daß Gulbrandsen am selben Abend erschossen wurde, an dem Serrocold und Edgar Lawson ihre Auseinandersetzung hatten.»
«Finden Sie das nur unglücklich?» murmelte Miss Marple.
«Was wollen Sie damit sagen?»
«Ich frage mich», murmelte Miss Marple, «ob das nicht beabsichtigt war.»
«Das also denken Sie?»
«Ich meine so. Jeder scheint es sehr seltsam zu finden, daß

Edgar Lawson plötzlich sozusagen einen Rückfall bekam. Er hatte den merkwürdigen Komplex — oder wie man das nennt — betreffs seines unbekannten Vaters. Seiner Meinung nach konnte es ebensogut Winston Churchill wie Viscount Montgomery sein oder auch irgendein anderer berühmter Mann, der ihm gerade in den Sinn kam. Wie aber nun, wenn jemand es ihm in den Kopf gesetzt hat, niemand anders als Lewis Serrocold sei in Wahrheit sein Vater? Niemand als Lewis Serrocold habe ihn ständig verfolgt, und rechtmäßig müsse er der Kronprinz von Stonygates sein? Bei seinem krankhaften Geisteszustand war zu erwarten, daß er diesen Gedanken annehmen würde. Dann ist es verständlich, daß er in Raserei geriet, und daß es früher oder später zu dem bekannten Auftritt kommen mußte. Und was für ein wunderbares Alibi mußte das abgeben, wenn ich mich so ausdrücken darf! Es war vorauszusehen, daß sich aller Aufmerksamkeit auf die sich entwickelnde gefährliche Situation richten würde — ganz besonders, wenn jemand den jungen Lawson vorsorglich mit einem Revolver versehen hatte.»

«Hm. Ja. Walter Hudds Revolver.»

«O ja», sagte Miss Marple. «Daran habe ich gedacht. Aber man muß bedenken, daß der Amerikaner zwar wenig mitteilsam, unbedingt mürrisch und unliebenswürdig ist — keineswegs aber dumm, sollte ich meinen.»

«Sie glauben also nicht, daß Walter Hudd es gewesen ist?»

«Ich glaube, jeder wäre froh, wenn er es gewesen wäre. Das klingt sehr unfreundlich; wir dürfen aber nicht vergessen, daß er ein Außenstehender ist.»

«Und seine Frau?» fragte Inspektor Curry. «Würde sie ebenfalls froh sein?»

Miss Marple antwortete nicht. Sie dachte an Gina und Stephen Restarick und die Beobachtung, die sie am Tage ihrer Ankunft gemacht hatte. Und sie dachte daran, wie Alex Restarick, als er am vergangenen Abend in die Halle getreten war, sofort den Blick auf Gina gerichtet hatte. Wie stand es in Wahrheit um Gina?

Zwei Stunden später kippte Insepktor Curry seinen Stuhl zurück, streckte sich und seufzte.

«Mir scheint», sagte er, «wir haben allerlei erledigt.»
Sergeant Lake stimmte zu.
«Die Bediensteten scheiden aus», sagte er. «Sie waren alle in der kritischen Zeit beisammen, soweit sie hier im Hause schlafen. Die anderen waren nach Hause gegangen.»
Curry nickte. Er fühlte sich geistig müde.
Er hatte Therapeuten verhört, Mitglieder des Lehrkörpers und die von ihm sogenannten beiden «jungen Verbrecher», die an jenem Abend an der Reihe gewesen waren, am Dinner der Familie teilzunehmen. Alle Aussagen hatte er überprüft und miteinander verglichen. Das Ergebnis war, daß er sie alle von der Liste der Verdächtigen hatte streichen müssen. Die Vernehmung Dr. Mavericks hatte er bis zuletzt aufgeschoben.
«Wir werden ihn jetzt vornehmen müssen, Lake», sagte er.
Es zeigte sich, daß Dr. Mavericks Aussagen die vorhergehenden bestätigten. Er erklärte, es habe unmöglich einer von den jungen «Patienten», wie er sie nannte, das Institut unbemerkt verlassen können.
«Und wie steht es mit Ihnen selber, Dr. Maverick?» fragte der Inspektor. «Können Sie mir genau sagen, was Sie in der fraglichen Zeit getan haben?»
«Sicherlich. Ich habe alles aufgezeichnet und mich bemüht, die Zeit so genau wie nur möglich festzulegen.»
Dr. Maverick hatte die Halle mit Mr. Lacy und Dr. Baumgarten fünfzehn Minuten nach neun verlassen. Sie waren in Dr. Baumgartens Zimmer gegangen und dort zusammengeblieben, bis Miss Bellever voller Aufregung gekommen war und Dr. Maverick gesagt hatte, er möchte sofort nach der Halle kommen. Es war ungefähr um halb zehn Uhr gewesen. Er war ihr sofort gefolgt und hatte Edgar Lawson in einem Zustand des Kollapses gefunden.
«Einen Augenblick, Dr. Maverick», unterbrach ihn Inspektor Curry. «Ist dieser junge Mensch Ihrer Meinung nach für seine Handlungen verantwortlich? Er weiß doch wohl, was er tut, nicht wahr?»
«Durchaus.»
«Dann hat er also einen Mordversuch begangen, als er auf Mr. Serrocold feuerte.»
«O nein, Herr Inspektor. Keineswegs.»

«Aber hören Sie, Dr. Maverick! Ich habe selber die beiden Löcher in der Wand gesehen. Die Kugeln müssen gefährlich nahe an Mr. Serrocolds Kopf vorbeigeflogen sein.»
«Schon möglich. Aber Lawson hatte nicht die Absicht, Mr. Serrocold zu töten oder auch nur zu verwunden. Er hängt sehr an Mr. Serrocold.»
«Das ist eine merkwürdige Art, seine Anhänglichkeit zu zeigen.»
Dr. Maverick lächelte nachsichtig.
«Alles, was man tut, tut man absichtlich. Jedesmal, wenn Sie, Herr Inspektor, einen Namen oder ein Gesicht vergessen, dann tun Sie es, weil Sie, ohne es zu wissen, den Namen oder das Gesicht zu vergessen wünschen.»
Inspektor Curry zuckte ungläubig die Achseln.
«Jedesmal, wenn Sie sich versprechen, hat dieses Versprechen eine Bedeutung. Edgar Lawson stand nur einige Schritte von Mr. Serrocold entfernt. Er hätte ihn leicht erschießen können. Statt dessen verfehlte er ihn. Warum verfehlte er ihn? Weil er ihn verfehlen *wollte*. So einfach ist das. Mr. Serrocold war nie in Gefahr – und er selber wußte das ganz genau. Er faßte Edgars Verhalten richtig auf: es war eine Geste des Trotzes und des Grolls gegen eine Welt, die ihm versagt hatte, was ein Kind unbedingt braucht: Geborgenheit und Liebe.»
«Ich denke, ich möchte diesen jungen Mann einmal sehen.»
«Sicherlich, wenn Sie es wünschen. Sein Ausbruch gestern abend hatte eine reinigende Wirkung. Es ist heute eine bedeutende Besserung festzustellen. Mr. Serrocold wird sich freuen, wenn er es hört.»
Inspektor Curry beobachtete ihn scharf, aber Dr. Maverick war so ernst wie immer.
Curry seufzte.
«Besitzen Sie Arsenik?» fragte er.
«Arsenik?» Dr. Maverick war auf die Frage des Inspektors sichtlich nicht gefaßt gewesen. «Was für eine merkwürdige Frage! Warum Arsenik?»
«Bitte, beantworten Sie meine Frage.»
«Nein, ich habe keinerlei Arsenik in meinem Besitz.»
«Aber Sie haben doch Medikamente, Drogen?»
«Selbstverständlich. Beruhigungsmittel. Morphium und die üblichen Schlafmittel.»

«Behandeln Sie Mrs. Serrocold?»
«Nein. Dr. Gunter von Market Kimble ist der Familienarzt. Ich besitze natürlich die Berechtigung, ärztliche Funktionen auszuüben. Aber ich praktiziere lediglich als Psychiater.»
«Ich verstehe. Vielen Dank, Dr. Maverick.»
Als Dr. Maverick das Zimmer verlassen hatte, bemerkte der Inspektor zu Lake, Psychiater fielen ihm auf die Nerven. Dann fügte er hinzu:
«Wir kommen jetzt zur Familie. Wir wollen zuerst den jungen Amerikaner hören.»
Walter Hudd nahm eine vorsichtig abwartende Haltung ein. Er schien den Inspektor aufmerksam zu studieren, war aber durchaus bereit, seine Fragen zu beantworten.
Wie er sagte, war die Lichtleitung in Stonygates veraltet und hatte große Mängel.
«Sie wurde, soviel ich weiß, von dem verstorbenen Mr. Gulbrandsen angelegt, als das elektrische Licht noch etwas Neues war», sagte Inspektor Curry mit einem leichten Lächeln.
«Ganz recht. Und sie wurde niemals modernisiert.»
Die Sicherung, durch die der Strom der meisten Glühbirnen in der großen Halle ging, war durchgeschlagen. Er war daher hinausgegangen, um sie durch eine neue zu ersetzen. Als er den Schaden behoben hatte, war er in die Halle zurückgekehrt.
«Wie lange waren Sie abwesend?»
«Das kann ich nicht mit Sicherheit sagen. Der Schaltkasten ist an einer sehr ungünstigen Stelle angebracht. Ich mußte eine Leiter holen und eine Kerze. So kommt es, daß ich etwa zehn Minuten, vielleicht auch noch etwas mehr, brauchte, bis alles wieder in Ordnung war.»
«Hörten Sie einen Schuß?»
«Nein, ich hörte nichts. Der Raum, in dem sich der Schaltkasten befindet, hat eine Doppeltür, und die eine ist gefüttert.»
«Ich verstehe. Und was sahen Sie, als Sie in die Halle zurückkehrten?»
«Die Zurückgebliebenen waren alle vor der Tür von Mr. Serrocolds Arbeitszimmer versammelt. Mrs. Strete sagte, Mr. Serrocold sei erschossen worden. Es stellte sich aber heraus, daß das nicht der Fall war. Er war ganz unverletzt. Der Narr hatte ihn verfehlt.»

«Erkannten Sie den Revolver?»
«Natürlich erkannte ich ihn. Es war *mein* Revolver.»
«Wann haben Sie ihn zuletzt gesehen?»
«Vor zwei bis drei Tagen.»
«Wo hatten Sie ihn aufbewahrt?»
«In einer Schublade. In meinem Zimmer.»
«Wer wußte, daß Sie dort einen Revolver verwahrten?»
«Wie kann ich wisssen, wer in diesem Hause etwas weiß und was er weiß?»
«Wie meinen Sie das, Mr. Hudd?»
«Pah! Sie sind ja, einer wie der andere, übergeschnappt!»
«Waren alle noch in der Halle, als Sie zurückkehrten?»
«Was verstehen Sie unter ‹alle›?»
«Die Leute, die in der Halle gewesen waren, als Sie hinausgingen, um eine neue Sicherung einzuschrauben.»
«Gina war da ... und die alte Dame mit dem weißen Haar ... und Miss Bellever ... Ich habe nicht darauf geachtet, aber ich sollte meinen, die waren alle noch da.»
«Mr. Gulbrandsen erschien vorgestern ganz unerwartet, nicht wahr?»
«Ich glaube. Ich hörte, es sei nicht einer seiner routinemäßigen Besuche gewesen.»
«Hatten Sie den Eindruck, daß sich dieser oder jener über seinen Besuch aufregte?»
Walter Hudd zögerte einen Augenblick, bevor er antwortete: «Nein, ich hatte eigentlich nicht diesen Eindruck.»
«Haben Sie eine Ahnung, weshalb er kam?»
«Vermutlich wegen des geliebten Instituts. Die ganze Gesellschaft hier ist verrückt.»
Inspektor Curry äußerte sich nicht zu dieser Kritik. Vielleicht war er der gleichen Ansicht.
Er beobachtete den Amerikaner scharf, als er fragte:
«Sie haben also keine Ahnung, wer Mr. Gulbrandsen getötet haben könnte?»
«Ich sollte meinen: einer von den lieben Jungen des Instituts.»
«Nein, Mr. Hudd, die scheiden aus. So sehr man sich hier auch bemüht, eine Atmosphäre zu schaffen, die wie Freiheit aussieht, ist das Institut doch eine Zwangserziehungsanstalt, und die Insassen werden entsprechend unter Aufsicht gehalten.

Niemand kann nach Anbruch der Dunkelheit ein- und ausgehen und einen Mord verüben.»
«Na, schön, wenn Sie den Täter also im engeren Kreise suchen, dann wäre, sollte ich denken, Alex Restarick Ihr bester Kandidat.»
«Warum sagen Sie das?»
«Er hatte die Gelegenheit dazu. Er war allein, als er in seinem Wagen kam.»
«Und warum hätte er Mr. Gulbrandsen töten sollen?»
Walter Hudd zuckte die Achseln.
«Ich bin hier fremd. Ich kenne die Familienverhältnisse nicht. Vielleicht hatte Mr. Gulbrandsen etwas über Alex in Erfahrung gebracht und war gekommen, um den Serrocolds reinen Wein einzuschenken.»
«Und was hätte Alex Restarick in diesem Falle zu befürchten gehabt?»
«Vielleicht, daß sie die Zuschüsse einstellen würden, die er nur gar zu gut gebrauchen kann.»
«Sie meinen bei seinem Theaterunternehmen?»
«So nennt er es ja wohl.»
«Wollen Sie damit sagen, daß das alles bloßer Schwindel ist?»
Wieder zuckte Walter Hudd die Achseln.
«Kann ich nicht beurteilen», sagte er.

## 13

Alex Restarick war sehr erregt. Er gestikulierte mit den Händen.
«Ich weiß, ich weiß! Ich bin der ideale Verdächtige. Ich fahre allein hierher und bekomme auf dem Wege nach dem Hause einen schöpferischen Einfall. Natürlich kann ich nicht erwarten, daß Sie das verstehen. Wie sollten Sie wohl? So ein Einfall kommt über einen, man weiß nicht wann, und man weiß nicht wie. Ein Effekt – eine Idee – und alles andere zerflattert in nichts. In Kürze bringe ich ein neues Ausstattungsstück heraus. Plötzlich – gestern abend – das Bühnenbild war wundervoll – eine vollkommene Beleuchtung – Nebel – und die Schein-

werfer, die den Nebel durchdringen und mit undeutlichen Umrissen eine Reihe Gebäude hervortreten lassen. Alles kam zusammen. Die Schüsse – die Schritte eines Laufenden – das Knattern des Motors – hätte eine Barkasse auf der Themse sein können. Und ich dachte: das ist es! Aber wie kann ich diese Effekte erzielen? Und –»

Inspektor Curry unterbrach ihn.

«Sie hörten Schüsse? Wo?»

«Sie kamen aus dem Nebel, Herr Inspektor.» Alex machte eine bezeichnende Geste mit seinen Händen. «Aus dem Nebel. Das war das Wundervolle daran.»

«Kamen Sie nicht auf den Gedanken, es könne etwas passiert sein?»

«Passiert? Warum sollte ich auf diesen Gedanken kommen?»

«Sind Schüsse denn etwas so Alltägliches?»

«Ich wußte, Sie würden mich nicht verstehen. Die Schüsse paßten in die Szene, die ich gestaltete. Ich brauchte Schüsse. Sie gehörten dazu. Was fragte ich danach, ob es wirkliche Schüsse waren? Oder vielleicht Frühzündungen eines Lastkraftwagens auf dem Wege? Oder Schüsse eines Wilddiebs, der auf Kaninchen Jagd machte? Vielleicht ein Kind, das Feuerwerk abbrannte? Ich habe sie gar nicht als eigentliche Schüsse empfunden. Ich war im Theater – hinter dem Sperrsitz – und blickte auf die Bühne.»

«Wie viele Schüsse waren es?»

«Das weiß ich nicht», sagte Alex verdrießlich. «Vielleicht zwei oder drei. Ich erinnere mich nur noch, daß zwei einander fast unmittelbar folgten.»

Inspektor Curry nickte.

«Und das Geräusch von rennenden Schritten? Wo hörten Sie diese Schritte?»

«Sie kamen aus dem Nebel. Von irgendwo in der Gegend des Hauses.»

Inspektor Curry sagte ruhig:

«Das würde den Gedanken nahelegen, der Mörder Gulbrandsens sei von draußen gekommen.»

«Natürlich. Warum nicht? Sie wollen doch nicht etwa sagen, er wäre aus dem Innern des Hauses gekommen?»

Inspektor Curry erwiderte gelassen:

«Wir müssen an alles denken.»
«Ja, das kann ich verstehen», sagte Alex Restarick liebenswürdig. «Was für eine mörderische Beschäftigung Sie doch haben, Herr Inspektor! Sie muß den Menschen fürchterlich mitnehmen. Alle diese Einzelheiten, Ort und Zeit, lauter Geringfügigkeiten. Und am Ende? Was kommt dabei heraus? Macht es den unglücklichen Christian Gulbrandsen wieder lebendig?»
«Es liegt eine gewisse Befriedigung darin, wenn man den Täter erwischt, Mr. Restarick.»
«Wie in den Wildwest-Filmen.»
«Kannten Sie Mr. Gulbrandsen gut?»
«Nicht gut genug, um ihn zu ermorden, Herr Inspektor. Ich habe ihn hin und wieder gesehen, da ich hier in meiner Jugend gelebt habe. Er kam von Zeit zu Zeit. Einer unserer großen Industriekapitäne. Dieser Typ interessiert mich nicht. Überhaupt — diese reichen Leute!»
Inspektor Curry betrachtete ihn nachdenklich. Plötzlich fragte er:
«Interessieren Sie sich für Gifte, Mr. Restarick?»
«Für Gifte? Mein lieber Mann! Gulbrandsen wurde doch nicht erst vergiftet und dann erschossen? Das wäre doch ein gar zu kitschiger Kriminalroman.»
«Er wurde nicht vergiftet. Aber Sie haben meine Frage noch nicht beantwortet.»
«Gift hat einen gewissen Reiz. Es ist nicht so primitiv, wie eine Revolverkugel oder eine plumpe Waffe. Aber ich habe auf diesem Gebiet keine Spezialkenntnisse, wenn Sie das meinen.»
«Haben Sie jemals Arsenik besessen?»
«Nein. Ich habe mir nie die Mühe gemacht, welches herzustellen. Wenn ich nicht irre, gewinnt man es aus Unkrautvertilgungsmitteln oder Fliegenpapieren.»
«Wie oft sind Sie hier in Stonygates, Mr. Restarick?»
«Das ist ganz verschieden, Herr Inspektor. Manchmal bin ich wochenlang nicht hier. Im allgemeinen aber versuche ich, am Wochenende herzukommen. Ich betrachte noch immer Stonygates als mein wirkliches Heim.»
«Mrs. Serrocold hat wohl das Ihre getan, um dieses Gefühl bei Ihnen zu erwecken?»

«Was ich Mrs. Serrocold schulde, kann ich nie wieder gutmachen. Sympathie, Verständnis, Zuneigung –»
«Und eine ganz hübsche Summe baren Geldes, nicht wahr?»
Alex rümpfte die Nase.
«Sie behandelt mich wie einen Sohn, und sie glaubt an meine Arbeit.»
«Hat sie mit Ihnen nie über ihr Testament gesprochen?»
«Gewiß hat sie das. Aber dürfte ich fragen, wohin alle diese Fragen zielen, Herr Inspektor? Mit Mrs. Serrocold ist doch alles in Ordnung?»
«Hoffentlich», sagte Inspektor Curry grimmig.
«Wie meinen Sie das?»
«Wenn Sie es nicht wissen, dann um so besser», erwiderte Inspektor Curry. «*Wenn* Sie es aber wissen – dann warne ich Sie.»
Als Alex gegangen war, sagte Sergeant Lake:
«Ziemlicher Humbug! Finden Sie nicht auch?»
Curry schüttelte den Kopf.
«Das ist schwer zu sagen. Kann sein, daß er wirklich schöpferisches Talent hat. Kann auch sein, daß er es liebt, ein bequemes Leben zu führen und große Worte zu machen. Man weiß es nicht. Hört jemand laufen. Wirklich? Ich möchte wetten, er hat das erfunden.»
«Aus welchem besonderen Grunde?»
«Zweifellos aus einem besonderen Grunde. Wir kennen ihn bloß noch nicht, aber wir werden ihn schon herausfinden.»
«Es wird schließlich darauf hinauslaufen, Sir, daß einer von den hellen Jungen unbemerkt aus dem Institut entwischt ist. Wahrscheinlich befinden sich auch Fassadenkletterer unter ihnen. Dann –»
«Das sollen wir glauben. Sehr bequem. Aber wenn es wirklich so ist, Lake, dann will ich meinen neuen weichen Hut aufessen.»

«Ich saß am Flügel», sagte Stephen Restarick. «Ich hatte leise etwas geklimpert, als der Spektakel losging. Ich meine: der Krach zwischen Lewis Serrocold und Edgar Lawson.»
«Was hielten Sie davon?»
«Nun – die Wahrheit zu gestehen, nahm ich die Sache nicht

ernst. Der arme Teufel hat solche Wutanfälle. Alles, was er da schwätzt und droht, ist nichts anderes als der Dampf, den eine Lokomotive abläßt. Die Wahrheit ist, wir fallen ihm alle auf die Nerven. Besonders Gina natürlich.»

«Gina? Sie meinen Mrs. Hudd? Warum fällt sie ihm auf die Nerven?»

«Weil sie eine Frau ist. Und obendrein eine schöne Frau. Und weil sie ihn komisch findet. Sie ist eine halbe Italienerin, müssen Sie wissen, und die Italiener neigen zur Grausamkeit. Sie haben kein Mitleid mit jemand, der alt ist oder häßlich oder irgendwie anders als die andern. Sie zeigen mit Fingern auf ihn und spotten. Das hat auch Gina getan – natürlich bildlich gesprochen. Sie konnte mit dem jungen Edgar nichts anfangen. Er war lächerlich, bombastisch und im Grunde seiner selbst nicht sicher. Er wünschte Eindruck zu machen, und der ganze Erfolg war der, daß er albern wirkte. Es würde Gina nicht das geringste ausmachen, wenn es dem armen Burschen ganz dreckig ginge.»

«Wollen Sie etwa andeuten, Edgar Lawson sei in Mrs. Hudd verliebt?» fragte der Inspektor.

Stephen erwiderte munter:

«O ja. Tatsache ist, daß wir alle mehr oder weniger in sie verliebt sind. Ihr gefällt das.»

«Gefällt es auch ihrem Mann?»

«Der arme Mensch leidet. Er leidet sehr. Das kann nicht dauern, sage ich Ihnen. Ich meine: ihre Ehe wird binnen kurzem zerbrechen. Es war eine typische Kriegsehe.»

«Das alles ist sehr interessant», sagte der Inspektor. «Aber wir kommen von unserem Gegenstand ab. Uns interessiert die Frage: wer hat Christian Gulbrandsen ermordet?»

«Ganz recht», sagte Stephen. «Aber ich kann Ihnen absolut nichts darüber sagen. Ich saß am Flügel und blieb am Flügel sitzen, bis die gute Jolly mit einer Handvoll alter rostiger Schlüssel erschien und probierte, ob einer von ihnen zur Tür des Arbeitszimmers paßte.»

«Sie sagen, Sie blieben am Flügel. Spielten Sie immer weiter?»

«Sie meinen, ob ich zu dem Kampf auf Leben und Tod im Arbeitszimmer eine sanfte Begleitmusik lieferte? O nein. Ich hörte auf zu spielen, als das Tempo sich nebenan steigerte.

Nicht, daß ich irgendwie an dem Ausgang gezweifelt hätte. Lewis besitzt ein Auge, das ich nur als dynamisch bezeichnen kann. Er konnte Edgar leicht zerbrechen. Er brauchte ihn nur anzusehen.»

«Und doch schoß Edgar Lawson zweimal auf ihn.»

Stephen schüttelte langsam den Kopf.

«Er spielte Theater. Weiter nichts. Das machte ihm Spaß. Meine liebe Mutter machte es ebenso. Als ich vier Jahre alt war, starb sie oder rannte mit jemandem davon. Ich erinnere mich aber noch, daß sie mit einer Pistole herumzuballern pflegte, wenn etwas sie aufregte. Sie trat einst in einem Nachtklub auf. Sie war eine russische Tänzerin, müssen Sie wissen, und sie schoß ganz ausgezeichnet.»

«Sagen Sie, Mr. Restarick, haben Sie gestern abend, als Sie in der Halle waren, jemand in der kritischen Zeit hinausgehen sehen?»

«Ja. Walter Hudd, der die Lichtstörung in Ordnung bringen wollte. Und Juliet Bellever, die Schlüssel holen wollte, um die Tür des Arbeitszimmers aufzuschließen. Sonst niemand, soviel ich weiß.»

«Würden Sie es bemerkt haben, wenn jemand die Halle verlassen hätte?»

Stephen überlegte.

«Wahrscheinlich nicht. Ich meine, wenn jemand leise hinausging und ebenso leise zurückkam. Es war ziemlich dunkel in der Halle, und die Auseinandersetzung nebenan nahm unsere Aufmerksamkeit ganz in Anspruch.»

«Können Sie von jemand sagen, daß er sicherlich die ganze Zeit in der Halle war?»

«Ja. Mrs. Serrocold ... und Gina. Das könnte ich beschwören.»

«Ich danke Ihnen, Mr. Restarick.»

Stephen zögerte an der Tür und kam noch einmal zurück.

«Was ist das für ein Gerede von Arsenik?» fragte er.

«Wer hat zu Ihnen von Arsenik gesprochen?»

«Mein Bruder.»

«Ach so.»

Stephen sagte:

«Hat jemand Mrs. Serrocold Arsenik eingegeben?»

«Wie kommen Sie auf Mrs. Serrocold?»

«Ich habe von den Symptomen gelesen, die für Arsenikvergiftungen charakteristisch sind. Handelt es sich nicht um eine peripherische Nervenentzündung? Das würde mehr oder weniger gut zu den Beschwerden passen, die sie seit einiger Zeit hat. Auch fiel es mir auf, daß Lewis ihr gestern abend ihr Stärkungsmittel fortnahm. Ist es das? Versucht jemand Mrs. Serrocold zu vergiften?»

«Diese Sache wird untersucht», sagte Inspektor Curry in amtlichem Ton.

«Weiß sie selber etwas davon?»

«Mr. Serrocold legt größten Wert darauf, daß sie nicht beunruhigt wird.»

«Beunruhigt ist nicht das richtige Wort, Herr Inspektor. Mrs. Serrocold ist niemals beunruhigt. Aber ist das die Erklärung für Gulbrandsens Tod? Wußte er, daß sie vergiftet wurde? Aber wie konnte er das wissen? Die ganze Sache ist höchst unwahrscheinlich. Es steckt keine Vernunft dahinter.»

«Sie sind wohl sehr überrascht, Mr. Restarick?»

«Ja, das bin ich. Als Alex davon sprach, konnte ich es kaum glauben.»

«Wer könnte Ihrer Meinung nach am ehesten als Täter in Frage kommen?»

Über Stephen Restaricks hübsches Gesicht huschte flüchtig ein Lächeln.

«Nicht der, an den man zuerst zu denken pflegt. Sie können den Gatten ruhig streichen. Lewis Serrocold würde nichts dabei gewinnen; außerdem verehrt er seine Frau. Er ist schon ganz verzweifelt, wenn ihr nur der kleine Finger weh tut.»

«Wer dann? Haben Sie eine Ahnung?»

«O ja. Mehr als das. Ich bin meiner Sache ziemlich sicher.»

«Dann äußern Sie sich, bitte.»

Stephen schüttelte den Kopf.

«Es handelt sich um eine Gewißheit im psychologischen Sinne. Irgendeinen Beweis habe ich nicht. Und Sie würden mir wahrscheinlich auch keineswegs recht geben.»

Stephen Restarick entfernte sich in lässiger Haltung. Inspektor Curry kritzelte nachdenklich auf dem Blatt Papier, das vor ihm lag.

Dreierlei ging ihm durch den Kopf. Erstens: daß Stephen Re-

starick sehr von sich selbst eingenommen war. Zweitens: daß Stephen Restarick und sein Bruder eine gemeinsame Front bildeten. Und drittens: daß Stephen Restarick ein schöner Mann war, während Walter Hudd ziemlich unansehnlich wirkte.
Er fragte sich erstens: was hatte Stephen gemeint, als er sagte, er sei seiner Sache «im psychologischen Sinne» gewiß. Und zweitens: hatte Stephen Gina von seinem Platz am Flügel aus tatsächlich sehen können? Er bezweifelte das sehr.

In die gotische Düsterkeit der Bibliothek brachte Gina einen exotischen Glanz. Selbst Inspektor Curry blinzelte ein wenig, als die strahlend schöne junge Frau Platz nahm, sich über den Tisch vorbeugte und erwartungsvoll sagte:
«Nun?»
Inspektor Curry ließ den Blick über die scharlachfarbene Bluse und die dunkelgrüne weite Hose hingleiten und bemerkte trokken:
«Wie ich sehe, tragen Sie keine Trauer, Mrs. Hudd?»
«Ich besitze kein Trauerkostüm», sagte Gina. «Ich weiß, daß man annimmt, jeder besäße so ein schwarzes Ding. Aber ich nicht. Ich hasse Schwarz. Ich finde es häßlich, und eigentlich sollten nur Empfangsdamen und Haushälterinnen und solche Leute sich schwarz kleiden. Im übrigen war Christian Gulbrandsen mit mir gar nicht verwandt. Er war der Stiefsohn meiner Großmutter.»
«Sie kannten ihn wohl auch gar nicht gut?»
Gina schüttelte den Kopf.
«In meiner Kindheit kam er drei- oder viermal her. Aber während des Krieges ging ich nach Amerika, und ich kam erst vor sechs Monaten zurück.»
«Wollen Sie endgültig hierbleiben? Oder handelt es sich nur um einen Besuch?»
«Darüber habe ich noch nicht nachgedacht», erwiderte Gina.
«Sie waren doch gestern abend in der großen Halle, als Mr. Gulbrandsen sich entfernte, um in sein Zimmer zu gehen.»
«Ja. Er sagte gute Nacht und ging. Großchen fragte, ob er alles habe, was er brauche. Er sagte, ja, Jolly habe für alles gesorgt. Nicht mit diesen Worten, aber dem Sinn nach. Er sagte, er habe Briefe zu schreiben.»

«Und dann?»
Gina beschrieb den Auftritt zwischen Lewis Serrocold und Edgar Lawson. Es war dieselbe Geschichte, die Inspektor Curry nun schon viele Male gehört hatte, aber in Ginas Darstellung bekam sie mehr Farbe. Sie wurde ein Drama.
«Es war Walters Revolver», sagte sie. «Es ist wirklich allerhand, daß Edgar die Schneid hatte, ihn aus seinem Zimmer zu klauen. Ich hätte ihm das nie zugetraut.»
«Waren Sie sehr erschrocken, als die beiden in das Arbeitszimmer gingen und Edgar Lawson die Tür zuschloß?»
«O nein», sagte Gina, ihre großen braunen Augen weit öffnend. «Ich fand es wundervoll. Es war so theatralisch, schmeckte so nach ‹Schmiere›. Alles, was Edgar tut, ist lächerlich. Man kann ihn keinen Augenblick ernst nehmen.»
«Aber er schoß doch den Revolver ab?»
«Ja. Wir alle dachten in dem Augenblick, er habe Lewis schließlich doch erschossen.»
«Fanden Sie das auch wundervoll?» konnte Inspektor Curry sich nicht enthalten, zu sagen.
«Natürlich nicht. Ich war entsetzt. Alle waren entsetzt. Außer Großchen. Sie blieb völlig ruhig.»
«Das ist doch eigentlich merkwürdig.»
«Durchaus nicht. Sie ist nun einmal so. Eigentlich lebt sie gar nicht in dieser Welt. Sie gehört zu den Menschen, die niemals glauben wollen, es könne etwas Böses geschehen. Sie ist so rührend gut.»
«Wer war in der Halle, als das alles vorging?»
«Wir waren alle da. Außer Onkel Christian natürlich.»
«Nicht alle, Mrs. Hudd. Es gingen welche hinaus, und es kamen welche herein.»
«Wirklich?» fragte Gina unbestimmt.
«Ihr Mann zum Beispiel ging hinaus, um die Sicherung in Ordnung zu bringen.»
«Ja. Walter versteht sich auf solche Dinge.»
«Während er abwesend war, wurde ein Schuß gehört, wie man mir sagt. Sie alle glaubten, er käme vom Park draußen, nicht wahr?»
«Daran erinnere ich mich nicht ... Doch. Ja. Es war, als das Licht gerade wieder brannte und Walter zurückgekommen war.»

«Hat sonst jemand die Halle verlassen?»
«Ich glaube nicht. Ich erinnere mich nicht.»
«Wo saßen Sie, Mrs. Hudd?»
«Am Fenster.»
«In der Nähe der Tür, die zur Bibliothek führt?»
«Ja.»
«Haben Sie selber die Halle einmal verlassen?»
«Verlassen? Bei all dieser Aufregung? Natürlich nicht.»
Gina schien über diese Frage ganz empört zu sein.
«Wo saßen die andern?»
«Ich glaube, die meisten saßen rund um den Kamin. Tante Mildred und Miss Marple strickten. Großchen saß untätig da.»
«Und Mr. Stephen Restarick?»
«Stephen? Zu Beginn spielte er auf dem Flügel. Weiter weiß ich nichts von ihm.»
«Und Miss Bellever?»
«Sie huschte geschäftig hin und her, wie sie es immer macht. Eigentlich sitzt sie nie still. Sie suchte nach Schlüsseln.»
Plötzlich sagte Gina:
«Was ist das eigentlich für ein Gerede über Großchens Stärkungsmittel? Hat der Drogist einen Irrtum begangen, als er es herstellte? Oder ist sonst etwas damit passiert?»
«Wie kommen Sie darauf?»
«Weil die Flasche verschwunden ist. Jolly ist wie verrückt herumgerannt und hat nach ihr gesucht. Sie konnte sich gar nicht beruhigen. Alex sagte ihr, die Polizei habe sie mitgenommen. Stimmt das?»
Statt die Frage zu beantworten, sagte Inspektor Curry:
«Miss Bellever war aufgeregt, sagen Sie?»
«Ach, Jolly ist immer aufgeregt», antwortete Gina leichthin. «Sie liebt das. Manchmal wundere ich mich, wie Großchen ihr ewiges Getue aushalten kann.»
«Noch eine letzte Frage, Mrs. Hudd. Sie haben wohl keine Ahnung, wer Christian Gulbrandsen getötet haben mag und warum er es tat?»
«Meiner Meinung nach ist es einer von den krankhaft Veranlagten gewesen. Die Strolche sind ganz vernünftig. Ich meine, sie knallen Leute bloß ab, weil sie eine Ladenkasse ausrauben wollen, oder weil sie auf Geld oder Schmuck scharf sind – und

nicht aus Spaß. Aber einer von den Wunderlichen — die, wie sie hier sagen, einen geistigen Defekt haben — könnte es schließlich auch aus Spaß tun. Meinen Sie nicht auch? Denn ich wüßte keinen andern Grund, weshalb jemand Onkel Christian hätte töten sollen. Ich meine natürlich nicht, daß sie so etwas aus Spaß tun — das ist nicht der richtige Ausdruck —»

«Sie meinen: ohne ein Motiv zu haben?»

«Ja, das wollte ich sagen», sagte Gina erfreut. «Er wurde doch nicht ausgeraubt, nicht wahr?»

«Die Gebäude des Instituts waren verriegelt und verschlossen, Mrs. Hudd. Niemand konnte hinausgelangen, ohne bemerkt zu werden.»

«Glauben Sie das nicht!» sagte Gina lachend. «Diese Jungen kommen überall heraus. Sie haben mich eine Menge Tricks gelehrt.» —

«Die hat Temperament», sagte Lake, als Gina gegangen war. «Ich habe sie zum erstenmal aus der Nähe gesehen. Eine schöne Figur hat sie, finden Sie nicht auch? Sieht so apart aus, wenn Sie verstehen, was ich meine.»

Inspektor Curry warf ihm einen kalten Blick zu. Sergeant Lake beeilte sich hinzuzufügen: «Sie hat ein heiteres Gemüt. Man könnte beinahe sagen, die ganze Geschichte mache ihr Spaß.»

«Ob Stephen Restarick recht hat oder nicht», sagte der Inspektor kühl, «wenn er meint, ihre Ehe würde in die Brüche gehen, weiß ich nicht; aber es scheint mir doch bemerkenswert, daß sie behauptet, Walter Hudd sei in die Halle zurückgekehrt, bevor der Schuß gehört wurde.»

«Und das widerspricht dem, was alle andern sagten.»

«Ja.»

«Sie sagte auch nichts davon, daß Miss Bellever die Halle verließ, um nach den Schlüsseln zu suchen.»

«Nein», stimmte der Inspektor nachdenklich zu. «Davon sagte sie nichts . . .»

Mrs. Strete fügte sich der Bibliothek viel besser ein, als es bei Gina Hudd der Fall gewesen war. An Mrs. Strete war nichts Exotisches zu finden. Sie trug ein schwarzes Kleid mit einer Onyxbrosche, und ein Haarnetz hielt ihr sorgfältig frisiertes graues Haar zusammen.

Sie sah, dachte Inspektor Curry, genau so aus, wie die Witwe eines Domherrn der Staatskirche aussehen sollte. Und das war beinahe merkwürdig, denn so wenige Leute, meinte er, sahen so aus, wie sie in Wirklichkeit waren.

Selbst die schmale Linie ihrer Lippen hatte eine asketische, kirchliche Note. Sie brachte christliche Standhaftigkeit und möglicherweise christliche Tapferkeit zum Ausdruck. Nicht aber, dachte der Inspektor, christliche Nächstenliebe.

Auch war es klar, daß Mrs. Strete gekränkt war.

«Meines Erachtens, Herr Inspektor, sagte sie, «hätten Sie mir wohl eine Andeutung machen können, wann etwa Sie mich benötigen würden. So war ich gezwungen, den ganzen Vormittag untätig herumzusitzen und zu warten.»

«Ich bitte vielmals um Entschuldigung, Mrs. Strete», suchte Curry sie zu beschwichtigen, da er erkannte, daß ihr Geltungsbedürfnis verletzt war. «Vielleicht verstehen Sie nicht, wie wir bei einer solchen Gelegenheit vorzugehen pflegen. Sie müssen wissen, daß wir stets mit den weniger wichtigen Vernehmungen beginnen, um sie uns sozusagen vom Halse zu schaffen. Es ist für uns von großem Wert, daß wir uns bis zuletzt eine Person aufbewahren, auf deren Urteil wir uns verlassen können, da sie gut zu beobachten weiß. Auf diese Weise können wir am besten die Aussagen nachprüfen, die wir bis dahin vernommen haben.»

Mrs. Strete besänftigte sich sichtlich.

«Ja so. Ich verstehe. Ich war mir darüber nicht klar . . .»

«Sie nun, Mrs. Strete, sind eine Frau mit einem reifen Urteilsvermögen. Eine Frau von Welt. Und dann: dies ist Ihr Heim, Sie sind die Tochter des Hauses. Daher können Sie mir über die Menschen, die in diesem Hause leben, am besten Auskunft geben.»

«Sicherlich kann ich das», sagte Mrs. Strete.

«Wir dürfen also erwarten, daß Sie uns, wenn wir uns jetzt der Frage zuwenden, wer Mr. Gulbrandsen getötet hat, eine wertvolle Hilfe sein werden.»

«Aber gibt es denn da überhaupt noch etwas zu fragen? Ist es nicht ganz offenkundig, wer meinen Bruder ermordet hat?»

Inspektor Curry lehnte sich in seinem Stuhl zurück. Seine Hand strich über seinen kleinen, sauber beschnittenen Schnurrbart.

«Nun – wir müssen vorsichtig sein», sagte er. «Sie sind also der Meinung, es sei ganz offenkundig?»

«Natürlich. Es war niemand anders als der schreckliche Amerikaner, der Gatte der armen Gina. Er ist hier der einzige Fremde. Wir wissen von ihm absolut nichts. Wahrscheinlich ist er einer von diesen schrecklichen amerikanischen Gangstern.»

«Aber das wäre doch keine ausreichende Erklärung. Offen bleibt dann noch immer die Frage, aus welchem Grunde er Mr. Gulbrandsen getötet haben sollte. Oder?»

«Ganz einfach. Christian hatte etwas über ihn in Erfahrung gebracht. Aus diesem Grunde kam er so kurz nach seinem letzten Besuch wieder nach Stonygates.»

«Sind Sie dessen sicher, Mrs. Strete?»

«Ich muß wieder sagen: es erscheint mir ganz offenkundig. Er erweckte den Anschein, als sei er wegen der Stiftung hergekommen. Aber das ist Unsinn. Als Vorsitzender des Kuratoriums war er erst vor einem Monat hier, und seither ist nichts von Bedeutung geschehen. Er muß also aus privaten Gründen hergekommen sein. Bei seinem letzten Besuch sah er Walter Hudd. Er mag ihn wiedererkannt haben, oder er hat in den Vereinigten Staaten über ihn Erkundigungen eingezogen – natürlich hat er in der ganzen Welt seine Agenten –, und er wird etwas sehr Unheilvolles in Erfahrung gebracht haben. Gina ist ein unbeschreiblich törichtes Mädchen. Das war sie seit jeher. Es sieht ihr ganz ähnlich, daß sie einen Mann geheiratet hat, von dem sie nicht das geringste wußte – einen Mann, der vielleicht von der Polizei gesucht wurde – einen Mann, der bereits verheiratet war – oder einen Mann, der in der Unterwelt eine bedeutsame Rolle spielte. Aber mein Bruder Christian ließ sich nicht so leicht täuschen. Er kam her – dessen bin ich sicher –, um die Sache in Ordnung zu bringen. Er wollte Walter

Hudd entlarven, ihm die Maske vom Gesicht reißen. Kein Wunder daher, daß Walter Hudd ihn erschossen hat!»
Inspektor Curry schmückte eine der Katzen auf seinem Löschpapier mit einem übergroßen Bart und sagte dabei:
«Ja-a.»
«Stimmen Sie mir bei, wenn ich sage: so muß es gewesen sein?»
«Ja, es könnte so gewesen sein», erwiderte Inspektor Curry.
«Welche andere Lösung wäre wohl denkbar? Christian hatte keine Feinde. Was ich nur nicht verstehen kann, ist, weshalb Sie Walter Hudd noch nicht verhaftet haben.»
«Ja, sehen Sie, Mrs. Strete – wir haben keine Beweise in Händen.»
«Die könnten Sie vermutlich sehr leicht bekommen. Wenn Sie nach Amerika kabeln würden –»
«O ja, wir werden über Walter Hudd Erkundigungen einziehen. Verlassen Sie sich darauf. Aber solange wir kein Motiv nachweisen können, stehen wir auf sehr unsicherem Boden. Die Gelegenheit hatte er, das läßt sich natürlich nicht bestreiten –»
«Er ging gleich nach Christian unter dem Vorwande, eine Sicherung sei durchgeschlagen –»
«Das war auch der Fall.»
«Das konnte er leicht so einrichten.»
«Ja, das ist wahr.»
«Er folgte Christian nach seinem Zimmer, erschoß ihn, erneuerte die Sicherung und kehrte in die Halle zurück.»
«Seine Frau sagt, er sei zurückgekehrt, bevor der Schuß im Park gehört wurde.»
«Nicht die Spur! Gina würde alles behaupten. Den Italienern ist nie zu trauen, und natürlich ist sie auch Katholikin.»
Inspektor Curry vermied es, sich auf die konfessionelle Betrachtungsweise einzulassen.
«Sie glauben also, seine Frau sei Mitwisserin?»
Mildred Strete zögerte einen Augenblick.
«Nein – nein –, das glaube ich nicht.» Sie schien darüber sehr enttäuscht, daß sie das nicht glauben konnte. «Vermutlich war die Besorgnis, Gina könne die Wahrheit über ihn erfahren, ebenfalls ein Motiv für ihn. Gina ist ja sozusagen sein Brot.»
«Und ein sehr schönes Mädchen.»

«O ja. Ich habe immer gesagt, Gina sehe gut aus. In Italien ist sie natürlich nichts weiter als ein ganz gewöhnlicher Typ. Aber wenn Sie mich fragen, dann sage ich, Walter Hudd ist hinter dem Gelde her. Deshalb kam er herüber, und deshalb hat er sich in Stonygates niedergelassen.»

«Mrs. Hudd ist, wie ich höre, sehr gut gestellt?»

«Nicht mehr. Mein Vater hinterließ Ginas Mutter dieselbe Summe wie mir. Aber natürlich nahm sie die Nationalität ihres Mannes an – ich glaube, das Gesetz ist jetzt geändert worden –, und in Anbetracht der Verluste, die der Krieg mit sich brachte, und da er ein Faschist war, besitzt Gina nur noch wenig. Meine Mutter verwöhnt sie, und ihre amerikanische Tante, Mrs. Van Rydock, hat fabelhafte Summen an sie verschwendet und ihr in den Kriegsjahren alles gekauft, was sie haben wollte. Trotzdem hat ihr Mann nicht viel zu erwarten, solange meine Mutter lebt. Dann freilich wird Gina ein sehr bedeutendes Vermögen erben.»

«Genau wie Sie, Mrs. Strete.»

Mildreds Wangen färbten sich leicht.

«Ganz recht. Aber da mein Gatte und ich sehr sparsam waren – er gab eigentlich nur für Bücher Geld aus, denn er war ein großer Gelehrter – und da wir stets ein ruhiges Leben führten, hat mein eigenes Vermögen sich fast verdoppelt. Es ist mehr als genug für meine bescheidenen Ansprüche. Freilich: man kann immer Geld gebrauchen, um damit Gutes zu tun.»

Inspektor Curry sagte sinnend:

«Nach Ihrer Meinung also – und natürlich hatten Sie reichlich Gelegenheit, sich ein Urteil zu bilden – trachtet Walter Hudd nach dem Gelde, das seine Frau erben wird, wenn Mrs. Serrocold stirbt. Nebenbei bemerkt: mit ihrer Gesundheit steht es wohl nicht zum besten?»

«Meine Mutter ist immer sehr zart gewesen.»

«Ganz recht. Aber zarte Naturen leben oft lange und sogar länger als Menschen mit einer robusten Gesundheit.»

«Das mag wohl sein.»

«Sie haben wohl nicht die Beobachtung gemacht, daß die Gesundheit Ihrer Mutter sich in letzter Zeit verschlechtert hat?»

«Sie leidet an Rheumatismus. Aber etwas hat man ja immer, wenn man älter wird. Ich habe kein Verständnis für Leute, die von ihren unvermeidlichen kleinen Beschwerden und Schmerzen viel Aufhebens machen.»

«Macht Mrs. Serrocold viel Aufhebens?»

Mildred Strete schwieg einen Augenblick. Dann sagte sie:

«Sie selber macht kein Aufhebens, aber sie ist es gewohnt, daß ihretwegen viel Aufhebens gemacht wird. Mein Stiefvater ist gar zu besorgt um sie. Und was Miss Bellever betrifft, so macht sie sich einfach lächerlich. Auf jeden Fall hat Miss Bellever hier im Hause einen sehr schlechten Einfluß. Sie kam vor vielen Jahren, und die Ergebenheit, die sie meiner Mutter zeigt, ist natürlich an sich bewundernswert, was aber nicht hindert, daß sie nachgerade zu einer Plage geworden ist. Sie tyrannisiert meine Mutter buchstäblich. Sie leitet den ganzen Haushalt und ladet sich selber viel zu viel auf. Ich glaube, manchmal ärgert sich Lewis darüber. Ich würde mich gar nicht wundern, wenn er ihr den Abschied geben würde. Sie hat kein Taktgefühl – nicht die Spur Taktgefühl, und es ist für einen Mann wahrlich kein Vergnügen, wenn er sehen muß, daß seine Frau sich von einer anmaßenden Person völlig beherrschen läßt.»

Inspektor Curry nickte langsam.

«Ich verstehe . . .», sagte er. Er betrachtete sie nachdenklich.

«Eins verstehe ich aber noch nicht ganz, Mrs. Strete. Wie steht es mit den beiden Brüdern Restarick? Welche Stellung haben die hier im Hause?»

«Das ist auch so eine törichte Sentimentalität. Ihr Vater heiratete meine arme Mutter um ihres Geldes willen. Zwei Jahre später brannte er mit einer jugoslawischen Sängerin von der niedrigsten Moral einfach durch. Er war ein Mensch ohne jede Würde. Meine Mutter war so weichherzig, mit den beiden Söhnen Mitleid zu haben. Da sie natürlich unmöglich ihre Ferien bei einer Frau von einem so üblen Leumund verbringen konnten, ließ sie sich dazu hinreißen, sie mehr oder weniger zu adoptieren. Seitdem sind sie Schmarotzer. O ja, wir haben viele Schmarotzer hier im Hause, kann ich Ihnen versichern.»

«Alex Restarick hatte Gelegenheit, Christian Gulbrandsen zu töten. Er war allein, als er mit seinem Wagen kam. Und wie steht es mit Stephen?»

«Stephen war bei uns in der Halle. Ich schätze Alex Restarick durchaus nicht – er sieht recht ordinär aus, und ich glaube, er

führt ein liederliches Leben —, aber als einen Mörder kann ich mir ihn eigentlich nicht denken. Außerdem verstehe ich nicht, aus welchem Grunde er meinen Bruder getötet haben sollte.»
«Ja, auf die Frage des Motives kommen wir immer zurück, nicht wahr?» sagte der Inspektor. «Was wußte Christian Gulbrandsen über jemand, der es deshalb für nötig hielt, ihn zu töten?»
«Ganz recht», sagte Mrs. Strete triumphierend. «Es *muß* Walter Hudd sein.»
«Sofern es nicht jemand ist, der zum engeren Familienkreise gehört.»
Mildred sagte scharf:
«Was wollen Sie damit sagen?»
Inspektor Curry sagte langsam:
«Mr. Gulbrandsen schien, als er hier war, um die Gesundheit Ihrer Mutter sehr besorgt zu sein.»
Mrs. Strete runzelte die Stirn.
«Die Leute machen immer so ein Getue, weil Mutter so zart aussieht. Ich glaube, sie hat es auch ganz gern, wenn man sich um sie besorgt zeigt. Es kann aber auch sein, daß Christian auf Juliet Bellever gehört hat.»
«Sie selber sind nicht um die Gesundheit Ihrer Mutter besorgt, Mrs. Strete?»
«Nein. Ich glaube, dazu bin ich zu vernünftig. Natürlich ist Mutter nicht mehr jung —»
«Und jeder Mensch muß einmal sterben», bemerkte Inspektor Curry trocken. «Aber nicht vor der ihm zugemessenen Zeit. Das müssen wir unbedingt verhindern.»
Mrs. Mildred schien die Bedeutung, die hinter seinen Worten lag, nicht zu verstehen. Denn sie wurde plötzlich sehr lebhaft.
«Oh! Wie schlecht die Menschen sind! Niemand außer mir scheint sich über Christians Tod aufzuregen. Warum sollten sie auch? Ich bin die einzige Person, die mit ihm blutsverwandt war. Für Mutter war er nur ein erwachsener Stiefsohn. Mit Gina war er überhaupt nicht verwandt. Für mich aber war er mein Bruder.»
«Halbbruder», verbesserte Inspektor Curry.
«Ja, mein Halbbruder. Aber trotz des Altersunterschiedes waren wir beide Gulbrandsens.»
Curry sagte freundlich:

«O ja – ich kann Sie gut verstehen ...»
Mit tränenfeuchten Augen ging Mildred Strete. Curry blickte Lake an.
«Sie ist also wirklich ganz sicher, es sei Walter Hudd», sagte er. «Sie wollte absolut nichts davon hören, daß es auch jemand anders sein könnte.»
«Vielleicht hat sie recht.»
«Gewiß. Das ist möglich. Bei Walter Hudd stimmt alles. Er hatte die Gelegenheit, und er hatte ein Motiv. Wenn er schnell zu Geld kommen möchte, dann müßte die Großmutter seiner Frau sterben. Es wäre durchaus denkbar, daß er sich an ihrem Stärkungsmittel zu schaffen gemacht hat und dabei von Christian Gulbrandsen ertappt wurde. Oder daß jemand anders es gesehen und es Gulbrandsen gesagt hat. Ja, es paßt alles.»
Nach einer kurzen Pause fuhr er fort:
«Übrigens liebt Mildred Strete das Geld. Schon möglich, daß sie sparsam ist und es nicht gern ausgibt. Aber sie liebt es. Ich bin nicht sicher, weshalb sie es liebt. Vielleicht ist sie ein Geizhals mit der Leidenschaft eines Geizhalses. Oder sie liebt die Macht, die das Geld verleiht. Möglich wäre auch, daß sie das Geld liebt, weil sie damit Gutes stiften kann. Sie ist ja eine Gulbrandsen. Vielleicht möchte sie ihrem Vater nacheifern.»
«Eine Art Komplex, nicht wahr?» sagte Sergeant Lake und kratzte sich den Kopf.
Inspektor Curry fuhr fort:
«Ich denke, wir werden uns jetzt einmal den jungen Lawson ansehen. Dann könnten wir in die größere Halle gehen und überprüfen, wo die einzelnen gesessen haben. Und ob und warum und wann sie die Halle verlassen haben könnten ...»

Inspektor Curry fand es recht schwierig, sich nach dem, was andere Leute sagten, von jemand ein zuverlässiges Bild zu machen.
Edgar Lawson war von sehr verschiedenen Menschen beschrieben worden; als Curry ihn aber nun mit eigenen Augen sah, hatte er von ihm einen völlig anderen Eindruck.
Nichts an ihm erschien ihm «wunderlich» oder «gefährlich« oder «anmaßend» oder auch nur «anomal». Er schien ein ganz gewöhnlicher junger Mann zu sein. Und er machte einen sehr

niedergedrückten und demütigen Eindruck. Er war nur zu gern bereit, zu sprechen und sich zu entschuldigen.
«Ich weiß, daß ich sehr unrecht gehandelt habe. Ich begreife nicht, was über mich kam, nein, ich weiß es wirklich nicht. Wie konnte ich mich nur so aufführen? Und sogar eine Pistole abfeuern? Obendrein auf Mr. Serrocold, der immer so gut zu mir gewesen ist und mit mir soviel Geduld gehabt hat!»
Er verkrampfte nervös seine Hände. Es waren rührende Hände mit knochigen Handgelenken.
«Wenn ich deshalb büßen soll, bin ich bereit. Ich habe es verdient. Ich bekenne mich schuldig.»
«Es wurde bisher keine Anklage gegen Sie erhoben», erwiderte Inspektor Curry ruhig. «Wir haben also keinerlei Veranlassung, gegen Sie vorzugehen. Nach Mr. Serrocolds Darstellung war es der reine Zufall, daß die Schüsse losgingen.»
«Das sagte er, weil er so gut ist. Es hat nie einen so guten Menschen gegeben wie Mr. Serrocold. Er hat für mich alles getan. Und ich bekomme es fertig, ihm so mit Undank zu lohnen!»
«Warum taten Sie es denn?»
Edgar machte ein verlegenes Gesicht.
«Ich habe mich wie ein rechter Narr aufgeführt.»
Inspektor Curry bemerkte trocken:
«Es scheint so. Sie haben zu Mr. Serrocold nach der Aussage von Zeugen gesagt, Sie hätten die Entdeckung gemacht, er sei Ihr Vater. Stimmte diese Behauptung?»
«Nein, sie stimmte nicht.»
«Wie sind Sie denn darauf verfallen? Hat jemand Ihnen diesen Gedanken suggeriert?»
«Das ist schwer zu erklären.»
Inspektor Curry blickte ihn nachdenklich an und sagte mit freundlicher Stimme:
«Versuchen Sie es doch einmal! Sie werden sehen, daß wir volles Verständnis haben.»
«Die Sache ist so. Ich habe es als Kind sehr schwer gehabt. Die anderen Buben verspotteten mich, weil ich keinen Vater hatte. Sie sagten, ich sei ein kleiner Bastard – was ich ja auch war. Meine Mutter war meistens betrunken, und immer kamen Männer zu ihr. Mein Vater war, glaube ich, ein Ausländer. Ein Matrose. Das Haus war immer dreckig. Und das ganze Leben

war die reine Hölle. Da sagte ich mir, wenn mein Vater nun nicht ein fremder Seemann gewesen wäre, sondern eine bedeutende Persönlichkeit ... Und da dachte ich mir dies und jenes aus. Zuerst waren es kindliche Gedanken ... Bei der Geburt vertauscht ... Um die Erbschaft betrogen ... und dergleichen mehr. Dann kam ich auf eine neue Schule und machte dort hin und wieder gewisse Andeutungen. Ich sagte, mein Vater sei in Wirklichkeit ein Admiral. Schließlich fing ich an, es selber zu glauben. Und da war mir nicht mehr so elend zumute.» Er machte eine kurze Pause und fuhr dann fort:

«Und dann – später – dachte ich mir etwas anderes aus. Ich pflegte in Hotels abzusteigen und alberne Geschichten zu erzählen. Ich wäre ein Kampfflieger gewesen. Oder ich hätte in Diensten der Geheimen Militärpolizei gestanden. Und ich erfand immer etwas Neues. Es war, als könne ich überhaupt nicht mehr aufhören, Lügen zu erzählen. Ich machte aber nie den Versuch, auf diese Weise zu Geld zu kommen. Es war die reine Angabe. Ich wollte mir bei den Leuten ein größeres Ansehen geben. Aber ich wollte nicht ehrlos handeln. Sie können Mr. Serrocold und Dr. Maverick fragen. Sie haben das Material.»

Inspektor Curry nickte. Er hatte die Edgar betreffenden Akten bereits studiert.

«Mr. Serrocold bekam mich schließlich frei und brachte mich hierher. Er sagte, er brauche einen Sekretär zu seiner Entlastung. Doch das half nichts. Die andern machten sich über mich lustig. Sie lachten mich immer aus.»

«Welche andern? Mrs. Serrocold?»

«Nein, nicht Mrs. Serrocold. Sie ist eine Dame. Und sie ist immer sanft und freundlich. Gina aber behandelte mich wie Dreck. Auch Stephen Restarick. Und Mrs. Strete zeigte mir, daß sie mich verachtet, weil ich kein Gentleman bin. Ebenso Miss Bellever. Und was ist sie selber? Eine bezahlte Gesellschafterin. Weiter nichts.»

Curry merkte, daß Edgar Lawson immer aufgeregter wurde.

«Sie fanden sie also nicht sehr sympathisch.»

Edgar Lawson erwiderte leidenschaftlich:

«Sie behandelt mich so, weil ich ein uneheliches Kind bin. Hätte ich einen richtigen Vater gehabt, dann würde sie es nicht getan haben.»

«Und deshalb eigneten Sie sich ein paar berühmte Väter an?»
Edgar errötete.
«Es scheint, als käme ich aus dem Lügen nicht mehr heraus», murmelte er.
«Und schließlich sagten Sie, Mr. Serrocold sei Ihr Vater. Warum?»
«Weil ich dachte, das würde ihnen ein für allemal den Mund schließen. Wenn er mein Vater wäre, könnten sie doch nicht länger so häßlich zu mir sein?»
«Das verstehe ich. Aber Sie haben ihm vorgeworfen, er sei Ihr Feind, er verfolge Sie.»
«Wissen Sie –» Er rieb sich die Stirn. «Ich brachte alles verkehrt heraus. Es gibt Zeiten, da ich alles verkehrt mache. Ich bin dann ganz durcheinander.»
«Und Sie haben den Revolver aus Mr. Walter Hudds Zimmer geholt, nicht wahr?»
Edgar machte ein verwundertes Gesicht.
«Habe ich das? Habe ich ihn dort geholt?»
«Erinnern Sie sich denn nicht mehr?»
Edgar sagte:
«Ich wollte Mr. Serrocold mit dem Revolver drohen. Ich wollte ihm Furcht einjagen. Das war wieder so eine Kinderei.»
Inspektor Curry sagte geduldig:
«Wie sind Sie zu dem Revolver gekommen?»
«Sie haben es doch gesagt. Ich habe ihn aus dem Zimmer des Amerikaners geholt.»
«Erinnern Sie sich jetzt daran?»
«Ich muß ihn doch aus seinem Zimmer geholt haben. Wie wäre ich denn sonst dazugekommen?»
«Das weiß ich nicht», sagte Inspektor Curry. «Jemand kann Ihnen ja den Revolver gegeben haben?»
Edgar blieb stumm. Er machte ein verständnisloses Gesicht.
«Ist es so gewesen?» fragte Curry.
Edgar sagte leidenschaftlich:
«Ich erinnere mich nicht. Ich war so aufgeregt. Ich ging durch den Garten und sah vor Wut rot. Ich dachte, ich würde bespitzelt, überwacht, man wolle mich hetzen. Alle seien gegen mich. Selbst die nette Dame mit dem weißen Haar ... Ich kann das jetzt alles nicht mehr verstehen. Ich muß wohl verrückt gewe-

sen sein. Ich erinnere mich nicht mehr, wo ich die halbe Zeit gewesen bin und was ich getan habe.»

«Aber sicherlich müssen Sie doch noch wissen, wer Ihnen gesagt hat, Mr. Serrocold sei Ihr Vater?»

Edgar Lawson machte dasselbe verständnislose Gesicht.

«Niemand hat es mir gesagt», erwiderte er mürrisch. «Es kam über mich.»

Inspektor Curry seufzte. Er war nicht befriedigt. Aber er war sich darüber klar, daß er in diesem Augenblick nicht weiterkommen würde.

«Also schön», sagte er. «Nehmen Sie sich in Zukunft zusammen.»

«Ja, Sir. Ja. Das will ich.»

Als Edgar gegangen war, schüttelte der Inspektor den Kopf.

«Diese pathologischen Fälle sind des Teufels!»

«Glauben Sie, er ist geisteskrank, Sir?»

«Er ist weniger verrückt, als ich geglaubt hatte. Schwachsinnig, ein Prahlhans, ein Lügner – und doch ist etwas Sympathisches, etwas beinahe Rührendes an ihm. Vermutlich ist es leicht, ihm etwas zu suggerieren.»

«Sie glauben also, er sei suggestiv beeinflußt worden?»

«Ja, das glaube ich. Miss Marple hatte ganz recht. Die alte Dame ist nicht auf den Kopf gefallen. Aber ich wollte, ich wüßte, wer auf ihn eingewirkt hat. Er selber wird es niemals sagen. Wenn wir das nur wüßten ... Aber kommen Sie, Lake! Wir wollen die Szene in der Halle rekonstruieren.»

Inspektor Curry saß am Flügel. Sergeant Lake hatte auf einem Stuhl am Fenster Platz genommen, von dem aus man Aussicht auf den See hatte.

Curry fuhr fort:

«Wenn ich mich auf dem Klavierstuhl halb herumwende und nach der Tür des Arbeitszimmers blicke, kann ich Sie nicht sehen.»

Sergeant Lake stand leise auf und ging auf Zehenspitzen nach der Bibliothekstür.

«Dieser ganze Teil des Zimmers lag im Dunkeln. Nur neben der Tür zum Arbeitszimmer brannten die Glühbirnen. Ich konnte Sie nicht sehen, Lake. Sind Sie erst einmal in der Biblio-

thek, dann können Sie diese durch die andere Tür verlassen, den Korridor hinuntereilen, Gulbrandsen erschießen und auf demselben Wege zurückkehren.
Die Frauen am Kamin wenden Ihnen den Rücken zu. Mrs. Serrocold saß hier, rechts vom Kamin, in der Nähe der Tür zum Arbeitszimmer. Alle stimmen darin überein, daß sie ihren Platz nicht verlassen hat. Miss Marple saß hier. Sie blickte an Mrs. Serrocold vorbei nach der Arbeitszimmertür. Mrs. Strete saß links vom Kamin in der Nähe der Tür, die nach dem Korridor führt. Es war dort sehr dunkel. Sie hätte unbemerkt die Halle verlassen und wieder zurückkommen können. Das ist möglich.»
Curry lächelte.
«Auch ich könnte verschwinden», sagte er. Er glitt vom Klaviersessel herunter, schlich nach der Tür. «Die einzige Person, die hätte merken können, daß Stephen nicht mehr am Flügel saß, war Gina Hudd. Und Sie erinnern sich, was sie sagte: ‹Zu Beginn spielte er auf dem Flügel. Weiter weiß ich nichts von ihm.›»
«Sie denken also, Stephen war es?»
«Ich weiß nicht, wer es war», erwiderte Curry. «Es war weder Edgar Lawson, noch Lewis Serrocold, noch Mrs. Serrocold, noch Miss Marple. Was aber die übrigen angeht . . .» Er zuckte die Achseln. «Wahrscheinlich war es der Amerikaner. Das Durchschlagen der Sicherung war ein gar zu bequemer — Zufall. Und doch kann ich nicht leugnen, daß der junge Mensch mir gefällt. Freilich ist das kein Beweis.»
Er blickte nachdenklich auf Noten, die neben dem Flügel lagen. «Hindemith? Wer ist das? Nie von ihm gehört. Schostakowitsch! Was für Namen diese Leute haben!» Er stand auf und hob den Deckel des altmodischen Klaviersessels hoch.
«Hier liegen die alten Sachen. Händels Largo, Czernys Etüden. Das meiste geht wohl noch auf die Zeit des alten Gulbrandsen zurück. ‹Noch sind die Tage der Rosen.› Das pflegte die Frau des Vikars zu singen, als ich noch ein Bub war —»
Er brach ab, mit den vergilbten Notenblättern in der Hand. Auf Chopins Préludes lag eine kleine automatische Pistole.
«Stephen Restarick!» rief Sergeant Lake vergnügt.
«Ziehen Sie keine voreiligen Schlüsse!» warnte Inspektor Curry. «Ich wette mit Ihnen zehn gegen eins, daß wir eben das glauben sollen.»

# 15

Miss Marple ging die Treppe hinauf und klopfte an Mrs. Serrocolds Schlafzimmertür.
«Darf ich eintreten, Carrie Louise?»
«Aber natürlich, liebe Jane.»
Carrie Louise saß vor dem Frisiertisch und bürstete sich ihr Silberhaar. Sie blickte über die Schulter zurück.
«Die Polizei? Ich bin in wenigen Minuten fertig.»
«Wie geht es dir?»
«Gut. Jolly bestand darauf, daß ich mein Frühstück im Bett nahm. Gina brachte es mir auf Zehenspitzen. Als hätte sie gedacht, ich sei todkrank. Ich glaube, Sie sehen alle nicht ein, daß Tragödien wie Christians Tod auf einen alten Menschen viel weniger schockartig wirken. Ist man nämlich alt, dann weiß man, daß alles mögliche geschehen kann, und wie wenig von allem, was in der Welt geschieht, wirklich wichtig ist.»
«Meinst du?» sagte Miss Marple zweifelnd.
«Geht es dir nicht auch so, Jane? Ich hatte es gedacht.»
Miss Marple sagte langsam:
«Christian wurde ermordet.»
«Ja ... Ich verstehe, was du damit sagen willst. Du meinst, das sei wirklich wichtig?»
«Bist du nicht auch dieser Meinung?»
«Nicht, soweit es Christian angeht», sagte Carrie Louise einfach. «Natürlich ist es aber für den wichtig, der ihn ermordet hat.»
«Hast du eine Ahnung, wer es war?»
Mrs. Serrocold schüttelte den Kopf.
«Nein, ich habe absolut keine Ahnung. Ich kann mir nicht einmal einen Grund denken. Es muß etwas mit seinem Besuch vor gut einem Monat zu tun haben. Denn ich kann mir nicht vorstellen, daß er ohne einen besonderen Grund so kurze Zeit darauf noch einmal gekommen wäre. Was es aber auch war, es muß ihn sehr aufgeregt haben. Ich habe viel darüber nachgedacht, erinnere mich aber an nichts Ungewöhnliches.»
«Wer war damals hier im Hause anwesend?»
«Dieselben Menschen, die jetzt hier sind. Alex war von London gekommen. Und – ja, richtig – Ruth war auch hier.»

«Ruth?»
«Sie machte ihren gewohnten Blitzbesuch.»
«Also Ruth war hier», wiederholte Miss Marple. Ihr Geist arbeitete lebhaft. Christian Gulbrandsen und Ruth? Ruth war sehr besorgt und unruhig gewesen, als sie von ihrem Besuch zurückgekommen war. Sie hatte aber keinen Grund für ihre Unruhe anzugeben vermocht. Etwas stimmt da nicht, war alles, was sie hatte sagen können. Auch Christian Gulbrandsen war unruhig und besorgt gewesen. Aber er hatte etwas gewußt oder vermutet, was Ruth nicht gewußt oder vermutet hatte. Er hatte gewußt oder vermutet, daß jemand den Versuch machte, Carrie Louise zu vergiften. Wie war er auf diesen Verdacht gekommen? Was hatte er gesehen oder gehört? War es etwas gewesen, was Ruth auch gesehen oder gehört hatte, dessen wahre Bedeutung ihr aber entgangen war? Miss Marple wünschte, sie hätte gewußt, was es sein konnte. Ihre eigene unbestimmte Ahnung, daß es (was immer es auch sein mochte) etwas mit Edgar Lawson zu tun hatte, schien unwahrscheinlich, da Ruth ihn nicht einmal erwähnt hatte.
Sie seufzte.
«Ihr haltet alle etwas vor mir verborgen, nicht wahr?» fragte Carrie Louise.
Miss Marple zuckte leicht zusammen, als sie das hörte.
«Warum sagst du das?»
«Weil es so ist. Ich nehme Jolly aus. Aber ihr andern alle verheimlicht mir etwas. Sogar Lewis. Er kam, als ich frühstückte, und benahm sich sehr merkwürdig. Er trank von meinem Kaffee und aß sogar etwas Toast und Marmelade. Das sieht ihm gar nicht ähnlich, denn er trinkt immer Tee und mag Marmelade nicht. Er muß also an etwas anderes gedacht haben. Ich vermute, er hatte vergessen zu frühstücken; denn daß er das Essen und Trinken vergißt, wenn etwas seinen Geist stark beschäftigt, kommt vor. Er sah auch sehr besorgt und beunruhigt aus.»
«Mord —», begann Miss Marple.
Carrie Louise sagte schnell:
«O ja, ich weiß. Es ist eine schreckliche Sache. Ich habe noch nie damit zu tun gehabt. Du, Jane?»
«Ja —, ich kann es nicht leugnen», gab Miss Marple zu.

«Ruth erzählte es mir.»
«Erzählte sie es dir, als sie das letzte Mal hier war?» fragte Miss Marple neugierig.
«Nein, ich glaube nicht, daß sie es mir bei der Gelegenheit erzählte. Ich erinnere mich wirklich nicht.»
Carrie Louise sprach zerstreut, beinahe geistesabwesend.
«Woran denkst du, Carrie Louise?»
Carrie Louise lächelte und schien aus weiter, weiter Ferne zurückzukehren.
«Ich dachte an Gina», antwortete sie. «Und an das, was du von Stephen Restarick sagtest. Gina ist wirklich ein liebes Mädchen, Jane. Ich bin sicher, daß sie Walter aufrichtig zugetan ist.»
Miss Marple sagte nichts darauf.
«Mädchen wie Gina lieben es, ein wenig über die Stränge zu schlagen», sagte Mrs. Serrocold in einem Tone, als bäte sie Miss Marple, sie möchte es doch glauben. «Sie sind jung, diese Mädchen, und sie lieben es, ihre Macht zu spüren. Das ist etwas ganz Natürliches. Ich weiß sehr wohl, daß Walter Hudd nicht der Mann ist, an den wir dachten, wenn wir uns Gina als verheiratet vorstellten. Normalerweise würde sie ihm nie begegnet sein. Aber sie begegnete ihm und verliebte sich in ihn – und vermutlich weiß sie selber am besten, was sie tut.»
«Wahrscheinlich weiß sie es», sagte Miss Marple.
«Aber es ist sehr wichtig, daß Gina glücklich ist.»
Miss Marple blickte ihre Freundin fragend an.
«Ich vermute, es ist für jedermann wichtig, daß er glücklich ist.»
«O ja. Aber Gina ist ein Sonderfall. Als wir ihre Mutter – als wir Pippa zu uns nahmen, waren wir uns darüber klar, daß es ein Experiment war, das unbedingt gelingen mußte. Weißt du, Ginas Mutter –»
Carrie Louise brach ab.
Miss Marple sagte:
«Wer war Ginas Mutter?»
Carrie Louise antwortete: «Eric und ich machten miteinander aus, daß wir es niemals verraten würden. Gina selber hat es nie erfahren.»
«Ich wüßte es gern», sagte Miss Marple.
Carrie Louise blickte sie zweifelnd an.
«Es ist nicht bloße Neugierde», sagte Miss Marple. «Ich – nun

ja — ich *muß* es wissen. Glaube mir: ich kann den Mund halten.»

«Du hast stets ein Geheimnis bewahren können, Jane», sagte Carrie Louise mit einem Lächeln der Erinnerung. «Dr. Galbraith — er ist jetzt Bischof von Cromer — weiß es. Aber sonst niemand. Pippas Mutter war eine gewisse Katherine Elsworth.»

«Elsworth? War das nicht die Frau, die ihren Mann mit Arsenik vergiftete? Ein sehr berühmter Fall.»

«Ja.»

«Sie wurde gehängt?»

«Ja. Aber laß dir sagen: es ist keineswegs sicher, daß sie wirklich schuldig war. Ihr Mann war arseniksüchtig. Damals verstand man sich noch wenig auf diese Dinge.»

«Sie weichte Fliegenpapier auf.»

«Wir hielten immer dafür, die Zeugenaussage des Dienstmädchens sei Böswilligkeit gewesen.»

«Und Pippa war ihre Tochter?»

«Ja. Eric und ich beschlossen, dem Kinde die Möglichkeit zu einem neuen Start im Leben zu geben. Sie sollte die Liebe und die Vorsorglichkeit finden, deren ein Kind bedarf. Und es gelang. Pippa wurde — nun eben: Pippa! Das süßeste, glücklichste Geschöpf, das man sich denken kann.»

Miss Marple schwieg lange Zeit.

Carrie Louise wandte sich vom Frisiertisch ab.

«Ich bin jetzt bereit. Vielleicht bittest du den Inspektor — oder was er ist — er möchte in mein Wohnzimmer kommen. Ich denke, es wird ihm recht sein.»

Es war Inspektor Curry recht. Mehr: er begrüßte die Gelegenheit, Mrs. Serrocold in ihrer gewohnten Umgebung zu sehen. Während er auf sie wartete, blickte er sich neugierig um. Dieser Raum entsprach nicht dem, was er sich unter dem «Boudoir einer reichen Dame» vorstellte.

Das Zimmer enthielt eine altmodisch aussehende Couch und ein paar unbequeme Stühle in Viktorianischem Stil. Die Bezüge waren alt und verblichen, hatten aber ein gefälliges Muster. Es war einer der kleineren Räume des Hauses, doch immer noch erheblich größer als die Wohnzimmer der meisten modernen Häuser. Mit seinen vielen gerahmten Fotografien und den kleinen Tischchen mit allerlei Kleinkram machte das «Boudoir» dennoch einen ganz gemütlichen Eindruck. Curry betrachtete eine alte Momentaufnahme von zwei kleinen Mädchen: das eine dunkelhaarig und voller Leben, das andere unansehnlich und mit einem säuerlichen Gesicht unter einer schweren Ponyfrisur. Diesen selben Ausdruck hatte er am Vormittag gesehen. «Pippa und Mildred» stand unter der Fotografie geschrieben. An der Wand hing eine Fotografie von Eric Gulbrandsen in einem schweren Ebenholzrahmen. Curry hatte gerade die Fotografie eines gut aussehenden Mannes mit lachenden Augen – wahrscheinlich handelte es sich um John Restarick – entdeckt und schickte sich an, sie sich etwas näher anzusehen, als die Tür sich öffnete und Mrs. Serrocold eintrat.

Sie trug ein schwarzes Kleid. Ihr rosig-weißes Gesicht unter der Krone silbrigen Haares sah ungewöhnlich klein aus, und ihre ganze Erscheinung hatte etwas so Gebrechliches an sich, daß es Inspektor Curry ans Herz griff. Er verstand urplötzlich manches, was ihn bisher einigermaßen in Erstaunen versetzt hatte. Er begriff, warum die anderen so ängstlich darauf bedacht waren, Caroline Louise Serrocold alles zu ersparen, was man ihr irgend ersparen konnte.

Sie begrüßte ihn, bat ihn, Platz zu nehmen und setzte sich ihm gegenüber. Er begann ihr Fragen zu stellen, und sie beantwortete sie bereitwillig und ohne Zögern. Die Lichtstörung, die Auseinandersetzung zwischen ihrem Gatten und Edgar Lawson, der Schuß, den sie gehört hatten ...

«Hatten Sie nicht den Eindruck, daß der Schuß im Hause selber gefallen war?»

«Nein. Mir schien, der Knall käme von draußen. Ich dachte, es sei vielleicht ein Auto ...»

«Haben Sie während der Auseinandersetzung zwischen Mr. Serrocold und dem jungen Lawson jemand die Halle verlassen sehen?»

«Walter Hudd ging hinaus, um die Lichtstörung zu beheben. Kurz darauf verließ Miss Bellever die Halle, um etwas zu holen, ich weiß nicht mehr was.»

«Verließ sonst noch jemand die Halle?»

«Niemand, soviel ich weiß.»

«Würden Sie es wissen, gnädige Frau?»

Sie überlegte einen Augenblick.
«Nein, ich glaube nicht, daß ich es wissen würde.»
«Ihre Aufmerksamkeit war wohl völlig von den Vorgängen im Arbeitszimmer in Anspruch genommen?»
«Ja.»
«Und Sie fürchteten, es könne etwas passieren?»
«Nein — nein, das nicht. Ich dachte nicht, es würde wirklich etwas passieren.»
«Aber Lawson hatte doch einen Revolver?»
«Ja.»
«Und er bedrohte Ihren Gemahl damit?»
«Ja. Aber er meinte es nicht ernst.»
Inspektor Curry war leicht verzweifelt, als er wieder einmal dieses Argument hören mußte.
«Dessen können Sie doch unmöglich sicher gewesen sein.»
«Doch. Ich war sicher. Edgar ist ja noch ein halber Junge. Er spielte sich auf, wurde melodramatisch, fühlte sich als Desperado, aber er dachte nicht daran, auf meinen Mann zu schießen.»
«Aber er schoß doch, gnädige Frau!»
Carrie Louise lächelte. «Ich denke, der Revolver ging von selber los. Es war der reine Zufall.»
Inspektor Curry hatte Mühe, sich zu beherrschen.
«Es war kein Zufall», sagte er ärgerlich. «Lawson schoß zweimal. Und er schoß auf Ihren Gemahl. Die Kugeln verfehlten ihn, hätten ihn aber ebensogut treffen können. Die Löcher in der Wand beweisen es.»
Carrie Louise schien sich zu wundern.
«Ich kann es wirklich nicht glauben», sagte sie ernst. «Natürlich», beeilte sie sich zu versichern, «habe ich zu glauben, was Sie mir sagen. Aber ich denke, es muß dafür eine einfache Erklärung geben. Vielleicht kann Dr. Maverick es mir erklären.»
«O ja», sagte Inspektor Curry grimmig. «Dr. Maverick wird schon eine Erklärung wissen. Dr. Maverick kann alles erklären. Daran zweifle ich nicht.»
Überraschenderweise nahm Mrs. Serrocold das Wort:
«Ich weiß, daß viel von dem, was wir hier treiben, Ihnen närrisch und sinnlos erscheint. Ich weiß auch, daß Psychiater einem manchmal etwas auf die Nerven fallen können. Tatsache aber

ist, daß wir Erfolge erzielen. Gewiß haben wir Fehlschläge zu verzeichnen, aber wir haben auch Erfolge aufzuweisen. Und was wir hier versuchen, ist eines Versuches wert. Wenn Sie es vielleicht auch nicht glauben werden: Edgar ist meinem Mann unbedingt treu ergeben. Er wurde so aufgeregt und kam mit der albernen Behauptung, mein Mann sei sein Vater, weil er sich einen Vater wünscht, der Lewis gleicht. Was ich nur nicht verstehen kann, ist, weshalb er plötzlich gewalttätig geworden sein sollte. Er hatte sich schon so gebessert, schien wieder ganz normal zu sein. Ich selber habe ihn freilich *immer* für ganz normal gehalten.»

Der Inspektor ging auf diesen Punkt nicht ein. Er sagte:

«Der Revolver, den Lawson in Händen hatte, gehört dem Mann ihrer Enkeltochter. Wahrscheinlich hat Lawson ihn aus Mr. Hudds Zimmer entwendet. Und nun sagen Sie: haben Sie diese Waffe jemals gesehen?»

Auf seiner Handfläche lag eine kleine automatische Pistole.

Carrie Louise betrachtete sie.

«Nein, ich glaube nicht.»

«Ich fand sie in dem Klaviersessel. Es ist kürzlich daraus ein Schuß abgegeben worden. Wir hatten noch keine Zeit, diese Frage endgültig zu klären, aber ich bin überzeugt, daß es die Waffe ist, mit der Mr. Gulbrandsen erschossen wurde.»

«Und Sie fanden sie in dem Klaviersessel?» fragte Carrie Louise verwundert.

«Ja. Unter einigen sehr alten Noten. Es sind Noten, die wahrscheinlich seit Jahren nicht gespielt wurden.»

«Er war dort also versteckt?»

«Ja. Erinnern Sie sich, wer gestern am Flügel gesessen hat?»

«Stephen Restarick.»

«Spielte er?»

«Ja. Sehr leise. Eine merkwürdig melancholische Melodie.»

«Wann hörte er auf zu spielen, Mrs. Serrocold?»

«Wann er aufhörte? Das weiß ich nicht.»

«Aber er hörte auf? Er spielte nicht immer weiter, während es im Arbeitszimmer zu dem Auftritt kam?»

«Nein. Die Musik war schließlich verstummt.»

«Stand er vom Klavierstuhl auf?»

«Das weiß ich nicht. Ich habe keine Ahnung, was er tat, bis er

an die Tür zum Arbeitszimmer kam, wo wir anderen versammelt waren und einen Schlüssel ausprobierten.»
«Können Sie sich einen Grund denken, weshalb Stephen Restarick Mr. Gulbrandsen erschossen haben könnte?»
«Nein. Und ich glaube auch nicht, daß er es tat.»
«Vielleicht hat Mr. Gulbrandsen etwas in Erfahrung gebracht, was für Stephen Restarick höchst ungünstig war?»
«Das klingt sehr unwahrscheinlich.»

Als Carrie Louise die breite Treppe herunterkam, trafen am Fuße der Treppe drei Personen zusammen, die aus verschiedenen Richtungen kamen: Gina kam durch den langen Korridor gegangen, Miss Marple kam aus der Bibliothek und Juliet Bellever aus der großen Halle.
Gina sprach zuerst.
«Liebe!» rief sie leidenschaftlich. «Fühlst du dich gut? Haben sie dich tyrannisiert oder gefoltert?»
«Natürlich nicht, Gina. Auf was alles du auch kommst! Inspektor Curry war sehr liebenswürdig und rücksichtsvoll.»
«Das wird sich auch wohl so gehören!» meinte Juliet Bellever. «Hier, Cara, sind Ihre Briefe und ein Paket. Ich wollte alles hinaufbringen.»
«Bringen Sie sie in die Bibliothek», sagte Carrie Louise.
Miss Bellever ging voran, die andern drei Frauen folgten ihr. Carrie Louise begann sofort, die Briefe zu öffnen. Es waren über zwei Dutzend. Als sie sie geöffnet hatte, reichte sie diese Miss Bellever, die sie sortierte und auf drei Haufen verteilte.
«Es sind drei Kategorien», erklärte Miss Bellever Miss Marple. «Die einen kommen von Angehörigen der Jungen. Die bekommt Dr. Maverick. Bittbriefe beantworte ich selber. Die übrigen sind persönlicher Art. Cara gibt mir an, was damit geschehen soll.»
Jetzt wandte Mrs. Serrocold ihre Aufmerksamkeit dem Paket zu. Sie zerschnitt den Bindfaden, mit dem es verschnürt war. Als sie das Papier entfernt hatte, kam eine Luxuspackung Pralinen zum Vorschein.
«Jemand muß glauben, ich hätte Geburtstag», sagte Mrs. Serrocold lächelnd, während sie das mit einer großen Schleife versehene Seidenband entfernte.

Sie öffnete die Schachtel und nahm die Visitenkarte heraus, die in ihr lag. Sie machte ein verwundertes Gesicht.
«Von Alex», sagte sie. «Wie merkwürdig von ihm, mir an demselben Tage, an dem er herfuhr, Pralinen mit der Post zu schicken.»
Miss Marple wurde unruhig.
Sie sagte schnell:
«Warte eine Minute, Carrie Louise! Iß nichts davon!»
Mrs. Serrocold blickte sie verständnislos an.
«Ich wollte sie herumgehen lassen», sagte sie.
«Bitte nicht!» sagte Miss Marple. «Ist Alex im Hause, Gina?»
Gina antwortete schnell: «Ich glaube, Alex war eben noch in der Halle.» Sie öffnete die Tür und rief ihn.
Alex Restarick erschien sofort. Er ging zu Mrs. Serrocold und küßte sie auf beide Wangen.
Miss Marple sagte:
«Carrie Louise möchte Ihnen für die Pralinen danken.»
Alex machte ein verwundertes Gesicht.
«Was für Pralinen?»
«Diese hier», sagte Carrie Louise.
«Ich habe dir doch gar keine Pralinen geschickt!» sagte er.
«In der Schachtel lag deine Visitenkarte», meinte Gina.
Alex blickte auf die Karte.
«Ja, das ist meine Karte! Wie seltsam! Aber wirklich: ich habe diese Pralinen nicht geschickt!»
«Hat man je so etwas gehört?» rief Miss Bellever.
«Sie sehen einfach fabelhaft aus», sagte Gina, in die Schachtel blickend. «Sieh, Großchen! Die da in der Mitte sind deine Lieblingspralinen mit Kirschfüllung!»
Miss Marple nahm ihr die Schachtel höflich, aber mit einem festen Griff aus der Hand. Ohne ein Wort zu sagen, verließ sie die Bibliothek und ging Mr. Serrocold suchen. Das dauerte eine Weile, weil er in das Institut gegangen war. Sie fand ihn schließlich bei Dr. Maverick. Sie stellte die Schachtel vor ihn auf den Tisch und erklärte, worum es sich handele. Sein Gesicht wurde hart.
Vorsichtig nahmen er und Dr. Maverick eine Praline nach der andern aus der Schachtel und untersuchten sie.
«Ich denke, diese hier, die ich beiseitegelegt habe, sind ver-

dächtig. Die Schokoladenschicht auf der Unterseite ist ungleichmäßig. Sie müssen analysiert werden.»
«Es scheint unglaubhaft», sagte Miss Marple. «Jeder hier im Hause hätte vergiftet werden können. Denn Sie nehmen doch an, daß die Pralinen, die Sie verdächtig finden, vergiftet sind?»
Mr. Serrocold nickte. Sein Gesicht war ganz weiß.
«Wenn sich bei der Analyse herausstellt, daß Ihre Vermutung zutrifft, dann muß Carrie Louise sofort aufgeklärt werden, damit sie auf ihrer Hut ist.»
«Ja», sagte Mr. Serrocold mit tiefen Falten auf der Stirn. «Sie wird erfahren müssen, daß jemand ihr nach dem Leben trachtet. Sie wird es nicht glauben wollen.»

## 16

«Sagen Sie, Miss, ist es wahr, daß ein abscheulicher Giftmischer am Werk ist?»
Gina strich ihr Haar aus der Stirn und sprang auf, als das heisere Flüstern ihr Ohr erreichte. Auf ihren Wangen war Farbe, und auch ihre weiten Arbeitshosen waren mit Farbe bespritzt. Sie war mit ihren Helfern beschäftigt gewesen, den Hintergrund mit dem Nil bei Sonnenuntergang für ihre nächste Aufführung zu malen.
Einer dieser Helfer richtete jetzt flüsternd diese Frage an sie. Es war Ernie, der junge Mensch, der ihr so wertvolle Winke gegeben hatte, wie man mit Schlössern fertig wird. Ernies Finger waren ebenso geschickt bei der Herstellung von Bühnenrequisiten. Er war einer ihrer begeistertsten Helfer.
Seine Augen glänzten neugierig.
«Wer, um alles, hat Ihnen das in den Kopf gesetzt?» fragte Gina empört.
Ernie schloß ein Auge.
«Man spricht überall in den Schlafsälen davon», sagte er. «Aber hören Sie, Miss, von *uns* war es keiner. So was machen wir nicht. Und niemand würde Mrs. Serrocold ein Leid antun. Auch Jenkins nicht. Es wäre was anderes, wenn es sich um die alte Hexe handelte.»
«Sprechen Sie nicht so von Miss Bellever!»

«Entschuldigen Sie, Miss. Es ist mir 'rausgerutscht. Was für'n Gift ist es? Zyankali?»
«Ich weiß nicht, wovon Sie sprechen, Ernie.»
Ernie blinzelte ihr wieder zu.
«Möchte wetten, Sie verstehen mich ganz genau. Sie sagen, es sei Mr. Alex gewesen. Hat vergiftete Pralinen aus London mitgebracht. Aber das ist eine Lüge. Mr. Alex würde so etwas nicht tun, oder?»
«Natürlich nicht», sagte Gina. «Nehmen Sie das Terpentin da weg! Es ist im Wege.»
Ernie gehorchte. Dabei murmelte er:
«Ist hier allerlei los. Gestern der alte Gulbrandsen erschossen und jetzt ein hinterhältiger Giftmischer. Glauben Sie, es war beide Male derselbe? Was würden Sie sagen, Miss, wenn ich Ihnen erzählte, daß ich weiß, wer den alten Gulbrandsen gekillt hat?»
«Sie können unmöglich etwas davon wissen.»
«Glauben Sie? Angenommen, ich war die letzte Nacht draußen und habe was gesehen?»
«Wie hätten Sie draußen sein können? Die Ausgänge des Instituts werden nach dem Appell um sieben Uhr verschlossen.»
«Pah! Appell! Ich kann 'raus, wann ich will, Miss. Schlösser bedeuten nichts für mich. Ich spaziere draußen herum, wenn es mir Spaß macht.»
Gina sagte:
«Warum lügen Sie so, Ernie?»
«Wer lügt?»
«Sie. Sie erzählen Lügengeschichten und rühmen sich, etwas gesehen zu haben, während Sie in Wahrheit gar nicht ‹draußen› waren.»
«Das sagen *Sie*, Miss. Warten Sie, bis die Polente kommt und mich fragt, was ich gestern abend gesehen habe.»
«Was haben Sie denn gesehen?»
«Das möchten Sie wohl gern wissen?» sagte Ernie.
Gina machte eine drohende Gebärde und Ernie trat schleunigst den Rückzug an.
Stephen kam von der andern Seite des Theaters, um mit Gina einige technische Fragen zu besprechen. Sie gingen zusammen nach dem Hause.

«Sie scheinen alle das von Großchen und den Pralinen zu wissen», sagte Gina. «Ich meine, die Jungens in dem Institut. Wie kriegen sie so etwas raus?»
«Flüsterpropaganda», erwiderte Stephen, die Achseln zuckend.
«Sie wissen auch von Alex' Visitenkarte. Findest du nicht auch, Stephen, daß es sehr dumm war, Alex' Karte in die Schachtel zu legen, wo er doch selber herkam?»
«Ja. Aber wer wußte, daß er herkommen wollte? Er entschloß sich erst im letzten Augenblick und telegraphierte. Wahrscheinlich war da das Päckchen schon zur Post gegeben. Und wenn er nicht hergekommen wäre, dann wäre es gar nicht so dumm gewesen, seine Visitenkarte beizulegen. Er schickt nämlich Caroline manchmal Pralinen.»
Er fuhr langsam fort:
«Was ich einfach nicht verstehen kann –.»
«... ist, warum jemand Großchen vergiften will», unterbrach ihn Gina. «Ja. Es ist unfaßbar! Sie ist doch so lieb – und jedermann betet sie an.»
Stephen antwortete nicht. Gina blickte ihn scharf an.
«Ich weiß, was du denkst, Stephen.»
«Wirklich?»
«Du denkst, Walter Hudd betet Großchen nicht an. Aber er wäre nie imstande, jemand zu vergiften. Dieser Gedanke ist einfach lächerlich.»
«Das treue Weib!»
«Sage das nicht in einem so spöttischen Ton.»
«Ich wollte nicht spotten. Ich bin überzeugt, du bist wirklich treu. Ich bewundere dich deshalb. Aber, liebe Gina, es kann doch nicht mehr lange so bleiben.»
«Was meinst du, Stephen?»
«Du weißt ganz genau, was ich meine. Ihr paßt nicht zusammen, du und Walter. Es geht einfach nicht mit euch. Er weiß das auch. Eines Tages, vielleicht schon bald, werdet ihr auseinandergehen. Ihr werdet dann beide viel glücklicher sein.»
Gina sagte:
«Sprich nicht so idiotisch!»
Stephen lachte.
«Sei doch mal ehrlich! Du wirst doch nicht behaupten wollen, ihr paßtet zueinander! Oder Walter wäre hier glücklich.»

«Ich weiß nicht, was mit ihm los ist», sagte Gina. «Er mault die ganze Zeit schon. Selten, daß er einmal ein Wort sagt. Ich weiß nicht, was ich mit ihm machen soll. Warum kann er hier nicht vergnügt sein? Wir hatten es doch so schön miteinander. Wir fanden alles lustig. Und jetzt ist er wie völlig verwandelt. Wie kommt es, daß Menschen sich so verändern?»
«Verändere ich mich auch?»
«Nein, lieber Stephen. Du bist immer derselbe. Erinnerst du dich noch, wie ich dir in den Ferien nachzulaufen pflegte?»
«Und wie lästig ich dich manchmal fand — dieses gräßliche kleine Ding, die Gina. Jetzt ist es umgekehrt. Jetzt hast du mich da, wo du mich haben wolltest. Stimmt es nicht, Gina?»
Gina sagte schnell:
«Dummkopf!» Und sie fuhr gleich darauf fort: «Glaubst du, Ernie log? Er behauptete, er sei gestern abend im Nebel draußen herumgestreift. Und er will etwas von dem Mord gesehen haben. Glaubst du, es könnte wahr sein?»
«Wahr? Natürlich nicht. Du weißt ja, wie er sich wichtig macht. Er nimmt ja immer den Mund sehr voll.»
«Ja, ich weiß. Aber ich frage mich doch —»
Sie gingen weiter, ohne noch etwas zu sagen.

«Also hier ungefähr haben Sie Ihren Wagen angehalten?» fragte Inspektor Curry.
Alex Restarick trat einen Schritt zurück und schien zu überlegen.
«Ja, so ungefähr», sagte er. «Es ist schwierig, etwas Genaueres zu sagen, weil wir Nebel hatten. Aber ich glaube wohl, daß dies die Stelle war.»
Inspektor Curry warf einen Blick in die Runde.
Der mit Kies bedeckte Fahrweg beschrieb eine flache Kurve. Wo er um ein Rhododendrongebüsch herumbog, wurde plötzlich das Haus mit seiner Terrasse, den Buchsbaumhecken und den Stufen, die nach den Rasenflächen führten, sichtbar. Dann beschrieb der Fahrweg einen Bogen um eine Baumgruppe und endete auf der Ostseite des Hauses.
«Dodgett!» sagte Inspektor Curry.
Polizeisergeant Dodgett, der sich bereit gehalten hatte, setzte sich, wie von einer Federkraft geschnellt, in Bewegung. Er

stürmte über den Rasen in diagonaler Richtung nach dem Hause, erreichte die Terrasse und drang durch die Seitentür ins Haus. Kurz darauf wurden die Vorhänge an einem der Fenster heftig bewegt. Dann kam Sergeant Dodgett wieder zum Vorschein und rannte zu den anderen zurück. Er schnaufte wie eine Lokomotive.

«Zwei Minuten und zweiundvierzig Sekunden», sagte Inspektor Curry, der mit seiner Stoppuhr die Zeit genommen hatte. «So etwas braucht gar nicht viel Zeit, finden Sie nicht auch?»

Sein Ton war liebenswürdig.

«Ich renne nicht so schnell wie Ihr Sergeant», sagte Alex. «Denn ich nehme an, Sie haben die Zeit gemessen, die ich angeblich gebraucht habe.»

«Ich stelle nur fest, daß Sie die Gelegenheit hatten, einen Mord zu begehen. Das ist alles, Mr. Restarick. Ich erhebe keine Anklage. Noch nicht.»

Alex Restarick sagte freundlich zu Sergeant Dodgett, der noch immer keuchte:

«Ich kann nicht so schnell rennen wie Sie, aber ich glaube, ich bin in besserer Form.»

«Ich hatte letzten Winter Bronchitis», erklärte Dodgett.

Alex wandte sich wieder an den Inspektor.

«Wenn Sie sich bemühen, mich nervös zu machen, um meine Reaktion zu studieren, vergessen Sie nicht, daß wir Künstler sehr empfindlich sind!» Seine Stimme klang spöttisch. «Im Ernst: Sie können doch nicht wirklich glauben, ich hätte mit diesen Dingen etwas zu tun? Trauen Sie mir etwa zu, ich würde eine Schachtel mit vergifteten Pralinen an Mrs. Serrocold schikken und meine Visitenkarte beilegen?»

«Das sollen wir vielleicht denken. Es gibt so etwas wie einen doppelten Bluff, Mr. Restarick.»

«Ich verstehe. Wie scharfsinnig Sie doch sind! Nebenbei: waren die Pralinen wirklich vergiftet?»

«Die sechs Pralinen mit Kirschgeschmack von der oberen Schicht waren es. Sie enthielten Akonitin.»

«Das ist nicht eines meiner Lieblingsgifte, Herr Inspektor. Ich persönlich habe eine Schwäche für Kurare.»

«Kurare muß in den Blutstrom eingeführt werden, Mr. Restarick, nicht in den Magen.»

«Was die Polizei alles weiß!» sagte Alex voller Bewunderung. Inspektor Curry blickte den jungen Mann von der Seite an. Er betrachtete die etwas spitzen Ohren, den unenglischen, mongolischen Gesichtstyp und die boshaft und spöttisch funkelnden Augen. Es war schwer zu erraten, was Alex Restarick eigentlich dachte.

Ein Aufschneider mit einem gescheiten Kopf war dieser Alex Restarick wohl. Klüger als sein Bruder. Seine Mutter sollte eine Russin gewesen sein. Wenn Curry das Wort «Russe» hörte, sah er rot. Alles, was mit Rußland zu tun hatte, war seiner Meinung nach schlecht, und wenn Alex Restarick Gulbrandsen ermordet hätte, dann wäre er höchst befriedigt gewesen. Unglücklicherweise war Curry indessen keineswegs davon überzeugt, daß Alex wirklich der Mörder war.

Sergeant Dodgett, der inzwischen zu Atem gekommen war, sprach jetzt:

«Ich habe die Vorhänge bewegt, wie Sie es gewünscht haben, Sir», sagte er. «Und ich habe bis dreißig gezählt. Es fiel mir auf, daß bei den Vorhängen oben ein Haken abgerissen ist. Das bedeutet, daß man durch die Spalte das Licht im Zimmer von draußen sehen kann.»

Inspektor Curry sagte zu Alex:

«Haben Sie bemerkt, daß aus jenem Fenster gestern abend Lichtschein drang?»

«Ich konnte das Haus überhaupt nicht sehen. Ich sagte Ihnen doch schon, wir hatten Nebel.»

«Der Nebel ist aber ungleichmäßig. Manchmal hellt er sich vorübergehend hier und da etwas auf.»

«Er hellte sich nie genügend auf, daß ich das Haus hätte sehen können. Das Gebäude nebenan dagegen trat etwas hervor. Es sah wundervoll unwirklich aus. Man hatte völlig den Eindruck, als wäre es ein Warenspeicher am Hafen. Wie ich Ihnen schon sagte, bereite ich ein neues Ausstattungsstück vor und –»

«Ja, das haben Sie mir erzählt», bestätigte Inspektor Curry.

«Sie müssen wissen, daß man die Gewohnheit annimmt, die Dinge vom Gesichtspunkt eines Bühnenbildes aus anzusehen. Und nicht von dem Gesichtspunkt der Wirklichkeit aus.»

«Schon möglich. Aber auch ein Bühnenbild ist doch etwas Wirkliches, nicht wahr, Mr. Restarick?»

«Ich verstehe Sie nicht ganz, Herr Inspektor.»
«Ich meine, es ist doch aus wirklichem Material hergestellt – aus einer besonderen Art Leinwand, aus Holz, Pappe und Farbe. Die Täuschung liegt im Auge des Betrachters, nicht im Bühnenbild selbst. Das bedeutet, daß es etwas Wirkliches ist. Es ist hinter der Szene genauso wirklich wie vom Zuschauerraum aus.»
Alex starrte ihn an. «Wissen Sie, Herr Inspektor», sagte er, «das ist eine sehr scharfsinnige Bemerkung. Sie bringen mich auf einen Gedanken.»
«Für ein neues Ausstattungsstück?»
«Nein, nicht für ein neues Ausstattungsstück ... Großer Gott! Sind wir alle vielleicht etwas dumm gewesen?»

Der Inspektor und Sergeant Dodgett gingen über die Rasenfläche nach dem Hause. Alex glaubte, sie suchten nach Fußspuren. Aber darin irrte er sich. Sie hatten schon sehr früh am Morgen nach Fußspuren gesucht, aber nicht den geringsten Erfolg gehabt, weil es in der Nacht stark geregnet hatte. Alex ging langsam den Fahrweg hinunter und sann den Möglichkeiten seines neuen Gedankens nach.
Er wurde indessen aus seinem Sinnen herausgerissen, als er Gina am Seeufer erblickte. Das Haus lag auf einer kleinen Anhöhe, und das Gelände senkte sich leicht nach dem See. Alex eilte zu ihr hin.
«Wenn man diese Ungeheuerlichkeit von einem Haus fortlassen könnte, würde es ein sehr gutes Bühnenbild geben», sagte er, als er bei ihr angelangt war. «Dies wäre dann ein vortrefflicher Schwanensee, und du, Gina, wärest die Schwanenjungfrau. Du gleichst aber mehr der Schneekönigin, wenn ich es recht überlege. Erbarmungslos, stets darauf bedacht, den eigenen Willen durchzusetzen, ganz frei von Sanftmut und ohne eine Spur von Mitleid. Du bist sehr, sehr feminin, liebe Gina.»
«Wie boshaft du bist, Alex!»
«Weil ich mich weigere, mich von dir täuschen zu lassen? Du bist sehr mit dir selbst zufrieden. Habe ich nicht recht, Gina? Du hast uns alle da, wo du uns haben möchtest. Mich, Stephen, und deinen braven, arglosen Mann.»
«Du redest Unsinn.»

«O nein. Durchaus nicht. Stephen ist in dich verliebt, ich bin in dich verliebt, und Walter ist unsagbar unglücklich. Was mehr könnte eine Frau sich wünschen?»
Gina blickte ihn an und lachte.
Alex nickte heftig.
«Wie ich sehe, besitzt du wenigstens eine Spur von Aufrichtigkeit. Darüber freue ich mich. Du machst dir nicht die Mühe, zu behaupten, du übtest keine Anziehungskraft auf Männer aus, und es täte dir furchtbar leid, wenn sie sich zu dir hingezogen fühlten. O nein! Du freust dich, wenn sich Männer in dich verlieben — selbst der unselige kleine Edgar Lawson! Habe ich nicht recht, grausame Gina?»
Gina blickte ihn fest an.
Sie sagte ernst:
«Es dauert nicht sehr lange, weißt du. Die Frauen haben es viel schwerer in dieser Welt, als die Männer. Sie sind verwundbarer. Sie bekommen Kinder, und sie hängen schrecklich an diesen Kindern. Sobald sie ihr schönes Aussehen verlieren, hören die Männer, die sie lieben, auf, in sie verliebt zu sein. Sie werden betrogen und verlassen und beiseitegeschoben. Ich tadle die Männer nicht. Ich würde genauso sein. Auch ich liebe keine Menschen, die alt sind oder häßlich oder krank, oder die über ihre Leiden jammern oder lächerlich sind wie Edgar, der herumstolziert und sich einbildet, er sei wichtig und spiele eine Rolle. Du sagst, ich bin grausam? Es ist eine grausame Welt! Früher oder später wird sie auch zu mir grausam sein. Aber jetzt bin ich jung und sehe hübsch aus, und die Leute finden mich anziehend.» Sie entblößte ihre Zähne in einem eigentümlich warmen, sonnigen Lächeln. «Ja, ich genieße das, Alex. Warum sollte ich auch nicht?»
«Ja, warum nicht?» sagte Alex. «Aber was ich wissen möchte, ist, was du zu tun gedenkst. Wirst du Stephen heiraten? Oder heiratest du mich?»
«Ich bin mit Walter verheiratet.»
«Zeitweilig. Jede Frau sollte das Recht haben, sich einmal in der Ehe zu irren. Aber es liegt kein Grund vor, weshalb sie in ihrem Irrtum beharren sollte.»
«Möchtest du mich wirklich heiraten? Ich kann dich mir als verheiratet nicht vorstellen.»

«Ich bestehe auf der Heirat. Liebesaffären habe ich immer sehr altmodisch gefunden. Man hat da Schwierigkeiten mit den Pässen, mit den Hotels und so weiter. Ich werde mir nie eine Mätresse anschaffen – es sei denn, das ist die einzige Möglichkeit, sie zu bekommen.»
Ginas Lachen klang frisch und hell.
«Du machst mir Spaß, Alex.»
«Das ist mein Hauptaktivposten. Stephen sieht viel besser aus als ich. Er ist sehr hübsch und sehr leidenschaftlich, was die Frauen natürlich lieben. Aber Leidenschaftlichkeit in der Ehe ist ermüdend. Mit mir zusammen, wirst du das Leben unterhaltsam finden, Gina.»
«Willst du nicht sagen, du seiest wahnsinnig in mich verliebt?»
«Wie wahr das auch sein mag, so werde ich es doch sicherlich nicht sagen. Nein, ich bin nur zu einem bereit: dir ganz nüchtern und sachlich einen Heiratsantrag zu machen.»
«Ich werde mir das überlegen müssen», sagte Gina lächelnd.
«Natürlich. Und natürlich müssen wir auch zuerst dafür sorgen, daß Walter aus seinem Elend herauskommt. Ich habe sehr viel Sympathie für ihn. Es muß die reine Hölle für ihn sein, daß er mit dir verheiratet ist und von dir in diese schwere Familienatmosphäre voller Philanthropie hineingeschleift wurde.»
«Was bist du doch für ein Biest, Alex!»
«Ein Biest, das Augen im Kopf hat.»
«Manchmal», sagte Gina, «denke ich, Walter fragt nicht die Spur nach mir. Er beachtet mich kaum.»
«Du hast ihn mit einem Stock angestachelt, und er reagiert nicht darauf? Äußerst verdrießlich!»
Blitzschnell erhob Gina die Hand und versetzte Alex eine schallende Ohrfeige.
«Touché!» rief Alex.
Mit einer schnellen, geschickten Bewegung schloß er sie in seine Arme, und ehe sie sich wehren konnte, preßte er seine Lippen auf ihre zu einem langen, brennenden Kuß. Sie sträubte sich einen Augenblick und ergab sich dann . . .
«Gina!»
Sie fuhren auseinander. Mildred Strete stand mit feuerrotem Gesicht und zitternden Lippen vor ihnen und betrachtete sie unheilvoll. Sie war vor Entrüstung kaum imstande zu sprechen.

«Empörend ... ekelhaft ... du verworfenes, abscheuliches Mädchen ... Du bist genau wie deine Mutter. Ihr seid ein Gesindel ... Ich habe das immer gewußt. Ganz entartet ... Und du bist nicht nur eine Ehebrecherin – du bist auch eine Mörderin. O ja, das bist du. Ich weiß, was ich weiß!»

«Und was weißt du? Mache dich nicht lächerlich, Tante Mildred!»

«Ich bin nicht deine Tante, Gott sei Dank. Keine Blutsverwandtschaft zwischen uns. Du weißt ja nicht einmal, wer deine Mutter war, oder woher sie kam. Aber du weißt sehr genau, wer mein Vater war und wer meine Mutter ist. Was für ein Kind, glaubst du wohl, haben sie zum Adoptieren gewählt? Höchstwahrscheinlich das Kind eines Verbrechers oder einer Prostituierten. So waren sie immer. Sie hätten aber daran denken sollen, daß schlechtes Blut sich verrät. Das italienische Blut in dir hat dich zum Gift greifen lassen.»

«Wie kannst du es wagen, das zu sagen!»

«Ich sage, was mir paßt. Du kannst doch nicht leugnen, daß jemand versucht hat, Mutter zu vergiften, oder? Und auf wen muß der Verdacht in erster Linie fallen? Wer hat ein riesiges Vermögen zu erwarten, wenn Mutter stirbt? Du, Gina! Und du kannst sicher sein, daß diese Tatsache der Polizei nicht entgangen ist.»

Noch immer am ganzen Leibe zitternd, entfernte Mildred sich mit schnellen Schritten.

«Pathologisch!» sagte Alex. «Ganz entschieden pathologisch! Wirklich sehr interessant. Ob der verstorbene Kanonikus Strete wohl ...? ... Vielleicht religiöse Hemmungen ...? ... Oder etwa impotent ...?»

«Werde nicht geschmacklos, Alex! Oh, wie ich sie hasse. Wie ich sie hasse!»

Gina schüttelte die geballten Fäuste.

«Ein Glück, daß du nicht ein Messer in deinem Strumpf hattest», sagte Alex. «Sonst hätte die gute Mrs. Strete den Mord vom Gesichtspunkt des Opfers aus kennenlernen können. Beruhige dich, Gina! Du siehst so melodramatisch aus. Wir führen doch nicht eine italienische Oper auf.»

«Wie kann sie es nur wagen, zu behaupten, ich hätte den Versuch gemacht, Großchen zu vergiften?»

«Nun, Liebling, irgend jemand hat diesen Versuch doch gemacht. Und ein Motiv hättest du ja, nicht wahr?»
«Alex!» Gina starrte ihn bestürzt an.
«Glaubt das etwa die Polizei?»
«Es ist äußerst schwierig, zu wissen, was die Polizei glaubt und was sie nicht glaubt. Diese Herren verstehen es ausgezeichnet, ihre Gedanken für sich zu behalten. Und sie sind nicht dumm, sage ich dir. Da fällt mir ein –»
«Wohin gehst du?»
«Ich will einen Gedanken ausarbeiten, der mir eben gekommen ist.»

## 17

«Du sagst, jemand habe mich vergiften wollen?»
Carrie Louises Stimme klang verwirrt und ungläubig.
«Weißt du», sagte sie, «ich kann es wirklich nicht glauben . . .»
Sie schwieg eine Weile und saß mit halbgeschlossenen Augen da.
Lewis sagte sanft: «Ich wünschte, ich hätte dir das ersparen können, Liebste.»
Sie reichte ihm stumm die Hand, und er nahm sie.
Miss Marple, die neben ihnen saß, schüttelte mitfühlend den Kopf.
Carrie Louise schlug die Augen auf.
«Ist es wirklich wahr, Jane?» fragte sie.
«Ich fürchte ja, meine Liebe.»
«Dann ist alles –»
Carrie Louise brach ab.
Gleich darauf fuhr sie fort:
«Ich habe immer gedacht, ich wüßte, was wirklich ist und was nicht wirklich ist . . . Dies nun sieht so unwirklich aus und ist doch wirklich . . . Ich mag mich also wohl überall geirrt haben . . . Aber wer konnte mir denn auch das antun wollen? Ich kann nicht glauben, daß jemand hier im Hause meinen Tod wünscht.»
Ihre Stimme klang noch immer ungläubig.
«Das habe ich auch gedacht», sagte Lewis. «Aber ich irrte mich.»

«Und Christian wußte davon? Das erklärte es.»
«Was erklärt es?» fragte Lewis.
«Sein Benehmen», erwiderte Carrie Louise. «Es war nämlich wirklich sehr seltsam. Gar nicht wie sonst. Er schien um mich sehr ängstlich zu sein. Es war, als wollte er mir gern etwas sagen — und sagte es nicht. Er fragte mich, ob mein Herz stark sei. Ob ich mich in der letzten Zeit wohlgefühlt hätte. Vielleicht wollte er mir einen Wink geben. Aber warum kam er nicht heraus mit der Sprache? Es ist doch viel einfacher, die Dinge auszusprechen, statt um sie herumzureden.»
«Er wollte es dir nicht sagen, weil er dir keinen Schmerz bereiten wollte, Caroline.»
«Schmerz? Aber warum — ach so, ich verstehe ...» Ihre Augen wurden groß. «Aber du irrst dich, Lewis, wenn du das glaubst.»
Ihr Gatte vermied ihre Augen.
«Nimm es mir nicht übel», sagte Mrs. Serrocold nach einer kurzen Pause. «Aber ich kann nicht glauben, daß etwas von alledem, was sich in letzter Zeit ereignet hat, wirklich wahr sein könnte. Edgars Überfall auf dich. Gina und Stephen. Die lächerliche Pralinenschachtel. Es ist ganz einfach nicht wahr.»
Niemand sprach.
Carrie Louise seufzte.
«Ich denke», sagte sie, «ich muß wohl seit langem in einer unwirklichen Welt gelebt haben ... Bitte, nehmt es mir nicht übel, ich möchte gern allein sein ... Ich muß versuchen, dies alles zu begreifen ...»

Als Miss Marple die Treppe herunterkam und in die Halle trat, begrüßte Alex Restarick sie mit einer theatralischen Geste.
«Treten Sie näher!» sagte er fröhlich, als gehöre die große Halle ihm. «Ich denke gerade über gestern abend nach.»
Lewis Serrocold, der seine Gattin zusammen mit Miss Marple verlassen hatte, durchquerte die große Halle, ging in sein Arbeitszimmer und schloß die Tür hinter sich.
«Versuchen Sie, das Verbrechen zu rekonstruieren?» fragte Miss Marple mit einem schlecht verhohlenen Eifer.
«Wie?» Alex blickte sie stirnrunzelnd an. Plötzlich verschwanden die Falten von seiner Stirn.
«Ach, *das* meinen Sie», sagte er. «Nicht eigentlich. Ich betrachte

die ganze Sache von einem völlig anderen Gesichtspunkt. Ich stellte mir diesen Raum hier vor, als wäre es ein Theater. Kommen Sie einmal hierher! Betrachten Sie den Schauplatz mit den Augen eines Theaterbesuchers. Die Beleuchtung, die Auftritte, die Abgänge. Die Personen der Handlung. Geräusche in der Ferne. Alles sehr interessant. Leider nicht meine eigene Idee. Der Inspektor gab mir den Tip. Ist übrigens ein sehr grausamer Mensch. Er tat heute morgen alles, was in seiner Macht stand, um mir Angst einzujagen.»

«Ist ihm das gelungen?»

«Ich weiß nicht recht.»

Alex beschrieb das Experiment des Inspektors und erzählte, wie er die Zeit genommen habe, als der keuchende Sergeant Dodgett in Tätigkeit trat.

«Die Zeit», sagte er, «ist sehr irreführend. Man denkt, dies und das daure eine lange Zeit, in Wirklichkeit aber ist das keineswegs der Fall.»

«Nein», sagte Miss Marple.

Sie versetzte sich in die Rolle des Publikums und betrachtete den Schauplatz von verschiedenen Punkten aus. Das Bühnenbild bestand jetzt aus einer großen Tapetenwand, die sich in der Dunkelheit verlor. Auf der linken Seite der Bühne stand ein Flügel, auf der rechten befand sich ein Fenster. Am Fenster stand ein Stuhl. Ganz in der Nähe des Fensters war die Tür, die in die Bibliothek führte. Der Klaviersessel war nur etwa zwei Meter von der Korridortür entfernt. Es waren zwei sehr bequeme Ausgänge! Natürlich konnte das Publikum beide ausgezeichnet sehen ...

Am vergangenen Abend aber war kein Publikum da gewesen. Das heißt: niemand hatte auf die Bühne geblickt, wie es jetzt Miss Marple tat. Das Publikum hatte dieser Bühne den Rücken zugekehrt.

Wieviel Zeit, überlegte Miss Marple, würde man brauchen, um hinauszuschlüpfen, den Korridor hinunterzurennen, Gulbrandsen zu erschießen und zurückzukehren? Sicherlich nicht soviel, wie man glauben sollte. Nach Minuten und Sekunden gemessen, war es zweifellos eine sehr kurze Zeit ...

Was hatte Carrie Louise gemeint, als sie zu ihrem Gatten gesagt hatte: «Du irrst dich, Lewis, wenn du das glaubst»?

«Ich muß gestehen, daß die Bemerkung des Inspektors sehr scharfsinnig war», störte Alex' Stimme Miss Marple in ihren Betrachtungen. «Ich meine, als er sagte, ein Bühnenbild sei etwas Wirkliches: aus Holz gemacht und Pappe, die mittels Leim miteinander verbunden sind. Es sei also auf der nicht bemalten Seite genauso wirklich wie auf der bemalten. ‹Die Täuschung›, betonte er, ‹entsteht in den Augen der Zuschauer!›»

«Genauso wie bei den Zauberkünstlern», murmelte Miss Marple. «‹Sie machen es mit Spiegeln›, heißt, glaube ich, der Fachausdruck.»

In diesem Augenblick trat Stephen Restarick in die Halle. Er war ziemlich atemlos.

«Hallo, Alex!» sagte er. «Der kleine Gauner, Ernie Gregg – ich weiß nicht, ob du dich seiner erinnerst?»

«Ja, ich erinnere mich. In eurer Aufführung von ‹Was Ihr wollt› war er bemerkenswert gut. Er hat ohne Zweifel Talent.»

«Ja, das hat er. Und er hat auch sehr geschickte Hände. Gut zu gebrauchen bei der Herstellung der Kulissen. Aber darum dreht es sich jetzt nicht. Er hat sich vor Gina gerühmt, er türmt oft in der Nacht aus dem Institut und streife draußen umher. Er behauptet, er habe das auch gestern abend getan, und er will etwas gesehen haben.»

Alex fragte gespannt:

«Was sah er?»

«Er sagte, er wolle es nicht sagen. Ich bin aber ziemlich sicher, daß er nur angibt und ins Rampenlicht geraten will. Er ist ein fürchterlicher Aufschneider. Aber ich dachte, vielleicht wäre es doch gut, wenn er verhört würde.»

Alex sagte schnell:

«Ich würde ihn vorläufig in Ruhe lassen. Er darf nicht denken, wir seien an seiner Erzählung allzu interessiert.»

«Vielleicht hast du recht. Man könnte ihn sich heute abend vornehmen.»

Stephen nickte und ging in die Bibliothek.

Miss Marple, die sich in ihrer Rolle als Publikum in der Halle bewegte, stieß mit Alex Restarick zusammen, als er plötzlich zurücktrat.

Miss Marple sagte:

«Entschuldigen Sie.»
Alex blickte sie zerstreut an.
«*Ich* bitte um Entschuldigung», sagte er und fügte dann verwundert hinzu: «Ach, Sie sind es?»
Miss Marple fand diese Bemerkung etwas sonderbar, da sie doch vor kurzem noch miteinander gesprochen hatten.
«Ich dachte an etwas anderes», sagte Alex Restarick. «Dieser Ernie –» Er machte eine unbestimmte Geste mit beiden Händen.
Plötzlich wurde er anderen Sinnes, durchquerte die Halle und entfernte sich durch die Bibliothekstür, die er hinter sich schloß.
Miss Marple achtete kaum auf das Murmeln von Stimmen hinter der geschlossenen Tür. Sie interessierte sich nicht für den vielseitigen Ernie und für das, was er gesehen hatte oder behauptete, gesehen zu haben. Sie hatte den Verdacht, daß Ernie überhaupt nichts gesehen hatte. Sie glaubte keinen Augenblick, er habe sich an einem so kalten, ungemütlichen nebligen Abend die Mühe gemacht, seine Geschicklichkeit im Öffnen von Schlössern zu beweisen und im Park herumzustreifen. Höchstwahrscheinlich hatte er das Institut überhaupt nicht verlassen. Er wollte angeben. Das war alles.
Genau wie Johnnie Backhouse, dachte Miss Marple, die einen guten Vorrat von «Fällen» besaß, da die Bewohner von St. Mary Mead ihr Stoff genug zum Studium geliefert hatten.
«Ich habe Sie gestern abend gesehen», pflegte Johnnie Backhouse spöttisch zu bemerken, wenn er jemand ärgern wollte. Diese Bemerkung war erstaunlich erfolgreich gewesen. Wie viele Leute gab es doch, überlegte Miss Marple, die an Orten gewesen waren, wo sie durchaus nicht hatten gesehen werden wollen!
Sie verbannte Johnnie aus ihren Gedanken und konzentrierte sich auf eine Stelle des Berichtes, den Alex von seiner Unterredung mit dem Inspektor gegeben hatte. Eine gewisse Bemerkung Currys hatte in Alex einen bestimmten Gedanken erweckt. Ihr schien, daß sie auch ihr einen Gedanken eingegeben hatte. Ob es derselbe war? Oder ein anderer?
Sie stand da, wo Alex Restarick gestanden hatte. Dies ist keine wirkliche Halle, dachte sie. Dies ist nur Pappe und Holz und Leinwand. Es ist ein Bühnenbild... Bruchstücke einzelner

Sätze schossen ihr durch den Kopf. «Täuschung . . .» – «in den Augen der Zuschauer . . .» – «Sie machen es mit Spiegeln . . .» – «Goldfischbassin . . .» – «Meterlange farbige Bänder . . .» – «Verschwindende Damen . . .» – Das ganze Rüstzeug der Zauberer, die Kunst der Irreführung, die die Illusionisten so meisterhaft beherrschten . . .
Plötzlich trat ein Bild in ihr Bewußtsein. Sie sah im Geiste Sergeant Dodgett keuchen und schnaufen . . . schnaufen . . . Ein neues Bild stand plötzlich im Scheinwerferlicht . . .
«Aber *natürlich!*» sagte Miss Marple. «Das muß es sein . . .»

## 18

«Oh, Walter! Wie hast du mich erschreckt!»
Gina, die gerade das Theater verließ, war erschrocken zurückgewichen, als Walter Hudd plötzlich vor ihr stand. Es war noch nicht völlig dunkel. Es herrschte das merkwürdige Zwielicht, in dem die Gegenstände ihre Wirklichkeit verlieren und die phantastischen Formen eines Alpdrucktraums annehmen.
«Was machst *du* denn hier? Du kommst doch sonst nicht in die Nähe des Theaters.»
«Vielleicht habe ich dich gesucht, Gina. Hier hat man ja immer Aussicht, dich zu finden, nicht wahr?»
Walters weiche, ruhige Stimme hatte keinen Beiklang. Und doch zuckte Gina etwas zusammen.
«Es ist meine Arbeit, und ich liebe sie. Ich liebe die Atmosphäre der Bühne und den Geruch der Farbe, der Leinwand.»
«Ja. Das alles bedeutet viel für dich. Das habe ich bemerkt. Aber sage mir, Gina, wie lange, glaubst du, wird es noch dauern, bis alles aufgeklärt ist?»
«Die Leichenschau findet morgen statt. Dann wird die Verhandlung vermutlich auf vierzehn Tage ausgesetzt. Das meinte jedenfalls Inspektor Curry.»
«Vierzehn Tage!» sagte Walter nachdenklich. «Gut. Sagen wir – vielleicht drei Wochen. Und dann – sind wir frei. Ich kehre dann nach den Staaten zurück.»
«Oh!» rief Gina. «Ich kann doch nicht einfach so davonlaufen!

Ich kann Großchen nicht verlassen. Und wir bereiten zwei neue Aufführungen vor —»

«Ich sagte nicht ‹wir›. Ich sagte, *ich* würde nach den Staaten zurückkehren.»

Gina blieb stehen und blickte ihren Gatten an. In dem Zwielicht sah er sehr groß aus. In seiner Haltung war — oder jedenfalls kam es ihr so vor — etwas Drohendes.

«Willst du damit sagen, du wünschst nicht, daß ich dich begleite?» fragte sie ungewiß.

«Das habe ich nicht gesagt.»

«Aber es ist dir gleichgültig, ob ich dich begleite oder nicht? Wolltest du das sagen?»

Sie wurde plötzlich zornig.

«Hör mich an, Gina! Wir müssen jetzt endlich einmal die Karten aufdecken. Wir wußten wenig voneinander, als wir heirateten. Wir wußten so gut wie nichts von dem Milieu, von dem Hintergrund des anderen, nichts von seiner Familie. Wir dachten, das spiele keine Rolle. Wir dachten, nichts spiele eine Rolle, wenn wir es nur schön miteinander hätten. Dieses Stadium ist nun vorüber. Deine Familie hielt nicht viel von mir. Und ich glaube, daran hat sich nichts geändert. Vielleicht hat sie recht. Ich bin nicht von ihrer Art. Aber wenn du glaubst, ich hätte Lust hierzubleiben, mir die Beine in den Leib zu stehen und in dem verrückten Betrieb hier — denn als das sehe ich ihn an — bald dies, bald das zu tun, dann denke um! Ich möchte in meinem eigenen Lande leben, und ich möchte die Arbeit verrichten, die mir gefällt und von der ich etwas verstehe. Was ich mir unter einer Ehefrau vorstelle, ist der Typ von Frauen, die mit den alten Pionieren ins Land kamen und zu allem bereit waren, die alle möglichen Schwierigkeiten, ein fremdes Land, fremde Umgebungen, Gefahren auf sich nahmen ... Vielleicht ist das von dir zuviel verlangt, aber anders geht es nun einmal nicht. Vielleicht habe ich dich in unsere Ehe hineingedrängt. Ist es so, dann ist es das beste, du wirst mich los und fängst von vorne an. Du mußt wählen. Wenn du einen von diesen jungen Leuten vorziehst, die mehr Sinn für Kunst haben als ich, so ist das deine Sache. Du hast ein Recht, über dein Leben selbst zu bestimmen. Aber ich kehre nach den Staaten zurück.»

«Mir gefällt es hier», erwiderte Gina. «Ich finde das Leben hier amüsant.»
«Ich nicht. Du findest wohl auch Mord amüsant?»
«Wie grausam von dir, daß du so etwas sagst!» rief Gina zornig. «Ich habe Onkel Christian sehr gern gemocht. Und weißt du denn nicht, daß jemand seit Monaten Großchen zu vergiften trachtet? Es ist grauenhaft!»
«Ich sagte ja, es gefällt mir hier nicht. Ich gehe.»
«Wenn du es darfst. Bist du dir denn gar nicht darüber klar, daß du wahrscheinlich verhaftet werden wirst, weil du im Verdacht stehst, Onkel Christian ermordet zu haben? Die Art und Weise, wie Inspektor Curry dich anblickt, mißfällt mir gar sehr. Er gleicht einer Katze, die eine Maus beobachtet und die ihre schrecklichen Pfoten mit den scharfen Krallen in ihr Opfer einschlagen wird, sobald sie den Sprung vollendet hat, zu dem sie sich bereits anschickt. Sie können nichts weiter vorbringen, als daß du im kritischen Augenblick die Halle verlassen hast, um die Lichtstörung in Ordnung zu bringen. Aber weil du kein Engländer bist, bin ich überzeugt, daß sie versuchen werden, dir das Verbrechen in die Schuhe zu schieben.»
«Sie werden es erst einmal beweisen müssen.»
Gina klagte:
«Ich habe Angst um dich, Walter. Ich habe große Angst.»
«Warum? Ich sage doch, sie können mir nichts beweisen.»
Sie gingen schweigend nach dem Hause.
Gina sagte schließlich:
«Ich glaube nicht, daß du etwas danach fragst, ob ich dich nach Amerika zurückbegleite oder nicht . . .»
Walter Hudd antwortete nichts.
Da blickte Gina ihn an und stampfte mit dem Fuß auf.
«Ich hasse dich!» sagte sie. «Ich hasse dich! Du bist schrecklich — ein Tier — ein grausames, gefühlloses Tier! Und das nach allem, was ich für dich zu tun versucht habe! Du willst mich los sein. Es ist dir ganz gleich, ob du mich jemals wiedersiehst. Na, schön. Mir ist es gleich, ob ich dich jemals wiedersehe. Ich war eine Törin, dich zu heiraten. Ich werde sobald wie möglich eine Scheidung bewerkstelligen, Stephen oder Alex heiraten und viel glücklicher werden, als ich es je mit dir werden könnte. Ich hoffe nur, daß du schleunigst nach den Staaten zurück-

kehrst und daß du ein schreckliches Mädchen heiratest, das dir das Leben zur Hölle macht.»
«Fein!» sagte Walter Hudd. «Jetzt wissen wir beide, woran wir sind.»

Miss Marple sah Gina und Walter zusammen ins Haus gehen. Sie stand an der Stelle, wo Inspektor Curry mit Sergeant Dodgett am Nachmittag das Experiment gemacht hatte.
Plötzlich erklang hinter ihr Miss Bellevers Stimme:
«Sie werden sich erkälten, Miss Marple, wenn Sie hier so herumstehen. Die Sonne ist längst untergegangen.»
Miss Marple folgte ihr ins Haus.
«Ich dachte an die Tricks der Zauberkünstler», sagte sie. «Sie sind so schwer zu begreifen, wenn man sie beobachtet und gern sehen möchte, wie die Zauberer das machen. Und bekommt man es dann erklärt, dann ist alles lächerlich einfach. Aber selbst jetzt noch kann ich mir gar nicht denken, wie sie das machen, wenn sie ein Bassin mit Goldfischen hervorzaubern. Haben Sie jemals die in der Mitte durchgesägte Dame gesehen? Es ist ein aufregender Trick. Ich erinnere mich noch gut, welches Staunen er in mir erweckte, als ich elf Jahre alt war. Und ich konnte nie herausfinden, wie das eigentlich gemacht wurde. Neulich aber las ich in einer Zeitschrift einen Aufsatz, in dem der Trick verraten wurde. Ich finde es eigentlich nicht richtig, daß so etwas verraten wird. Was meinen Sie? In Wahrheit ist es gar nicht *ein* Mädchen, es sind ihrer *zwei*. Von dem einen ist es der Kopf, von dem andern sind es die Füße. Man glaubt, es sei *ein* Mädchen, und in Wahrheit sind es *zwei*. Anders herum wird es genauso funktionieren. Meinen Sie nicht auch?»
Miss Bellever blickte sie etwas verwundert an.
Miss Marple war nicht oft so redselig, und sie sprach selten so verworren wie jetzt. «Es ist für die alte Dame zuviel gewesen», dachte Miss Bellever.
«Wenn man nur auf die eine Seite eines Dinges blickt, sieht man auch nur eine Seite», fuhr Miss Marple fort. «Aber alles paßt ausgezeichnet zueinander, wenn man sich nur darüber klar wird, was Wirklichkeit ist und was Täuschung.» Sie brach ab und fragte schnell:

«Befindet sich Carrie Louise wohl?»
«Ja», erwiderte Miss Bellever. «Sie befindet sich ganz wohl, aber es muß für sie ein schwerer Schock gewesen sein, als sie hörte, jemand trachte ihr nach dem Leben. Ganz besonders deshalb, weil sie für Gewalttätigkeiten gar kein Verständnis hat.»
«Carrie Louise versteht manches, was wir andern nicht verstehen», sagte Miss Marple sinnend. «Das war schon immer so.»
«Ich weiß, was Sie meinen. Aber sie lebt nicht in der wirklichen Welt.»
«Glauben Sie?»
Miss Bellever blickte sie verwundert an. «Es hat nie einen Menschen gegeben, der so wenig in der Welt lebte wie Cara —»
«Sie glauben doch nicht, vielleicht —» Miss Marple brach ab, da Edgar Lawson mit großen Schritten an ihnen vorüberging. Er schien sich zu schämen, denn er wandte das Gesicht ab.
«Ich weiß jetzt, an wen er mich erinnert», sagte Miss Marple. «Soeben fiel es mir ein. Er erinnert mich an einen jungen Mann namens Leonard Wylie. Sein Vater war Zahnarzt. Aber er wurde alt und halb blind, und seine Hände pflegten zu zittern. Deshalb zogen die Leute es vor, zu seinem Sohn zu gehen. Der alte Mann war sehr unglücklich und ließ den Kopf hängen. Er sagte, er sei zu nichts mehr nütze. Leonard, der sehr weichherzig und recht töricht war, tat so, als tränke er mehr, als gut war. Er roch immer nach Whisky, und er stellte sich immer angeheitert, wenn Patienten kamen. Sein Gedanke dabei war, sie würden dann zu seinem Vater zurückkehren und sagen, der jüngere Mann tauge nichts.»
«Taten sie es?»
«Natürlich nicht», sagte Miss Marple. «Es kam, wie es jeder Mensch mit etwas Vernunft hätte voraussagen können. Die Patienten gingen zu einem andern Zahnarzt. Es gibt so viele Menschen mit einem guten Herzen und ohne Vernunft. Übrigens überzeugte Leonard Wylie auch gar nicht in der Rolle, die er spielte. Was er sich unter Betrunkenheit vorstellte, entsprach in keiner Weise wirklicher Betrunkenheit, und er übertrieb die Sache. Er spritzte in einem einfach unmöglichen Maße Whisky auf seine Kleider.»

19

Sie fanden die Familie in der Bibliothek versammelt. Lewis ging ruhelos auf und ab. Die Atmosphäre war sehr gespannt.

«Ist etwas los?» fragte Miss Bellever.

Lewis erwiderte kurz: «Ernie Gregg fehlt seit dem Appell heute abend.»

«Ist er fortgerannt?»

«Das wissen wir nicht. Maverick und einige andere suchen ihn überall. Wenn wir ihn nicht finden können, müssen wir sein Verschwinden der Polizei melden.»

«Großchen!» Gina eilte besorgt zu Carrie Louise. Das Gesicht der alten Dame war ganz weiß geworden. «Du siehst krank aus.»

«Ich bin unglücklich. Der arme Junge . . .»

Lewis sagte: «Ich wollte ihn heute abend fragen, ob er gestern abend etwas Besonderes bemerkt habe. Ich weiß eine gute Stellung für ihn und gedachte, nachdem ich darüber mit ihm gesprochen hätte, auf die andere Sache zu kommen. Jetzt —» Er brach ab.

Miss Marple murmelte leise:

«Der dumme Junge . . . Der arme dumme Junge . . .»

Sie schüttelte den Kopf. Mrs. Serrocold sagte mit sanfter Stimme:

«Du glaubst es also auch, Jane . . .?»

Stephen Restarick kam in die Bibliothek. Er sagte: «Ich habe dich im Theater verfehlt, Gina. Du sagtest doch, du würdest — Hallo! was ist los?»

Lewis Serrocold wiederholte, was er gesagt hatte. Er hatte kaum geendet, als Dr. Maverick mit einem blonden, rotwangigen Jungen, der ein verdächtig engelhaftes Gesicht hatte, in die Bibliothek trat. Miss Marple erinnerte sich, daß der junge Mensch am Abend ihrer Ankunft in Stonygates am Dinner teilgenommen hatte.

«Ich habe Arthur Jenkins mitgebracht», sagte Dr. Maverick. «Er scheint als letzter mit Ernie gesprochen zu haben.»

«Nun, Arthur?» sagte Lewis Serrocold. «Bitte, helfen Sie uns, wenn Sie können! Wohin ist Ernie gegangen? Handelt es sich um einen dummen Streich?»

«Ich weiß nicht, Sir. Nein, wirklich, ich weiß es nicht. Er hat zu mir nichts gesagt. Er war ganz mit seinen Gedanken beim Theater. Er sagte, er habe für das Bühnenbild eine prima Idee gehabt, die Mrs. Hudd und Mr. Stephen großartig gefunden hätten.»

«Noch eine Frage. Ernie behauptet, er habe gestern abend nach dem Appell das Institut verlassen und sei im Freien herumgestreift. Ist das wahr?»

«Natürlich nicht. Er gibt an. Wie immer. Ein ausgekochter Lügner, dieser Ernie. Er ist nie in der Nacht draußen gewesen. Er pflegte zu prahlen, er könne 'raus, so oft er wolle. Er sagte, er könne jedes Schloß öffnen. Aber das ist nicht wahr. Ein Schloß, das wirklich ein Schloß ist, bringt er nicht auf. Und auf jeden Fall war er gestern abend im Institut. Das weiß ich genau.»

«Sie sagen das nicht bloß, um uns nach dem Munde zu reden?»

«Ehrenwort!» sagte Arthur mit tugendhafter Entrüstung.

Lewis schien nicht ganz befriedigt zu sein.

«Nanu?» sagte Dr. Maverick. «Was ist denn das?»

Ein Gemurmel von Stimmen näherte sich. Die Tür wurde aufgerissen, und Mr. Baumgarten wankte herein. Er war ganz blaß und sah sehr elend aus.

Er keuchte: «Wir haben ihn – wir haben sie gefunden. Es ist grauenhaft ...»

Er sank auf einen Stuhl und wischte sich mit dem Taschentuch die Stirn ab.

Mildred Strete fragte scharf:

«Was meinen Sie? Welche ‹sie› haben Sie gefunden?»

Mr. Baumgarten zitterte am ganzen Leibe.

«Hinter der Bühne», sagte er. «Ihre Köpfe sind ganz zerquetscht. Das große Gegengewicht muß heruntergefallen sein. Alex Restarick und Ernie Gregg sind beide tot ...»

# 20

«Ich bringe dir eine Tasse starke Bouillon», sagte Miss Marple. «Bitte, trinke sie!»

Mrs. Serrocold richtete sich in ihrem großen Bett auf. Sie sah sehr klein und kindlich aus. Ihre Wangen hatten die rosige Farbe verloren, und ihre Augen waren merkwürdig ausdruckslos.

Sie nahm gehorsam die Tasse, die Miss Marple ihr reichte. Während sie die Bouillon schlürfte, setzte sich Miss Marple auf einen Stuhl an ihrem Bett.

«Zuerst Christian», sagte Carrie Louise, «jetzt Alex und der arme dumme kleine Ernie. Hat er wirklich – etwas gewußt?»

«Das glaube ich nicht», sagte Miss Marple. «Er erzählte Lügengeschichten, machte sich wichtig. Deshalb behauptete er, er habe etwas gesehen und wisse etwas. Das tragische ist, daß jemand seine Lügen geglaubt hat . . .»

Carrie Louise erschauderte. Ihre Augen schienen in eine weite Ferne zu blicken.

«Wir wollten so viel für diese Jungen tun – und wir taten auch manches für sie. Einige von ihnen haben sich wundervoll entwickelt. Mehrere sind in einer wirklich verantwortungsvollen Stellung. Ein paar hatten einen Rückfall. Aber das ist nun einmal nicht zu ändern. Die Bedingungen der modernen Zivilisation sind zu verwickelt – viel zu verwickelt für manche einfachen und unentwickelten Naturen. Kennst du Lewis' großen Plan? Er war immer der Überzeugung, die Verschickung in früheren Zeiten habe manchen Menschen gerettet, der die Anlagen zu einem Verbrecher in sich trug. Diese Leute wurden eingeschifft und nach Übersee gebracht. Dort begannen sie in einer einfacheren Umgebung ein neues Leben. Lewis möchte das in einer modernen Form nachahmen. Er möchte ein großes Gelände auf dem Festlande oder eine Inselgruppe kaufen, dort eine sich selbst erhaltende Kolonie auf kooperativer Grundlage gründen, an der jeder seinen Anteil haben soll. Diese Kolonie soll so entlegen sein, daß die in der ersten Zeit sicherlich noch große Versuchung, in die Städte und zu dem alten liederlichen Leben zurückzukehren, ausgeschaltet wird. Das ist sein Traum. Aber natürlich wird er dazu sehr viel Geld brauchen, und es

gibt heutzutage nicht viele Menschenfreunde, die einen genügenden Weitblick besitzen. Wir brauchten einen zweiten Eric. Eric wäre für diesen Gedanken begeistert gewesen.»
Miss Marple nahm eine kleine Schere in die Hand und betrachtete sie neugierig.
«Was ist das für eine merkwürdige Schere?» fragte sie. «Auf der einen Seite hat sie zwei Öffnungen für die Finger, auf der andern nur eine.»
Carrie Louises Augen kehrten aus der Ferne zurück.
«Alex hat sie mir heute morgen gegeben», sagte sie. «Man sagt, es wäre mit einer solchen Schere leichter, die Nägel der rechten Hand zu beschneiden. Der liebe Junge! Er war so begeistert. Er gab keine Ruhe, bis ich die Schere nicht auf der Stelle erprobt hatte.»
«Und ich vermute, er hat die Abfälle gesammelt und sorgfältig entfernt», sagte Miss Marple.
«Ja», sagte Carrie Louise. «Er –» Sie brach ab. «Warum sagtest du das?»
«Ich dachte an Alex. Er hatte einen gescheiten Kopf. Ja, das hatte er.»
«Und du meinst, deshalb – mußte er sterben?»
«Ja. Das glaube ich.»
«Er und Ernie. Grauenhaft! Wann soll es – passiert sein?»
«Wahrscheinlich heute abend zwischen sechs und sieben Uhr.»
«Nachdem sie ihre Arbeit für heute beendet hatten?»
«Ja.»
Gina war im Theater gewesen – und Walter Hudd. Auch Stephen sagte, er sei nach dem Theater gegangen, um Gina abzuholen ...
So gesehen, hätte jeder von ihnen –
Miss Marples Gedankengang wurde unterbrochen. Carrie Louise sagte plötzlich ruhig:
«Wieviel weißt du, Jane?»
Miss Marple blickte auf. Die Blicke der beiden Freundinnen kreuzten sich.
Miss Marple sagte langsam: «Wenn ich ganz sicher wäre ...»
«Ich denke, du bist sicher, Jane.»
«Was soll ich denn tun?» fragte Miss Marple zögernd.
Carrie Louise lehnte sich in die Kissen zurück.

«Es liegt bei dir, Jane. Tue, was du für richtig hältst.»
Sie schloß die Augen.
«Morgen», sagte Miss Marple mit unsicherer Stimme, «werde ich mit Inspektor Curry sprechen müssen – wenn er mir zuhören will ...»

## 21

Inspektor Curry sagte etwas ungeduldig:
«Ja, Miss Marple?»
«Was meinen Sie? Könnten wir wohl in die große Halle gehen?»
Inspektor Curry blickte Miss Marple etwas überrascht an.
«Verstehen Sie das unter einem Gespräch unter vier Augen? Ich denke, hier –» Er ließ die Blicke durch das Arbeitszimmer schweifen.
«Ich denke nicht so sehr an ein Gespräch unter vier Augen. Ich möchte Ihnen etwas zeigen. Etwas, worauf Alex Restarick mich aufmerksam gemacht hat.»
Inspektor Curry unterdrückte einen Seufzer, stand auf und folgte Miss Marple.
«Hat jemand mit Ihnen gesprochen?» fragte er erwartungsvoll.
«Nein», erwiderte Miss Marple. «Es handelt sich hier nicht um etwas, was irgend jemand gesagt hat. Es handelt sich um das Problem der Zauberei. Die Illusionisten machen es mit Spiegeln. Ich weiß nicht, ob Sie mich verstehen?»
Inspektor Curry verstand Miss Marple nicht. Er blickte sie an und fragte sich, ob sie wohl richtig im Kopf sei.
Miss Marple nahm inmitten der Halle Aufstellung und forderte den Inspektor auf, an ihre Seite zu treten.
«Ich möchte, Herr Inspektor», sagte sie, «daß Sie diese Örtlichkeit so betrachten, als wäre es ein Bühnenbild. Die Szenerie ist die des Abends, an dem Christian Gulbrandsen getötet wurde. Sie befinden sich hier im Zuschauerraum und blicken auf die Leute, die auf der Bühne sind. Und genau wie bei der Bühne befinden sich auch hier Eingänge und Ausgänge, durch die die Schauspieler hinausgehen, um sich, der eine an diesen,

der andre an jenen Ort zu begeben. Wenn Sie sich aber im Zuschauerraum befinden, dann kommen Sie gar nicht auf den Gedanken, sich zu fragen, wohin sie in Wirklichkeit gehen. Es heißt: sie gehen ab, um sich ‹nach der Küche› zu begeben, oder sie gehen ‹nach draußen›, und wenn die Tür sich öffnet, sieht man ein Stück von dem bemalten Hintergrund. In *Wirklichkeit* aber gehen sie natürlich in die Kulissen, oder auf die hintere Bühne, wo Elektriker und Bühnenarbeiter oder auch Schauspieler, die auf ihr Stichwort warten, versammelt sind, kurz: sie gehen ab in eine andere Welt.»

«Ich verstehe Sie nicht ganz, Miss Marple –»

«Ja, ich weiß – es klingt sehr töricht – aber wenn Sie sich alles, was hier vorgeht, als ein Theaterstück denken, und das Bühnenbild stellt ‹die große Halle in Stonygates› dar – was ist dann eigentlich *hinter* der Szene? Ich meine: was befindet sich hinter der Bühne? Die *Terrasse!* Nicht wahr? Die Terrasse und eine Reihe von Fenstern, die sich auf die Terrasse öffnen. Und so, sehen Sie, wurde der Zaubertrick ausgeführt. Als ich an den Trick mit der in zwei Hälften zersägten Dame dachte, wurde es mir klar.»

«Die in zwei Hälften zersägte Dame?» Jetzt zweifelte Inspektor Curry keinen Augenblick mehr daran, daß Miss Marple geisteskrank sein müsse.

«Es ist ein aufregender Zaubertrick. Sie müssen ihn gesehen haben. Aber es war in Wirklichkeit nicht *ein* Mädchen, es waren ihrer *zwei*. Der Kopf von der einen und die Füße von der andern. Es sieht so aus, als wäre es nur *eine* Person, in Wirklichkeit aber sind es *zwei*. Und es konnte genauso gut auch umgekehrt sein. Zwei Personen konnten in Wirklichkeit eine sein.»

«Zwei Personen in Wirklichkeit eine?» Inspektor Curry machte ein ganz verzweifeltes Gesicht.

«Ja. Aber nicht auf lange Zeit. Wieviel Zeit brauchte Ihr Sergeant, um von dem Park ins Haus zu rennen und wieder in den Park zurück? Waren es nicht zwei Minuten und fünfundvierzig Sekunden? In Wirklichkeit dauerte es weniger als zwei Minuten.»

«Was dauerte weniger als zwei Minuten?»

«Der Zaubertrick. Der Trick, der vortäuschte, es seien zwei

Personen, wähiend es in Wirklichkeit nur eine war. Dort nebenan — im Arbeitszimmer. Wir blicken nur auf den sichtbaren Teil der Bühne. Hinter der Bühne befindet sich eine Terrasse mit einer Reihe von Fenstern. Wenn sich zwei Personen im Arbeitszimmer befinden, macht es nicht die geringste Schwierigkeit, daß eine von ihnen das Fenster öffnet, hinaussteigt, über die Terrasse rennt (das waren die laufenden Schritte, die Alex hörte), um durch die Seitentür ins Haus zu schlüpfen, Christian Gulbrandsen zu erschießen und zurückzurennen. Und während dieser Zeit spricht die andere Person im Arbeitszimmer immer weiter mit zwei Stimmen. Infolgedessen sind wir alle ganz sicher, es seien zwei Personen. Und es waren auch die meiste Zeit zwei Personen — nur nicht in der kurzen Zeitspanne von weniger als zwei Minuten.»

Inspektor Curry fand seinen Atem und seine Stimme wieder. «Wollen Sie etwa sagen, Edgar Lawson sei über die Terrasse gerannt und habe Gulbrandsen erschossen? Edgar Lawson habe Mrs. Serrocold zu vergiften versucht?»

«Aber so liegt die Sache doch gar nicht, Herr Inspektor. Es hat überhaupt niemand Mrs. Serrocold vergiften wollen. Hier setzt die Irreführung ein. Jemand benutzte mit großer Klugheit die Tatsache, daß die Beschwerden von der Gelenksentzündung, an der Mrs. Serrocold leidet, den Symptomen der Arsenikvergiftung sehr ähnlich sind. Es ist der alte Trick der Illusionisten, daß er einen zwingt, auf eine bestimmte Karte zu blicken. Es ist eine Kleinigkeit, in eine Flasche mit einem Stärkungsmittel etwas Arsenik zu schütten, und es ist ebenso einfach, einem mit der Maschine geschriebenen Brief ein paar Zeilen hinzuzufügen. Aber der wirkliche Grund, weshalb Mr. Gulbrandsen herkam, war auch der wahrscheinlichste Grund: Sein Besuch hing mit dem Gulbrandsen-Trust zusammen. Es handelte sich in der Tat um Geld. Angenommen, es waren Unterschlagungen verübt, Unterschlagungen in einem sehr großen Umfange — worauf weist das hin? Auf eine einzige Person —»

Inspektor Curry öffnete weit den Mund und schöpfte Atem. «Lewis Serrocold?» murmelte er ungläubig.

«Lewis Serrocold . . .», sagte Miss Marple.

Auszug aus einem Brief, den Gina Hudd ihrer Tante Mrs. Van Rydock schrieb:

«... Du siehst also, liebe Tante Ruth, es war wie ein Alpdruck, wie ein fürchterlicher Traum – besonders das Ende. Ich habe Dir ausführlich von dem sonderbaren Edgar Lawson erzählt. Er war immer ein richtiger Angsthase, und als der Inspektor ihn zu verhören begann und ihm hart zusetzte, verlor er völlig die Nerven und begann zu zittern. Und dann sprang er aus dem Fenster, rannte um das Haus herum und den Fahrweg hinunter, und als dort ein Polizist ihm den Weg abschnitt, beschrieb er einen Bogen und lief in vollem Galopp nach dem See. Dort sprang er in einen morschen alten Kahn, der seit Jahren vermoderte, und stieß vom Lande ab. Natürlich war das etwas völlig Sinnloses, aber, wie ich schon sagte, er war ein Angsthase, und die Panik hatte ihn ergriffen. Da schrie Lewis auf. ‹Der Kahn ist verfault›, rief er. Und er rannte ebenfalls nach dem See. Ein Stück vom Ufer entfernt, begann der Kahn zu sinken, und Edgar, der nicht schwimmen konnte, kämpfte in dem Wasser um sein Leben. Lewis sprang in den See und schwamm zu ihm hin. Er erreichte ihn auch glücklich, aber dann gerieten sie beide in Gefahr, weil der Seeboden mit Schilfrohr bedeckt war. Einer von den Leuten des Inspektors, dem sie ein Tau um den Leib banden, ging ebenfalls ins Wasser, aber seine Füße verwickelten sich in dem Schilf, und sie mußten ihn wieder an Land ziehen. Tante Mildred sagte: ‹Sie werden ertrinken – sie werden ertrinken ...› Immer dieselben Worte. Großchen aber sagte nur: ‹Ja.› Ich kann Dir gar nicht beschreiben, wie sie das sagte. Es war nur das eine Wort ‹Ja›, und es durchbohrte einen wie ein Schwert.

Rede ich töricht? Werde ich melodramatisch? Vielleicht. Aber es klang wirklich so ...

Und dann – als alles vorüber war, sie die beiden an Land gebracht hatten und es mit der künstlichen Atmung versuchten (die nichts nützte), sagte der Inspektor zu Großchen:

‹Ich fürchte, Mrs. Serrocold, es besteht keine Hoffnung.›

Großchen sagte mit völlig ruhiger Stimme:

‹Ich danke Ihnen, Herr Inspektor.›
Dann blickte sie uns alle an. Ich wünschte so sehr, ihr zu helfen, wußte aber nicht wie. Jolly machte ein grimmiges und zugleich liebevolles Gesicht. Sie wollte Großchen wie immer eine Stütze sein. Stephen streckte seine Hände Großchen hin. Die wunderliche alte Miss Marple sah tieftraurig und müde aus. Selbst Walter sah man es an, daß er tief gerührt war. Wir alle zeigten, wie wir an Großchen hingen, und wir alle wünschten, wir könnten etwas für sie tun.
Großchen aber sagte nur: ‹Mildred!› Und Tante Mildred sagte: ‹Mutter!›
Und dann gingen sie zusammen ins Haus. Großchen, die so unendlich klein und zerbrechlich aussah, stützte sich auf Tante Mildred. Ich hatte bis dahin niemals begriffen, wie sie beide einander liebten. Sie zeigten es nicht, aber die Liebe war die ganze Zeit dagewesen.»
Gina hörte zu schreiben auf und seufzte. Dann fügte sie hinzu: «Was mich und Walter angeht — so kehren wir sobald wie nur möglich nach den Vereinigten Staaten zurück . . .»

## 23

«Wie bist du nur dahintergekommen, Jane?»
Miss Marple zögerte mit der Antwort. Sie blickte nachdenklich auf die beiden andern: Carrie Louise, die schmaler und zerbrechlicher denn je aussah und dabei doch merkwürdig unberührt schien, und Dr. Galbraith, den Bischof von Cromer, mit seinem milden Lächeln und dem dichten weißen Haar.
Der Bischof ergriff Carrie Louises Hand.
«Sie haben einen großen Schmerz erlitten, armes Kind. Und einen großen Schock.»
«Nein», sagte Miss Marple. «Und eben das zeigte mir den Weg. Es wurde immer wieder behauptet, Carrie Louise lebe in einer andern Welt. Sie habe keinerlei Berührung mit der Wirklichkeit. Die Wahrheit aber ist, Carrie Louise, daß du mit der Wirklichkeit in Berührung standest und nicht mit der Welt der Illusionen. Du läßt dich nie durch eine Illusion täuschen, wie die meisten von uns. Als mir das plötzlich klar wurde,

erkannte ich, ich müsse mich fragen, was *du* dachtest und fühltest. Du warst völlig sicher, niemand würde den Versuch machen, dich zu vergiften. Du konntest es nicht glauben. Und du hattest völlig recht, es nicht zu glauben, denn es war nicht so. Du hast nie geglaubt, Edgar könne Lewis ein Leid antun. Und wieder hattest du recht. Du warst sicher, Gina liebe niemand anders als ihren Gatten. Und abermals war es die Wahrheit.
Wenn ich mich also nach deinen Gedanken und deinen Gefühlen richtete, dann mußte alles, was als wirklich erschien, nur eine Täuschung sein. Eine Täuschung, die zu einem ganz bestimmten Zweck geschaffen wurde. Genauso, wie die Zauberkünstler Illusionen schaffen, um die Zuschauer zu täuschen. Wir waren die Zuschauer.
Alex Restarick erwischte einen Zipfel der Wahrheit, weil er Gelegenheit gehabt hatte, die Dinge aus einem andern Bildwinkel zu sehen. Von draußen. Als er mit dem Inspektor auf dem Fahrweg stand und nach dem Hause blickte, fielen ihm die Fenster auf, und er erkannte die Möglichkeiten, die sie boten. Und er dachte daran, daß er an jenem Abend das Geräusch laufender Füße vernommen hatte. Die Zeit, die der Sergeant brauchte, zeigte ihm, wie leicht wir uns irren können, wenn wir annehmen, gewisse Vorgänge hätten so und so lange gedauert. Der Sergeant keuchte schwer. Später, als Alex daran zurückdachte, fiel ihm ein, daß Lewis Serrocold ganz außer Atem gewesen war, als er an jenem Abend die Tür des Arbeitszimmers öffnete. Er war ja eben erst schnell gelaufen ...
Der Angelpunkt aber, um den sich alles drehte, war für mich Edgar Lawson. Ich hatte immer den Eindruck gehabt, daß etwas an ihm nicht stimme. Alles, was er sagte und tat, entsprach genau dem, was man von ihm erwartete, aber es war nicht echt. Denn in Wirklichkeit war er ein ganz normaler junger Mensch, der die Rolle eines Schizophrenen spielte, und er übertrieb etwas. Er war immer theatralisch.
Es muß alles sehr sorgfältig geplant und ersonnen worden sein. Lewis muß gelegentlich Christians letztem Besuch begriffen haben, daß etwas seinen Verdacht erregt hatte. Und er kannte ihn gut genug, um zu wissen, daß er keine Ruhe geben würde, solange er sich nicht überzeugt hatte, ob sein Verdacht gerechtfertigt war oder nicht.»

Carrie Louise sagte:
«Ja, das stimmt. Christian war so. Langsam und pedantisch, aber sehr scharfsinnig. Ich weiß nicht, was seinen Verdacht erregte. Aber er stellte sofort Nachforschungen an und fand die Wahrheit.»
Der Bischof sagte: «Ich mache mir Vorwürfe, daß ich meine Pflichten als Kurator nicht gewissenhaft genug wahrgenommen habe.»
«Man hatte nie von Ihnen erwartet, daß Sie etwas von den Finanzen verstünden», sagte Carrie Louise. «Das war ursprünglich Mr. Gilfoys Domäne. Als er starb, gelangte Lewis dank seiner großen Erfahrung zu einer beherrschenden Stellung im Kuratorium, und das stieg ihm natürlich in den Kopf.»
Ihre Wangen bekamen wieder etwas Farbe.
«Lewis war ein großer Mann», sagte sie, «er hatte eine Sehergabe und glaubte leidenschaftlich an das, was seiner Meinung nach mit Geld bewerkstelligt werden konnte. Er begehrte das Geld nicht für sich selber -- jedenfalls nicht im gewöhnlichen Sinne. Er begehrte die Macht, die mit dem Gelde verknüpft ist, um damit sehr viel Gutes tun zu können —»
«Er wünschte», sagte der Bischof, «Gott zu sein.» Seine Stimme klang sehr ernst. «Er vergaß, daß der Mensch nur ein bescheidenes Werkzeug für Gottes Willen ist.»
«Und so hat er denn also das Vermögen des Trustes unterschlagen?» sagte Miss Marple.
«Es war nicht das allein», erwiderte Dr. Galbraith zögernd.
«Erzählen Sie es ihr», sagte Carrie Louise. «Sie ist meine älteste Freundin.»
Der Bischof sagte:
«Lewis Serrocold war, wie man sagen könnte, ein Finanzgenie, ein Hexenmeister. Er hatte in seinen früheren Jahren zu seinem Vergnügen diese und jene Art von Betrug ausgearbeitet, der praktisch nicht nachzuweisen war. Er hatte davon niemals Gebrauch gemacht. Als er aber erkannte, welche Möglichkeiten eine große Summe Geldes eröffnete, wandte er sich von der Theorie der Praxis zu. Er hatte ein erstklassiges Material zur Verfügung. Er wählte sich unter den Jungen, die eine Weile hier im Institut gelebt hatten, eine kleine Schar aus. Es waren Naturen, die verbrecherische Instinkte besaßen, Abenteuer

liebten und sehr intelligent waren. Wir sind noch nicht allem auf den Grund gekommen, aber soviel scheint doch sicher: diese ausgewählte Gruppe erhielt eine ganz besondere Ausbildung und wurde später in Schlüsselpositionen eingesetzt. Dort begannen sie nach Lewis' Anweisungen die Bücher in einer Weise zu fälschen, daß große Summen Geldes flüssig gemacht werden konnten, ohne daß sich ein Verdacht regte. Die Operationen und Verzweigungen sind, wie ich höre, so kompliziert, daß es Monate dauern wird, bis die Buchprüfer alles entwirrt haben werden. Tatsache scheint zu sein, daß Lewis Serrocold unter verschiedenen Namen, auf verschiedenen Konten und bei verschiedenen Gesellschaften eine ganz gewaltige Summe hätte flüssigmachen und seinen Plan, in Übersee eine Kolonie für jugendliche Kriminelle zu gründen, die ihnen selber gehören sollte, in die Wirklichkeit umsetzen können. Es mag ein phantastischer Traum gewesen sein –»

«Es war ein Traum, der hätte Wirklichkeit werden können», sagte Carrie Louise.

«Ja. Er hätte Wirklichkeit werden können. Aber die Mittel, die Lewis Serrocold anwandte, waren unehrliche Mittel, und Christian Gulbrandsen entdeckte das. Er war sehr bestürzt, besonders, als er sich klarmachte, was die Aufdeckung der Unterschlagungen und die zu erwartende gerichtliche Verfolgung für Sie, Carrie Louise, bedeuten würde.»

«Deshalb fragte er mich, ob mein Herz stark wäre. Er schien um meine Gesundheit besorgt zu sein», sagte Carrie Louise.

«Als Lewis erfuhr, daß alles am Tage war, nahm er es ruhig, vermute ich. Beide Männer waren sich darin einig, daß alles getan werden müsse, um Sie zu schonen. Zu Christian sagte er, er wolle mir schreiben und mich bitten, herzukommen, damit ich als Kurator zu Rate gezogen werden könnte.»

«Lewis Serrocold aber hatte sich auf diesen Fall schon eingerichtet», sagte Miss Marple. «Er hatte den jungen Mann, der die Rolle Edgar Lawsons spielen sollte, herkommen lassen. Es gab natürlich auch einen richtigen Edgar Lawson, dessen Strafregister in den Händen der Polizei war. Der falsche Edgar wußte genau, was er zu tun hatte, damit Lewis Serrocold für die entscheidenden Minuten ein Alibi bekäme. Auch der nächste Schritt war vorbereitet. Was Lewis erzählte, sollte Gulbrandsen ihm erzählt haben: nämlich daß du, Carrie Louise, vergiftet würdest. Das lenkte den Blick in eine falsche Richtung. In Wirklichkeit bestand für dich keinerlei Gefahr. Er hinderte dich, das Stärkungsmittel zu nehmen, in das er etwas Arsenik getan hatte, und die Pralinen waren ebenfalls nicht vergiftet – richtiger: Kurz bevor er sie Inspektor Curry zur Prüfung übergab, ersetzte er einige von den ursprünglichen Pralinen durch vergiftete.»

«Und Alex hatte es erraten», sagte Carrie Louise.

«Ja. Deshalb sammelte er die abgeschnittenen Nägel. An ihnen hätte sich feststellen lassen, ob dir längere Zeit Arsenik zugeführt worden war oder nicht.»

«Der arme Alex! Der arme Ernie!»

«Lewis ging aber ein großes Risiko ein, als er Edgar überredete, sein Komplize zu werden», meinte der Bischof.

Carrie Louise schüttelte den Kopf.

«Edgar war ihm sehr ergeben.»

«Ja», sagte Miss Marple. «Wie Leonard Wylie seinem Vater. Ich habe mich schon gefragt –», sie machte taktvoll eine Pause.

«Ich vermute, eine gewisse Ähnlichkeit ist dir aufgefallen?» sagte Carrie Louise.

«Du wußtest es also die ganze Zeit?»

«Ich habe es vermutet. Ich wußte, daß Lewis in der Zeit, da wir uns noch nicht kannten, in eine Schauspielerin vernarrt gewesen war. Er sagte, es sei nichts Ernstes gewesen, und sie habe sich nichts aus ihm gemacht. Aber ich bin überzeugt, daß Edgar tatsächlich sein Sohn war.»

«Ich auch», bestätigte Miss Marple. «Und das erklärt alles.»

«Und am Ende hat er sein Leben für ihn gegeben», sagte Carrie Louise.

Alle schwiegen. Nach einer kurzen Pause fuhr Carrie Louise fort:

«Ich freue mich, daß dies das Ende war: er opferte sein Leben in der Hoffnung, seinen Sohn retten zu können ... Menschen, die sehr gut sein können, können auch sehr schlecht sein. Ich habe stets gewußt, daß dies auch von Lewis galt ... Aber er liebte mich sehr – und ich liebte ihn.»

«Hast du ihn je in Verdacht gehabt?»

«Nein», erwiderte Carrie Louise. «Die Giftgeschichte ver-

wirrte mich. Ich wußte, Lewis würde mich niemals vergiften. Und doch behauptete Christian in dem hinterlassenen Brief, jemand versuche mich zu vergiften. Daher dachte ich, alles was ich von anderen Menschen glaubte, müsse falsch sein ...»
Miss Marple sagte: «Aber als Alex und Ernie getötet wurden – schöpftest du da Verdacht?»
«Ja», erwiderte Carrie Louise. «Denn ich war überzeugt, niemand außer Lewis würde es gewagt haben. Und da begann ich mich voller Furcht zu fragen, was er nun wohl weiter tun würde ...»
Sie erschauderte bei dem Gedanken.
«Ich bewunderte Lewis. Ich bewunderte seine – wie soll ich sagen? – seine Güte. Aber ich erkenne: wenn jemand gut ist, dann muß er auch demütig sein.»
Dr. Galbraith sagte milde:
«Und eben das, Carrie Louise, habe ich stets an Ihnen bewundert: Ihre Demut.»
Die schönen blauen Augen öffneten sich weit vor Überraschung.
«Aber ich bin doch gar nicht sonderlich gut. Ich kann Güte nur bei anderen Menschen bewundern.»
«Liebe Carrie Louise», sagte Miss Marple.

Leseprobe aus Scherz-classic-Krimi 946

# MEINE SCHAUERLICHSTEN GRUSELSTUNDEN 2

von Alfred Hitchcock

Als ich an jenem Morgen, an dem man Rachel Avery tot in der Badewanne entdeckte, herunterkam, fand ich Bane schon am Frühstückstisch. Er hatte nicht gut geschlafen, was an seinen Augen und an seinen heruntergezogenen Mundwinkeln zu sehen war.

»Wir werden heute in die Stadt fahren«, sagte er.

»Es hat während der Nacht geschneit, und Sie sind müde und haben schlecht geschlafen. Wenn Sie sich erkälten – was Sie fast sicher tun werden –, dann werden Sie für Wochen ans Bett gefesselt sein.« Ich wußte, daß er solche Argumente akzeptieren würde. »Und weshalb wollen Sie überhaupt in die Stadt fahren, Sir?«

»Um zu hören, was die Leute sagen.«

»Oh? Was meinen Sie damit?«

»Weil Rachels Mann sie umgebracht hat, Tim. Rachel hätte nie heiraten sollen, schon gar nicht Dean Avery. Er ist ein Mann mit der Seele einer Rechenmaschine, Rachel dagegen war romantisch und musisch veranlagt. Er brachte sie in sein Haus und wollte sie ganz für sich haben. Aber es war ihr nicht gegeben, treu zu sein, weder ihm noch einem anderen. Sie war ein Schmetterling, flatterte umher und genoß ihr Leben. Und jetzt hat er sie getötet.«

Nach einer kurzen Pause, in der er anscheinend einen Gedanken zu Ende dachte, fuhr er fort:

»Ich möchte wissen, wie er es getan hat, und dann entscheiden, was zu tun ist. Vielleicht könnten Sie ohne mich in die Stadt fahren. Sie beobachten sehr gut, Sie spüren und fühlen mehr, als ich anfangs vermutet hatte, fast als ob Sie die Menschen kennen würden wie ich.«
»Sie haben sie gut beschrieben.«
Diese Äußerung amüsierte ihn. »Macht nichts«, sagte er. »Stellen Sie Ihr Licht ruhig unter den Scheffel, wenn Sie unbedingt müssen, aber sehen Sie zu, was Sie erfahren können. Ich werde darüber nachdenken, wie wir die ganze Angelegenheit dann handhaben werden. Ich weiß zwar eine ganze Menge, aber noch nicht genug.«
Bevor ich wegfuhr, fragte ich ihn, wieso er eigentlich seines Verdachts so sicher wäre. Darauf sagte er: »Ich kenne die Stadt und ihre Bewohner. Ich kenne Rachel und Dean Avery. Ich kannte ihre Mutter sehr gut, und ich kannte seine Eltern. Ich wußte, daß sie einander nicht hätten heiraten sollen und daß die Sache schiefgehen würde. Und ich bin absolut sicher, daß sie umgebracht wurde und daß er es war, der es getan hat. Können Sie das verstehen?« . . .

**Bitte lesen Sie weiter in Band 946**

**der Scherz-classic-Krimis:**

**MEINE SCHAUERLICHSTEN GRUSELSTUNDEN 2**

**von Alfred Hitchcock**

## Leseprobe aus Scherz-classic-Krimi 941

## SIE KAMEN NACH BAGDAD

## von Agatha Christie

»Guten Morgen, Captain Crosbie. Womit kann ich dienen?«
»Ist Mr. Dakin in seinem Zimmer? Schön, ich gehe hinauf.«
Crosbie ging durch eine Tür ein paar sehr steile Stufen hinauf und einen schmutzigen Gang entlang. Er klopfte an die Tür am Ende des Ganges, und eine Stimme rief »Herein«.
Es war ein hohes, kahles Zimmer. Das elektrische Licht brannte, und das Tageslicht war sorgfältig ausgesperrt. An einem schäbigen Schreibtisch saß ein etwas schäbiger Mann mit einem müden, unentschlossenen Gesicht – dem Gesicht eines Mannes, der in der Welt nicht weitergekommen ist, der das weiß und dem nichts mehr daran gelegen ist.
Die beiden Männer, der muntere, selbstsichere Crosbie und der melancholische, müde Dakin blickten einander an. Dakin sagte: »Hallo, Crosbie! Gerade von Kirkuk zurück?«
Der andere nickte und schloß sorgfältig die Tür hinter sich. Es war eine alte, schlecht gestrichene Tür, aber sie besaß einen unerwarteten Vorzug. Sie schloß tadellos, ohne Spalten und ohne Zwischenraum am unteren Rand. Sie war nämlich tatsächlich schalldicht.
Mit dem Schließen der Tür ging im Benehmen der beiden Männer eine ganz leichte Veränderung vor sich. Captain Crosbie wurde weniger aggressiv und selbstsicher, und Mr. Dakins Schultern strafften sich, er wurde weniger unsicher. Wäre ein Lauscher dabei gewesen, hätte er zu seinem Erstaunen gemerkt, daß Dakin der Vorgesetzte war. – »Irgendwelche Neuigkeiten, Sir?«
»Ja.« Dakin seufzte. Er hatte ein Schriftstück vor sich, das er eben dechiffriert hatte. »Sie soll in Bagdad stattfinden.« Er strich ein Zündholz an, zündete das Schriftstück an und sah zu, wie es verbrannte. Als es zu Asche verglommen war, blies er leicht hinein. Die Asche flog auf und zerstreute sich.
»Ja«, wiederholte er. »Sie haben sich für Bagdad entschieden. Am Zwanzigsten des nächsten Monats. Wir sollen es strengstens geheimhalten.«
»Sie sprechen im Souk schon seit drei Tagen davon«, sagte Crosbie.

»In diesem Fall macht das nichts. Wenn die Konferenz in Bagdad stattfindet, wird es bald veröffentlicht werden müssen. Und dann fängt der Spaß – unser Privatspaß – an.«
»Glauben Sie, daß sie überhaupt stattfinden wird, Sir?« fragte Crosbie skeptisch. »Hat Onkel Joe ernstlich die Absicht zu kommen?«
»Ich glaube diesmal ja, Crosbie«, sagte Dakin nachdenklich. »Ja, ich glaube es wirklich. Und wenn sie stattfindet und ungestört verläuft – nun, dann kann sie vielleicht alles retten. Aber wenn diese phantastische Geschichte von Carmichael wahr ist ...« Er brach ab.
»Sie kann doch nicht wahr sein, Sir. Sie ist zu phantastisch!«
Dakin schwieg einen Augenblick. Er sah sehr klar ein ernstes, kummervolles Gesicht vor sich, hörte eine ruhige, schwer zu beschreibende Stimme phantastische, unglaubliche Dinge sagen. Er sagte sich, wie er sich damals gesagt hatte: »Entweder mein bester, mein verläßlichster Mann ist verrückt geworden, oder die Geschichte ist wahr ...«
Er sagte mit der gleichen leisen, melancholischen Stimme: »Carmichael glaubte sie. Alles, was er herausbekommen konnte, bestätigte seine Annahme. Er wollte hingehen, um mehr herauszubekommen, um Beweise zu bringen. Ob es klug von mir war, ihn gehen zu lassen, weiß ich nicht. Wenn er nicht zurückkommt, so bleibt nur mein Bericht über das, was Carmichael sagte, was wieder eine Geschichte ist, die jemand *ihm* erzählt hat. Genügt das? Ich glaube kaum. Es ist, wie Sie sagen, eine so phantastische Geschichte ... Aber wenn der Mann selbst am Zwanzigsten hier in Bagdad ist, um seine eigene Geschichte zu erzählen, die Geschichte eines Augenzeugen, und Beweise zu bringen –«
»Beweise?« fragte Crosbie scharf.
Der andere nickte: »Ja, er hat Beweise.«
»Woher wissen Sie das?« ...